JN306753

庫

31-090-6

お伽草紙・新釈諸国噺

太宰　治作

岩波書店

目　次

お伽草紙

前書き

「あ、鳴った。」

と言って、父はペンを置いて立ち上る。警報くらいでは立ち上らぬのだが、高射砲が鳴り出すと、仕事をやめて、五歳の女の子に防空頭巾《ぼうくうずきん》をかぶせ、これを抱きかかえて防空壕にはいる。既に、母は二歳の男の子を脊負って壕の奥にうずくまっている。

「近いようだね。」

「ええ。どうも、この壕は窮屈で。」

「そうかね。」と父は不満そうに、「しかし、これくらいで、ちょうどいいのだよ。あまり深いと生埋めの危険がある。」

「でも、もすこし広くしてもいいでしょう。」

「うむ、まあ、そうだが、いまは土が凍って固くなっているから掘るのが困難だ。そのうちに、」などあいまいな事を言って、母をだまらせ、ラジオの防空情報に耳を澄ます。

母の苦情が一段落すると、こんどは、五歳の女の子が、もう壕から出ましょう、と主張しはじめる。これをなだめる唯一の手段は絵本だ。桃太郎、カチカチ山、舌切雀《したきりすずめ》、瘤《こぶ》取《と》り、浦島さんなど、父は子供に読んで聞かせる。

この父は服装もまずしく、容貌も愚なるに似ているが、しかし、元来ただものでないのである。物語を創作するというまことに奇異なる術を体得している男なのだ。

ムカシ　ムカシノオ話ヨ

などと、間《ま》の抜けたような妙な声で絵本を読んでやりながらも、その胸中には、またおのずから別個の物語が醞醸《うんじょう》せられているのである。

瘤取り

ムカシ　ムカシノオ話ヨ
ミギノ　ホオニ　ジャマッケナ
コブヲ　モッテル　オジイサン

このお爺さんは、四国の阿波《あわ》、剣山《つるぎさん》のふもとに住んでいたのである。というような気がするだけの事で、別に典拠があるわけではない。もともと、この瘤《こぶ》取りの話は、宇治*拾遺物語から発しているものらしいが、防空壕の中で、あれこれ原典を詮議する事は不可能である。この瘤取りの話に限らず、次に展開して見ようと思う浦島さんの話でも、まず日本書紀*にその事実がちゃんと記載せられているし、また万葉にも浦島を詠じた長歌があり、そのほか、丹後風土記やら本朝神仙伝《*ほんちょうしんせんでん》などというものによっても、それらしいものが伝えられているようだし、また、つい最近においては鷗外*の戯曲があるし、逍*遥などもこの物語を舞曲にした事はなかったかしら、とにかく、能楽、歌舞伎、芸者の手踊りに到るまで、この浦島さんの登場はおびただしい。私には、読んだ本をすぐ人にやったり、また売り払ったりする癖があるので、蔵書というようなものは昔から持った事がない。それで、こんな時に、おぼろげな記憶をたよって、むかし読んだはずの本を捜しに歩かなければならぬはめに立ち到るのであるが、いまは、それもむずかしいだろう。私は、いま、壕の中にしゃがんでいるのである。そうして、私の膝の上には、一冊の絵本がひろげられているだけなのである。私はいまは、物語の考証はあきらめて、ただ自分ひとりの空想を繰りひろげるにとどめなければならぬだろう。いや、かえってそのほうが、活き活きして面白いお話が出来上るかも知れぬ。などと、負け惜しみに似たような自問自答をして、さて、その父なる奇妙の人物は、

ムカシ　ムカシノオ話ヨ

と壕の片隅において、絵本を読みながら、その絵本の物語と全く別個の新しい物語を胸中に描き出す。

このお爺さんは、お酒を、とても好きなのである。酒飲みというものは、その家庭においていて、たいてい孤独なものである。孤独だから酒を飲むのか、酒を飲むから家の者たちにきらわれて自然に孤独の形になるのか、それはおそらく、両の掌《てのひら》をぽんと撃ち合せ

ていずれの掌が鳴ったかを決定しようとするような、キザな穿鑿《せんさく》に終るだけの事であろう。とにかく、このお爺さんは、家庭にあっては、つねに浮かぬ顔をしているのである。と言っても、このお爺さんの家庭は、別に悪い家庭ではないのである。お婆さんは健在である。もはや七十歳ちかいけれども、このお婆さんは、腰もまがらず、眼許《めもと》も涼しい。昔は、なかなかの美人であったそうである。若い時から無口であって、ただ、まじめに家事にいそしんでいる。

「もう、春だねえ。桜が咲いた。」とお爺さんがはしゃいでも、

「そうですか。」と興のないような返辞をして、「ちょっと、どいて下さい。ここを、お掃除しますから。」と言う。

お爺さんは浮かぬ顔になる。

また、このお爺さんには息子がひとりあって、もうすでに四十ちかくになっているが、これがまた世に珍しいくらいの品行方正、酒も飲まず煙草も吸わず、どころか、笑わず怒らず、よろこばず、ただ黙々と野良《のら》仕事、近所近辺の人々もこれを畏敬せざるはなく、阿波聖人の名が高く、妻をめとらず髯《ひげ》を剃らず、ほとんど木石ではないかと疑われるくらい、結局、このお爺さんの家庭は、実に立派な家庭、と言わざるを得ない種類のもの

であった。

けれども、お爺さんは、何だか浮かぬ気持である。そうして、家族の者たちに遠慮しながらも、どうしてもお酒を飲まざるを得ないような気持になるのである。しかし、うちで飲んでは、いっそう浮かぬ気持になるばかりであった。お婆さんも、また息子の阿波聖人も、お爺さんがお酒を飲んだって、別にそれを叱りはしない。お爺さんが、ちびちび晩酌《ばんしゃく》をやっている傍で、黙ってごはんを食べている。

「時に、なんだね、」とお爺さんは少し酔って来ると話相手が欲しくなり、つまらぬ事を言い出す。「いよいよ、春になったね。燕《つばめ》も来た。」

言わなくたっていい事である。

お婆さんも息子も、黙っている。

「春宵《しゅんしょう》一刻、価《あたい》千金、か。」と、また、言わなくてもいい事を呟いてみる。

「ごちそうさまでござりました。」と阿波聖人は、ごはんをすまして、お膳に向いうやうやしく一礼して立つ。

「そろそろ、私もごはんにしよう。」とお爺さんは、悲しげに盃を伏せる。

うちでお酒を飲むと、たいていそんな工合いである。

アルヒ　アサカラ　ヨイテンキ
ヤマヘ　ユキマス　シバカリニ

このお爺さんの楽しみは、お天気のよい日、腰に一瓢《いっぴょう》をさげて、剣山にのぼり、たきぎを拾い集める事である。いい加減、たきぎ拾いに疲れると、岩上に大あぐらをかき、えへん！　と偉そうに咳ばらいを一つして、

「よい眺めじゃのう。」

と言い、それから、おもむろに腰の瓢《ひさご》のお酒を飲む。実に、楽しそうな顔をしている。うちにいる時とは別人の観がある。ただ変らないのは、右の頬の大きい瘤くらいのものである。この瘤は、いまから二十年ほど前、お爺さんが五十の坂を越した年の秋、右の頬がへんに暖くなって、むずかゆく、そのうちに頬が少しずつふくらみ、撫でさすっていると、いよいよ大きくなって、お爺さんは淋しそうに笑い、

「こりゃ、いい孫が出来た。」と言ったが、息子の聖人は頗《すこぶ》るまじめに、

「頬から子供が生れる事はございません。」と興覚めた事を言い、また、お婆さんも、

「いのちにかかわるものではないでしょうね。」と、にこりともせず一言、尋ねただけで、それ以上、その瘤に対して何の関心も示してくれない。かえって、近所の人が、同

情して、どういうわけでそんな瘤が出来たのでしょうね、痛みませんか、さぞやジャマッケでしょうね、などとお見舞いの言葉を述べる。しかし、お爺さんは、笑ってかぶりを振る。ジャマッケどころか、お爺さんは、いまは、この瘤を本当に、自分の可愛い孫のように思い、自分の孤独を慰めてくれる唯一の相手として、朝起きて顔を洗う時にも、特別にていねいにこの瘤に清水をかけて洗い清めているのである。きょうのように、山でひとりで、お酒を飲んで御機嫌《ごきげん》の時には、この瘤は殊にも、お爺さんになくてかなわぬ恰好の話相手である。お爺さんは岩の上に大あぐらをかき、瓢のお酒を飲みながら、頬の瘤を撫で、

「なあに、こわい事なんかないさ。遠慮には及びませぬて。人間すべからく酔うべしじゃ。まじめにも、程度がありますよ。阿波聖人とは恐れいる。お見それ申しましたよ。偉いんだってねえ。」など、誰やらの悪口を瘤に囁き、そうして、えへん！と高く咳ばらいをするのである。

ニワカニ　クラク　ナリマシタ
カゼガ　ゴウゴウ　フイテキテ
アメモ　ザアザア　フリマシタ

春の夕立ちは、珍しい。しかし、剣山ほどの高い山においては、このような天候の異変も、しばしばあると思わなければなるまい。山は雨のために白く煙り、雉《きじ》、山鳥があちこちから、ぱっぱっと飛び立って矢のように早く、雨を避けようとして林の中に逃げ込む。お爺さんは、あわてず、にこにこして、

「この瘤が、雨に打たれてヒンヤリするのも悪くないわい。」

と言い、なおもしばらく岩の上にあぐらをかいたまま、雨の景色を眺めていたが、雨はいよいよ強くなり、いっこうに止みそうにも見えないので、

「こりゃ、どうも。ヒンヤリしすぎて寒くなった。」と言って立ち上り、大きいくしゃみを一つして、それから拾い集めた柴《しば》を背負い、こそこそと林の中に這入《はい》って行く。林の中は、雨宿りの鳥獣で大混雑である。

「はい、ごめんよ。ちょっと、ごめんよ。」

とお爺さんは、猿や兎や山鳩に、いちいち上機嫌で挨拶して林の奥に進み、山桜の大木の根もとが広い虚《うろ》になっているのに潜り込んで、

「やあ、これはいい座敷だ。どうです、みなさんも、」と兎たちに呼びかけ、「この座敷には偉いお婆さんも聖人もいませんから、どうか、遠慮なく、どうぞ。」などと、ひ

どくはしゃいで、そのうちに、すうすう小さい鼾《いびき》をかいて寝てしまった。酒飲みというものは酔ってつまらぬ事も言うけれど、しかし、たいていは、このように罪のないものである。

ユウダチ　ヤムノヲ　マツウチニ
ツカレガ　デタカ　オジイサン
イツカ　グッスリ　ネムリマス
オヤマハ　ハレテ　クモモナク
アカルイ　ツキヨニ　ナリマシタ

この月は、春の下弦《かげん》の月である。浅みどり、とでもいうのか、水のような空に、その月が浮び、林の中にも月影が、松葉のように一ぱいこぼれ落ちている。しかし、お爺さんは、まだすやすや眠っている。蝙蝠が、はたはたと木の虚《うろ》から飛んで出た。お爺さんは、ふと眼をさまし、もう夜になっているので驚き、

「これは、いけない。」

と言い、すぐ眼の前に浮ぶのは、あのまじめなお婆さんの顔と、おごそかな聖人の顔で、ああ、これは、とんだ事になった、あの人たちは未だ私を叱った事はないけれども、

しかし、どうも、こんなにおそく帰ったのでは、どうも気まずい事になりそうだ、えい、お酒はもうないか、と瓢を振れば、底に幽《かす》かにピチャピチャという音がする。

「あるわい。」と、にわかに勢いづいて、一滴のこさず飲みほして、ほろりと酔い、

「や、月が出ている。春宵一刻、――」などと、つまらぬ事を呟きながら木の虚《うろ》から這い出ると、

オヤ　ナンデショウ　サワグコエ
ミレバ　フシギダ　ユメデショカ

という事になるのである。

見よ。林の奥の草原に、この世のものとも思えぬ不可思議の光景が展開されているのである。鬼、というものは、どんなものだか、私は知らない。見た事がないからである。幼少の頃から、その絵姿には、うんざりするくらいたくさんお目にかかって来たが、その実物に面接するの光栄には未だ浴していないのである。鬼にも、いろいろの種類があるらしい。殺人鬼、吸血鬼、などと憎むべきものを鬼と呼ぶところから見ても、これはとにかく醜悪の性格を有する生き物らしいと思っていると、また一方においては、文壇の鬼才何某先生の傑作、などという文句が新聞の新刊書案内欄に出ていたりするので、

まごついてしまう。まさか、その何某先生が鬼のような醜悪の才能を持っているという事実を暴露し、以て世人に警告を発するつもりで、その案内欄に鬼才などという怪しむべき奇妙な言葉を使用したのでもあるまい。甚だしきに到っては、文学の鬼、などという、ぶしつけな、ひどい言葉を何某先生に捧げたりしていて、これではいくら何でも、その何某先生も御立腹なさるだろうと思うと、また、そうでもないらしく、その何某先生は、そんな失礼千万の醜悪な綽名《あだな》をつけられても、まんざらでないらしく、御自身ひそかにその奇怪の称号を許容しているらしいという噂などを聞いて、迂愚《うぐ》の私は、いよいよ戸惑うばかりである。あの、虎の皮のふんどしをした赤つらの、そうしてぶざいくな鉄の棒みたいなものを持った鬼が、もろもろの芸術の神であるとは、どうしても私には考えられないのである。鬼才だの、文学の鬼だのという難解な言葉は、あまり使用しないほうがいいのではあるまいか、とかねてから愚案していた次第であるが、しかし、それは私の見聞の狭いゆえであって、鬼にも、いろいろの種類があるのかも知れない。このへんで、日本百科辞典でも、ちょっと覗いてみると、私もたちまち老幼婦女子の尊敬の的たる博学の士に一変して、(世の物識りというものは、たいていそんなものである)しさいらしい顔をして、鬼について縷々《るる》千万言を開陳できるのでもあろうが、生憎と私は壕の中にしゃがんで、そうして膝の上には、子供の絵本が一冊ひろげられてあるきりなのである。私は、ただこの絵本の絵によって、論断せざるを得ないのである。

見よ。林の奥の、やや広い草原に、異形の物が十数人、と言うのか、十数匹と言うのか、とにかく、まぎれもない虎の皮のふんどしをした、あの、赤い巨大の生き物が、円陣を作って坐り、月下の宴のさいちゅうである。

お爺さん、はじめは、ぎょっとしたが、しかし、お酒飲みというものは、お酒を飲んでいない時には意気地《いくじ》がなくてからきし駄目でも、酔っている時には、かえって衆にすぐれて度胸のいいところなど、見せてくれるものである。お爺さんは、いまは、ほろ酔いである。かの厳粛なるお婆さんをも、また品行方正の聖人をも、なに恐れんやというようなかなりの勇者になっているのである。眼前の異様の風景に接して、腰を抜かすなどという醜態を示す事はなかった。虚《うろ》から出た四つ這いの形のままで、前方の怪しい酒宴のさまを熟視し、

「気持よさそうに、酔っている。」とつぶやき、そうして何だか、胸の奥底から、妙なよろこばしさが湧いて出て来た。お酒飲みというものは、よそのものたちが酔っているのを見ても、一種のよろこばしさを覚えるものらしい。いわゆる利己主義者ではないの

であろう。つまり、隣家の仕合せに対して乾盃を挙げるというような博愛心に似たものを持っているのかも知れない。自分も酔いたいが、隣人もまた、共に楽しく酔ってくれたら、そのよろこびは倍加するもののようである。お爺さんだって、知っている。眼前の、その、人とも動物ともつかぬ赤い巨大の生き物が、鬼というおそろしい種族のものであるという事は、直覚している。虎の皮のふんどし一つによっても、それは間違いのない事だ。しかし、その鬼どもは、いま機嫌よく酔っている。お爺さんも酔っている。これは、どうしても、親和の感の起らざるを得ないところだ。お爺さんは、四つ這いの形のままで、なおもよく月下の異様の酒宴を眺める。鬼、と言っても、この眼前の鬼どもは、殺人鬼、吸血鬼などの如く、佞悪《ねいあく》の性質を有している種族のものではなく、顔こそ赤くおそろしげではあるが、ひどく陽気で無邪気な鬼のようだ、とお爺さんは見てとった。お爺さんのこの判定は、だいたいにおいて的中していた。つまり、この鬼どもは、剣山の隠者とでも称すべき頗《すこぶ》る温和な性格の鬼なのである。地獄の鬼などとは、まるっきり種族が違っているのである。だいいち、鉄棒などという物騒なものを持っていない。これすなわち、害心を有していない証拠と言ってよい。しかし、隠者とは言っても、かの竹林の賢者たちのように、ありあまる知識をもてあまして、竹林に逃げ込んだというようなものではなくて、この剣山の隠者の心は甚だ愚である。仙という字は山の人と書かれているから、何でもかまわぬ、山の奥に住んでいる人を仙人と称してよろしいというう、ひどく簡明の学説を聞いた事があるけれども、かりにその学説に従うなら、この剣山の隠者たちも、その心いかに愚なりといえども、仙の尊称を贈呈して然るべきものかも知れない。とにかく、いま月下の宴に打興じているこの一群の赤く巨大の生き物は、鬼と呼ぶよりは、隠者または仙人と呼称するほうが妥当のようなしろものなのである。その心の愚なる事は既に言ったが、その酒宴の有様を見るに、ただ意味もなく奇声を発し、膝をたたいて大笑い、または立ち上ってやたらにはねまわり、または巨大のからだを丸くして円陣の端から端まで、ごろごろところがって行き、それが踊りのつもりらしいのだから、その智能の程度は察するにあまりあり、芸のない事おびただしい。この一事を以てしても、鬼才とか、文学の鬼とかいう言葉は、まるで無意味なものだということを証明できるように思われる。こんな愚かな芸なしどもが、もろもろの芸術の神であるとは、どうしても私には考えられないのである。お爺さんも、この低能の踊りには呆れた。ひとりでくすくす笑い、

「なんてまあ、下手な踊りだ。ひとつ、私の手踊りでも見せてあげましょうかい。」と

つぶやく。

オドリノ　スキナ　オジイサン
スグニ　トビダシ　オドッタラ
コブガ　フラフラ　ユレルノデ
トテモ　オカシイ　オモシロイ

お爺さんには、ほろ酔いの勇気がある。なおその上、鬼どもに対し、親和の情を抱いているのであるから、何の恐れるところもなく、円陣のまんなかに飛び込んで、お爺さんご自慢の阿波踊りを踊って、

むすめ島田で年寄りゃかつらじゃ
赤い襷《たすき》に迷うも無理ゃない
嫁も笠きて行かぬか来い来い

とかいう阿波の俗謡をいい声で歌う。鬼ども、喜んだのなんの、キャッキャッケタケタと奇妙な声を発し、よだれやら涙やらを流して笑いころげる。お爺さんは調子に乗って、

大谷通れば石ばかり

笹山通れば笹ばかり

とさらに一段と声をはり上げて歌いつづけ、いよいよ軽妙に踊り抜く。

オニドモ　タイソウ　ヨロコンデ
ツキヨニャ　カナラズ　ヤッテキテ
オドリ　オドッテ　ミセトクレ
ソノ　ヤクソクノ　オシルシニ
ダイジナ　モノヲ　アズカロウ

と言い出し、鬼たち互いにひそひそ小声で相談し合い、どうもあの頰《ほっ》ぺたの瘤はてかてか光って、なみなみならぬ宝物のように見えるではないか、あれをあずかっておいたら、きっとまたやって来るに違いない、と愚昧《ぐまい》なる推量をして、やにわに瘤をむしり取る。無智ではあるが、やはり永く山奥に住んでいるおかげで、何か仙術みたいなものを覚え込んでいたのかも知れない。何の造作もなく綺麗に瘤をむしり取った。

お爺さんは驚き、

「や、それは困ります。私の孫ですよ。」と言えば、鬼たち、得意そうにわっと歓声を挙げる。

アサデス　ツユノ　ヒカルミチ
コブヲ　トラレタ　オジイサン
ツマラナソウニ　ホオヲ　ナデ
オヤマヲ　オリテ　ユキマシタ

瘤は孤独のお爺さんにとって、唯一の話相手だったのだから、その瘤を取られて、お爺さんは少し淋しい。しかしまた、軽くなった頬が朝風に撫でられるのも、悪い気持のものではない。結局まあ、損も得もなく、一長一短というようなところか、久しぶりで思うぞんぶん歌ったり踊ったりしただけが得《とく》、という事になるかな？　など、のんきな事を考えながら山を降りて来たら、途中で、野良へ出かける息子の聖人とばったり出逢う。

「おはようございます。」と聖人は、頬被《ほおかぶ》りをとって荘重に朝の挨拶をする。

「いやあ。」とお爺さんは、ただまごついている。それだけで左右に別れる。お爺さんの瘤が一夜のうちに消失しているのを見てとって、さすがの聖人も、内心すこしく驚いたのであるが、しかし、父母の容貌についてとやかくの批評がましい事を言うのは、聖人の道にそむくと思い、気附かぬ振りして黙って別れたのである。

家に帰るとお婆さんは、

「お帰りなさいまし。」と落ちついて言い、昨夜はどうしましたとか何とかいう事はいっさい問わず、「おみおつけが冷たくなりまして、」と低くつぶやいて、お爺さんの朝食の支度をする。

「いや、冷たくてもいいさ。あたためるには及びませんよ。」とお爺さんは、やたらに遠慮して小さくかしこまり、朝食のお膳につく。お婆さんにお給仕されてごはんを食べながら、お爺さんは、昨夜の不思議な出来事を知らせてやりたくて仕様がない。しかし、お婆さんの儼然たる態度に圧倒されて、言葉が喉のあたりにひっからまって何も言えない。うつむいて、わびしくごはんを食べている。

「瘤が、しなびたようですね。」お婆さんは、ぽつんと言った。

「うむ。」もう何も言いたくなかった。

「破れて、水が出たのでしょう。」とお婆さんは事もなげに言って、澄ましている。

「うむ。」

「また、水がたまって腫れるんでしょうね。」

「そうだろう。」

結局、このお爺さんの一家において、瘤の事などは何の問題にもならなかったわけである。ところが、このお爺さんの近所に、もうひとり、左の頬にジャマッケな瘤を持ってるお爺さんがいたのである。そうして、このお爺さんこそ、その左の頬の瘤を、本当に、ジャマッケなものとして憎み、とかくこの瘤が私の出世のさまたげ、この瘤のため、私はどんなに人からあなどられ嘲笑せられて来た事か、と日に幾度か鏡を覗いて溜息を吐《つ》き、頬髯を長く伸ばしてその瘤を髯の中に埋没させて見えなくしてしまおうとたくらんだが、悲しい哉《かな》、瘤の頂きが白髯の四海波《*しかいなみ》の間から初日出《はつひので》のようにあざやかにあらわれ、かえって天下の奇観を呈するようになったのである。もともとこのお爺さんの人品骨柄は、いやしくない。体軀は堂々、鼻も大きく眼光も鋭い。言語動作は重々しく、思慮分別も十分の如くに見える。服装だって、どうしてなかなか立派で、それに何やら学問もあるそうで、また、財産も、あのお酒飲みのお爺さんなどとは較べものにならぬくらいどっさりあるとかいう話で、近所の人たちも皆このお爺さんに一目《いちもく》置いて、「旦那」あるいは「先生」などという尊称を奉り、何もかも結構、立派なお方ではあったが、どうもその左の頬のジャマッケな瘤のために、旦那は日夜、鬱々として楽しまない。このお爺さんのおかみさんは、ひどく若い。三十六歳である。そんなに美人でもないが色白くぽっちゃりして、少し蓮葉《はすつぱ》なくらいいつも陽気に笑ってはしゃいでいる。十二、三の娘がひとりあって、これはなかなかの美少女であるが、性質はいくらか生意気の傾向がある。でも、この母と娘は気が合って、いつも何かと笑い騒ぎ、そのために、この家庭は、お旦那の苦虫を嚙みつぶしたような表情にもかかわらず、まず明るい印象を人に与える。

「お母さん、お父さんの瘤は、どうしてそんなに赤いのかしら。蛸《たこ》の頭みたいね。」と生意気な娘は、無遠慮に率直な感想を述べる。母は叱りもせず、ほほほと笑い、

「そうね。でも、木魚《もくぎよ》を頰《ほつ》ぺたに吊していろようにも見えるわね。」

「うるさい！」と旦那は怒り、ぎょろりと妻子を睨んですっくと立ち上り、奥の薄暗い部屋に退却して、そっと鏡を覗き、がっかりして、

「これは、駄目だ。」と呟く。

いっそもう、小刀で切って落そうか、死んだっていい、とまで思いつめた時に、近所のあの酒飲みのお爺さんの瘤が、このごろふっとなくなったという噂を小耳にはさむ。暮夜ひそかに、お旦那は、酒飲み爺さんの草屋を訪れ、そうしてあの、月下の不思議な宴の話を明かしてもらった。

キイテ　タイソウ　ヨロコンデ
「ヨシヨシ　ワタシモ　コノコブヲ
ゼヒトモ　トッテ　モライマショウ」

と勇み立つ。さいわいその夜も月が出ていた。お旦那は、出陣の武士の如く、眼光炯々《けいけい》、口をへの字型にぎゅっと引き結び、いかにしても今宵《こよい》は、天晴《あっぱ》れの舞いを一さし舞い、その鬼どもを感服せしめ、もし万一、感服せずば、この鉄扇にて皆殺しにしてやろう、たかが酒くらいの愚かな鬼ども、何ほどの事があろうや、と鬼に踊りを見せに行くのだか、鬼退治に行くのだか、何が何やら、ひどい意気込みで鉄扇右手に、肩いからして剣山の奥深く踏み入る。このように、いわゆる「傑作意識」にこりかたまった人の行う芸事は、とかくまずく出来上るものである。このお爺さんの踊りも、あまりにどうも意気込みがひどすぎて、遂に完全の失敗に終った。お爺さんは、鬼どもの酒宴の円陣のまんなかに恭々粛々と歩を運び、

「ふつつかながら。」と会釈し、鉄扇はらりと開き、屹《き》っと月を見上げて、大樹の如く凝然と動かず。しばらく経って、とんと軽く足踏みして、おもむろに呻《うめ》き出すは、

「これは阿波の鳴門《なると》に一夏《いちげ》を送る僧にて候《そうろう》。さてもこの浦は平家の一門果て給いたる

所なれば痛わしく存じ、毎夜この磯辺に出でて御経を読み奉り候。磯山に、暫《しば》し岩根のまつほどに、暫し岩根のまつほどに、誰が夜舟とは白波に、楫音《かじおと》ばかり鳴門の、浦静かなる今宵かな、浦静かなる今宵かな。きのう過ぎ、きょうと暮れ、明日またかくこそあるべけれ。」そろりとわずかに動いて、またも屹っと月を見上げて端凝たり。

オニドモ　ヘイコウ
ジュンジュンニ　タッテ　ニゲマス
ヤマオクヘ

「待って下さい！」とお旦那は悲痛の声を挙げて鬼の後を追い、「いま逃げられては、たまりません。」

「逃げろ、逃げろ。鍾馗《しょうき》かも知れねえ。」

「いいえ、鍾馗ではございません。」とお旦那も、ここは必死で追いすがり、「お願いがございます。この瘤を、どうか、どうかとって下さいまし。」

「何、瘤？」鬼はうろたえているので聞き違い、「なんだ、そうか。あれは、こないだの爺さんからあずかっている大事の品だが、しかし、お前さんがそんなに欲しいならやってもいい。とにかく、あの踊りは勘弁してくれ。せっかくの酔いが醒める。たのむ。

放してくれ。これからまた、別なところへ行って飲み直さなくちゃいけねえ。たのむ。たのむから放せ。おい、誰か、この変な人に、こないだの瘤をかえしてやってくれ。欲しいんだそうだ。」

オニハ　コナイダ　アズカッタ
コブヲ　ツケマス　ミギノ　ホオ
オヤオヤ　トウトウ　コブ　フタツ
ブランブラント　オモタイナ
ハズカシソウニ　オジイサン
ムラヘ　カエッテ　ユキマシタ

実に、気の毒な結果になったものだ。お伽噺《とぎばなし》においては、たいてい、悪い事をした人が悪い報いを受けるという結末になるものだが、しかし、このお爺さんは別に悪事を働いたというわけではない。緊張のあまり、踊りがへんてこな形になったというだけの事ではないか。それかと言って、このお爺さんの家庭にも、これという悪人はいなかった。また、あのお酒飲みのお爺さんも、また、その家族も、または、剣山に住む鬼どもだって、少しも悪い事はしていない。つまり、この物語にはいわゆる「不正」の事件は、一つもなかったのに、それでも不幸な人が出てしまったのである。それゆえ、この瘤取り物語から、日常倫理の教訓を抽出しようとすると、たいへんややこしい事になって来るのである。それでは一体、何のつもりでお前はこの物語を書いたのだ、と短気な読者が、もし私に詰寄って質問したなら、私はそれに対してこうでも答えておくより他はなかろう。

性格の悲喜劇というものです。人間生活の底には、いつも、この問題が流れています。

浦島さん

浦島太郎という人は、丹後《たんご》の水江《みずのえ》とかいうところに実在していたようである。丹後といえば、いまの京都府の北部である。あの北海岸の某寒村に、いまもなお、太郎をまつった神社があるとかいう話を聞いた事がある。私はその辺に行ってみた事がないけれども、人の話によると、何だかひどく荒涼たる海浜らしい。そこにわが浦島太郎が住んでいた。もちろん、ひとり暮しをしていたわけではない。父も母もある。弟も妹もある。また、おおぜいの召使いもいる。つまり、この海岸で有名な、旧家の長男であったわけである。旧家の長男というものには、昔も今も一貫した或る特徴があるようだ。趣味性、すなわち、これである。善く言えば、風流。悪く言えば、道楽。しかし、道楽とは言っても、女狂いや酒びたりのいわゆる、放蕩とは大いに趣きを異にしている。下品にがぶがぶ大酒を飲んで素性の悪い女にひっかかり、親兄弟の顔に泥を塗るというような荒《すさ》んだ放蕩者は、次男、三男に多く見掛けられるようである。長男にはそんな野蛮性がない。

先祖伝来のいわゆる恒産があるものだから、おのずから恒心も生じて、なかなか礼儀正しいものである。つまり、長男の道楽は、次男三男の酒乱の如くムキなものではなく、ほんの片手間の遊びである。そうして、その遊びによって、旧家の長男にふさわしいゆかしさを人に認めてもらい、みずからもその生活の品位にうっとりする事が出来たら、それでもうすべて満足なのである。

「兄さんには冒険心がないから、駄目ね。」とことし十六のお転婆の妹が言う。「ケチだわ。」

「いや、そうじゃない。」と十八の乱暴者の弟が反対して、「男振りがよすぎるんだよ。」

この弟は、色が黒くて、ぶおとこである。

浦島太郎は、弟妹たちのそんな無遠慮な批評を聞いても、別に怒りもせず、ただ苦笑して、

「好奇心を爆発させるのも冒険、また、好奇心を抑制するのも、やっぱり冒険、どちらも危険さ。人には、宿命というものがあるんだよ。」と何の事やら、わけのわからんような事を悟り澄ましたみたいな口調で言い、両腕をうしろに組み、ひとり家を出て、

あちらこちら海岸を逍遥し、

*苅薦《かりごも》の
乱れ出づ
見ゆ
海人《あま》の釣船

などと、れいの風流めいた詩句の断片を口ずさみ、

「人は、なぜお互い批評し合わなければ、生きて行けないのだろう。」という素朴の疑問について鷹揚《おうよう》に首を振って考え、「砂浜の萩の花も、這い寄る小蟹も、入江に休む鴈《かり》も、何もこの私を批評しない。人間も、須《すべから》くかくあるべきだ。人おのおの、生きる流儀を持っている。その流儀を、お互い尊敬し合って行く事が出来ぬものか。誰にも迷惑をかけないように努めて上品な暮しをしているのに、それでも人は、何のかのと言う。うるさいものだ。」と幽《かす》かな溜息をつく。

「もし、もし、浦島さん。」とその時、足許《あしもと》で小さい声。

これが、れいの問題の亀である。別段、物識りぶるわけではないが、亀にもいろいろの種類がある。淡水に住むものと、鹹水《かんすい》に住むものとは、おのずからその形状も異って

いるようだ。弁天様の池畔などで、ぐったり寝そべって甲羅を干しているのは、あれは、いしがめとでもいうのであろうか、絵本には時々、浦島さんが、あの石亀の脊に乗って小手をかざし、はるか竜宮を眺めている絵があるようだが、あんな亀は、海へ這入ったとたんに鹹水にむせて頓死するだろう。しかし、お祝言の時などの島台の、*れいの蓬莱《ほうらい》山《さん》、尉姥《じょううば》の身辺に鶴と一緒に侍って、鶴は千年、亀は万年とか言われて目出度《めでた》がられているのは、どうやらこの石亀のようで、すっぽん、たいまいなどのいる島台はあまり見かけられない。それゆえ、絵本の画伯もつい、（蓬萊も竜宮も、同じ様な場所なんだから）浦島さんの案内役も、この石亀に違いないと思い込むのも無理のない事である。しかしどうも、あの爪の生えたぶざいくな手で水を掻き、海底深くもぐって行くのは、不自然のように思われる。ここはどうしても、たいまいの手のような広い鰭《ひれ》状の手で悠々と水を掻きわけてもらわなくてはならぬところだ。しかしまた、いや決して物識りぶるわけではないが、ここにもう一つ困った問題がある。たいまいの産地は、本邦では、小笠原、琉球、台湾などの南の諸地方だという話を聞いている。丹後の北海岸、すなわち日本海のあの辺の浜には、たいまいは、遺憾ながら這い上って来そうもない。それでは、いっそ浦島さんを小笠原か、琉球のひとにしようかとも思ったが、しかし、浦島さんは昔から丹後の水江の人ときまっているらしく、その上、丹後の北海岸には浦島神社が現存しているようだから、いかにお伽噺《とぎばなし》は絵空事《えそらごと》ときまっているとは言え、日本の歴史を尊重するという理由からでも、そんなあまりの軽々しい出鱈目《でたらめ》は許されない。どうしても、これは、小笠原か琉球のたいまいに、日本海までおいでになってもらわなければならぬ。しかしまた、それは困る、と生物学者のほうから抗議が出て、とかく文学者というものには科学精神が欠如している、などと軽蔑せられるのも不本意である。そこで、私は考えた。たいまいの他に、掌の鰭状を為している鹹水産の亀は、ないものか。赤海亀、とかいうものがなかったか。十年ほど前、(私も、としをとったものだ)沼津の海浜の宿で一夏を送った事があったけれども、あの時、あの浜に、甲羅の直径五尺ちかい海亀があがったといって、漁師たちが騒いで、私もたしかにこの眼で見た。赤海亀、という名前だったと記憶する。あれだ。あれにしよう。沼津の浜にあがったのならば、まあ、ぐるりと日本海のほうにまわって、丹後の浜においでになってもらっても、そんなに生物学界の大騒ぎにはなるまいだろうと思われる。それでも潮流がどうのこうのとか言って騒ぐのだったら、もう、私は知らぬ。その、おいでになるわけのない場所に出現したのが、不思議さ、ただの海亀ではあるまい、と言って澄ます事にしよう。科学精神とかいうものも、あんまり、あてになるものじゃないんだ。定理、公理も仮説じゃないか。威張っちゃいけねえ。ところで、その赤海亀は、(赤海亀という名は、ながったらしくて舌にもつれるから、以下、単に亀と呼称する)頸《くび》を伸ばして浦島さんを見上げ、「もし、もし。」と呼び、「無理もねえよ。わかるさ。」と言った。浦島は驚き、

「なんだ、お前。こないだ助けてやった亀ではないか。まだ、こんなところに、うろついていたのか。」

これがつまり、子供のなぶる亀を見て、浦島さんは可哀想にと言って買いとり海へ放してやったという、あの亀なのである。

「うろついていたのか、とは情ない。恨むぜ、若旦那。私は、こう見えても、あなたに御恩がえしをしたくて、あれから毎日毎晩、この浜へ来て若旦那のおいでを待っていたのだ。」

「それは、浅慮というものだ。あるいは、無謀とも言えるかも知れない。また子供たちに見つかったら、どうする。こんどは、生きては帰られまい。」

「気取っていやがる。また捕まえられたら、また若旦那に買ってもらうつもりさ。浅慮で悪うござんしたね。私は、どうしたって若旦那に、もう一度お目にかかりたかった

んだから仕様がねえ。この仕様がねえ、というところが惚れた弱味よ。心意気を買ってくんな。」

浦島は苦笑して、

「身勝手な奴だ。」と呟く。亀は聞きとがめて、

「なあんだ、若旦那。自家撞着していますぜ。さっきご自分で批評がきらいだなんておっしゃってた癖に、ご自分では、私の事を浅慮だの無謀だの、こんどは身勝手だの、さかんに批評してやがるじゃないか。若旦那こそ身勝手だ。私には私の生きる流儀があるんですからね。ちっとは、みとめて下さいよ。」と見事に逆襲した。

浦島は赤面し、

「私のは批評ではない、これは、訓戒というものだ。諷諫《ふうかん》、といってもよかろう。諷*諫、耳に逆《さから》うもその行を利す、というわけのものだ。」ともっともらしい事を言ってごまかした。

「気取らなけれあ、いい人なんだが。」と亀は小声で言い、「いや、もう私は、何も言わん。私のこの甲羅の上に腰かけて下さい。」

浦島は呆れ、

「お前は、まあ、何を言い出すのです。私はそんな野蛮な事はきらいです。亀の甲羅に腰かけるなどは、それは狂態と言ってよかろう。決して風流の仕草ではない。」

「どうだっていいじゃないか、そんな事は。こっちは、先日のお礼として、これから竜宮城へ御案内しようとしているだけだ。さあ早く私の甲羅に乗って下さい。」

「何、竜宮?」と言って噴き出し、「おふざけでない。お前はお酒でも飲んで酔っているのだろう。とんでもないことを言い出す。竜宮というのは昔から、歌に詠まれ、また神仙譚として伝えられていますが、あれはこの世にはないもの、ね、わかりますか? あれは、古来、私たち風流人の美しい夢、あこがれ、と言ってもいいでしょう。」上品すぎて、少しきざな口調になった。

こんどは亀のほうで噴き出して、

「たまらねえ。風流の講釈は、あとでゆっくり伺いますから、まあ、私の言う事を信じてとにかく私の甲羅に乗って下さい。あなたはどうも冒険の味を知らないからいけない。」

「おや、お前もやっぱり、うちの妹と同じ様な失礼な事を言うね。いかにも私は、冒険というものはあまり好きでない。たとえば、あれは、曲芸のようなものだ。派手なようでも、やはり下品《げぼん》だ。邪道、と言っていいかも知れない。宿命に対する諦観がない。伝統についての教養がない。めくら蛇におじず、とでもいうような形だ。私ども正統の風流の士のいたく顰蹙するところのものだ。軽蔑している、と言っていいかも知れない。私は先人のおだやかな道を、まっすぐに歩いて行きたい。」

「ぷ！」と亀はまた噴き出し、「その先人の道こそ、冒険の道じゃありませんか。いや、冒険なんて下手な言葉を使うから何か血なまぐさくて不衛生な無頼漢みたいな感じがして来るけれども、信じる力とでも言い直したらどうでしょう。あの谷の向う側にたしかに美しい花が咲いていると信じ得た人だけが、何の躊躇もなく藤蔓《ふじづる》にすがって向う側に渡って行きます。それを人は曲芸かと思って、あるいは喝采し、あるいは何の人気取りめがと顰蹙します。しかし、それは絶対に曲芸師の綱渡りとは違っているのです。藤蔓にすがって谷を渡っている人は、ただ向う側の花を見たいだけなのです。自分がいま冒険をしているなんて、そんな卑俗な見栄みたいなものは持ってやしないんです。なんの冒険が自慢になるものですか。ばかばかしい。信じているのです。花のある事を信じ切っているのです。そんな姿を、まあ、仮に冒険と呼んでいるだけです。あなたに冒険心がないというのは、あなたには信じる能力がないという事です。信じる事は、下品《げぼん》ですか。信じる事は、邪道ですか。どうも、あなたがた紳士は、信じない事を誇りにして生きているのだから、しまつが悪いや。それはね、頭のよさじゃないんですよ。もっと卑しいものなのですよ。吝嗇《りんしょく》というものです。損をしたくないという事ばかり考えている証拠ですよ。御安心なさい。誰も、あなたに、ものをねだりやしませんよ。人の深切《しんせつ》をさえ、あなたたちは素直に受取る事を知らないんだからなあ。あとのお返しが大変だ、なんてね。いや、どうも、風流の士なんてのは、ケチなもんだ。」

「ひどい事を言う。妹や弟にさんざん言われて、浜へ出ると、こんどは助けてやった亀にまで同じ様な失敬な批評を加えられる。どうも、われとわが身に伝統の誇りを自覚していない奴は、好き勝手な事を言うものだ。一種のヤケと言ってよかろう。私には何でもよくわかっているのだ。私の口から言うべき事ではないが、お前たちの宿命と私の宿命には、たいへんな階級の差がある。生れた時から、もう違っているのだ。私のせいではない。それは天から与えられたものだ。しかし、お前たちには、それがよっぽど口惜《くや》しいらしい。何のかのと言って、私の宿命をお前たちの宿命にまで引下げようとしているが、しかし、天の配剤、人事の及ばざるところさ。お前は私を竜宮へ連れて行くなどと大法螺《おおぼら》を吹いて、私と対等の附合いをしようとたくらんでいるらしいが、もういい、私には何もかもよくわかっているのだから、あまり悪あがきしないでさっさと海の底のお前の住居へ帰れ。なんだ、せっかく私が助けてやったのに、また子供たちに捕まったら何にもならぬ。お前たちこそ、人の深切を素直に受け取る法を知らぬ。」

「えへへ、」と亀は不敵に笑い、「せっかく助けてやったは恐れいる。紳士は、これだから、いやさ。自分がひとに深切を施すのは、たいへんの美徳で、そうして内心いささか報恩などを期待しているくせに、ひとの深切には、いやもうひどい警戒で、あいつと対等の附合いになってはかなわぬなどと考えているんだから、げっそりしますよ。それじゃ私だって言いますが、あなたが私を助けてくれたのは、私が亀で、そうして、いじめている相手は子供だったからでしょう。亀と子供じゃあ、その間にはいって仲裁しても、あとくされがありませんからね。それに、子供たちには、五文のお金でも大金ですからね。しかし、まあ、五文とは値切ったものだ。私は、も少し出すかと思った。あなたのケチには、呆れましたよ。私のからだの値段が、たった五文かと思ったら、私は情けなかったね。それにしてもあの時、相手が亀と子供だったから、あなたは五文でも出して仲裁したんだ。まあ、気まぐれだね。しかし、あの時の相手が亀と子供でなく、まあ、たとえば荒くれた漁師が病気の乞食をいじめていたのだったら、あなたは五文はおろか、一文だって出さず、いや、ただ顔をしかめて急ぎ足で通り過ぎたに違いないんだ。あなたたちは、人生の切実の姿を見せつけられるのを、とても、いやがるからね。それこそ御自身の高級な宿命に、糞尿を浴びせられたような気がするらしい。あなたたちの深切は、遊びだ。享楽だ。亀だから助けたんだ。子供だからお金をやったんだ。荒くれた漁師と病気の乞食の場合は、まっぴらなんだ。実生活の生臭い風にお顔を撫でられるのが、とてもとても、いやなんだ。お手を、よごすのがいやなのさ。なんてね、こんなのを、聞いたふうの事、と言うんですよ、浦島さん。あなたは怒りやしませんね。だって、私はあなたを好きなんだもの。いや、怒るかな？　あなたのように上流の宿命を持っているお方たちは、私たち下賤のものに好かれる事をさえ不名誉だと思っているらしいのだから始末がわるい。殊《こと》に私は亀なんだからな。亀に好かれたんじゃあ気味がわるいか、しかし、まあ勘弁して下さいよ、好き嫌いは理窟じゃないんだ。あなたに助けられたから好きというわけでもないし、あなたが風流人だから好きというのでもない。ただ、ふっと好きなんだ。好きだから、あなたの悪口を言って、あなたをからかってみたくなるんだ。これがつまり私たち爬虫類《はちゆうるい》の愛情の表現の仕方なのさ。どうもね、爬虫類だからね、蛇の親類なんだからね、信用のないのも無理がねえよ。しかし私は、エデンの園の蛇じゃない、はばかりながら日本の亀だ。あなたに竜宮行きをそそのかして堕落させようなんて、たくらんでいるんじゃねえのだ。心意気を買ってくんな。私はただ、あなたと一緒に遊びたいのだ。竜宮へ行って遊びたいのだ。あの国には、うるさい批評なんかないのだ。みんな、のんびり暮しているよ。だから、遊ぶにはもって来いのところなんだ。私は陸にもこうして上って来れるし、また海の底へも、もぐって行けるから、両方の暮しを比較して眺める事が出来るのだが、どうも、陸上の生活は騒がしい。お互い批評が多すぎるよ。陸上生活の会話の全部が、人の悪口か、でなければ自分の広告だ。うんざりするよ。私もちょいちょいこうして陸に上って来たお蔭で、陸上生活に少しかぶれて、それこそ聞いたふうの批評なんかを口にするようになって、どうもこれはとんでもない悪影響を受けたものだと思いながらも、この批評癖にも、やめられぬ味がありまして、批評のない竜宮城の暮しにもちょっと退屈を感ずるようになったのです。どうも、悪い癖を覚えたものです。文明病の一種ですかね。いまでは私は、自分が海の魚だか陸の虫だか、わからなくなりましたよ。たとえばあの、鳥だか獣だかわからぬ蝙蝠《こうもり》のようなものですね。悲しき性《さが》になりました。まあ海底の異端者とでもいったようなところですかね。だんだん故郷の竜宮城にも居にくくなりましてね。しかし、あそこは遊ぶには、いいところだ、それだけは保証します。信じて下さい。歌と舞いと、美食と酒の国です。あなたたち風流人には、もって来いの国です。あなたは、さっき批評はいやだとつくづく慨歎していたではありませんか。竜宮には批評はありませんよ。」

浦島は亀の驚くべき饒舌に閉口し切っていたが、しかし、その最後の一言に、ふと心をひかれた。

「本当になあ、そんな国があったらなあ。」

「あれ、まだ疑っていやがる。私は嘘をついているのじゃありません。なぜ私を信じないんです。怒りますよ。実行しないで、ただ、あこがれて溜息をついているのが風流人ですか。いやらしいものだ。」

性温厚の浦島も、そんなにまでひどく罵倒されては、このまま引下るわけにも行かなくなった。

「それじゃまあ仕方がない。」と苦笑しながら、「仰せに随《したが》って、お前の甲羅に腰かけてみるか。」

「言う事すべて気にいらん。」と亀は本気にふくれて、「腰かけてみるか、とは何事です。腰かけてみるのも、腰かけるのも、結果においては同じじゃないか。疑いながら、ためしに右へ曲るのも、信じて断乎として右へ曲るのも、その運命は同じ事です。どっちにしたって引返すことは出来ないんだ。試みたとたんに、あなたの運命がちゃんときめられてしまうのだ。人生には試みなんて、存在しないんだ。やってみるのは、やったのと同じだ。実にあなたたちは、往生際が悪い。引返す事が出来るものだと思っている。」

「わかったよ、わかったよ。それでは信じて乗せてもらおう!」

「よし来た。」

亀の甲羅に浦島が腰をおろしたとみるみる亀の脊中はひろがって畳二枚くらい敷けるくらいの大きさになり、ゆらりと動いて海にはいる。汀《みぎわ》から一丁ほど泳いで、それから亀は、

「ちょっと眼をつぶって。」ときびしい口調で命令し、浦島は素直に眼をつぶると夕立ちの如き音がして、身辺ほのあたたかく、春風に似て春風よりも少し重たい風が耳朶《じだ》をなぶる。

「*水深千尋《ひろ》。」と亀が言う。

浦島は船酔いに似た胸苦しさを覚えた。

「吐いてもいいか。」と眼をつぶったまま亀に尋ねる。

「なんだ、へどを吐くのか。」と亀は以前の剽軽《ひょうきん》な口調にかえって、「きたねえ船客だな。おや、馬鹿正直に、まだ眼をつぶっていやがる。これだから私は、太郎さんが好きさ。もう眼をあいてもよござんすよ。眼をあいて、よもの景色をごらんになったら、胸の悪いのなんかすぐになおってしまいます。」

眼をひらけば冥茫模糊《めいぼうもこ》、薄みどり色の奇妙な明るさで、そうしてどこにも影がなく、ただ茫々たるものである。

「竜宮か。」と浦島は寝呆けているような間伸びた口調で言った。

「何を言ってるんだ。まだやっと水深千尋じゃないか。竜宮は海底一万尋だ。」

「へええ。」浦島は妙な声を出した。「海ってものは、広いもんだねえ。」

「浜育ちのくせに、山奥の猿みたいな事を言うなよ。あなたの家の泉水よりは少し広いさ。」

前後左右どちらを見ても、ただ杳々《ようよう》茫々、脚下を覗いてもやはり際限なく薄みどり色のほの明るさが続いているばかりで、上を仰いでも、これまた蒼穹に非ざる洸洋たる大洞、ふたりの話声の他には、物音一つなく、春風に似て春風よりも少しねばっこいような風が浦島の耳朶をくすぐっているだけである。

浦島はやがて遥か右上方に幽《かす》かな、一握りの灰を撒いたくらいの汚点を認めて、

「あれは何だ。雲かね？」と亀に尋ねる。

「冗談言っちゃいけねえ。海の中に雲なんか流れていやしねえ。」

「それじゃ何だ。墨汁一滴を落したような感じだ。単なる塵芥《じんかい》かね。」

「間抜けだね、あなたは。見たらわかりそうなものだ。あれは、鯛の大群じゃないか。」

「へえ？　微々たるものだね。あれでも二、三百匹はいるんだろうね。」

「馬鹿だな。」と亀はせせら笑い、「本気でいっているのか？」

「それじゃあ、二、三千か。」

「しっかりしてくれ。まず、ざっと五、六百万。」

「五、六百万？　おどかしちゃいけない。」

亀はにやにや笑って、

「あれは、鯛じゃないんだ。海の火事だ。ひどい煙だ。あれだけの煙だと、そうさね、日本の国を二十ほど寄せ集めたくらいの広大な場所が燃えている。」

「嘘をつけ。海の中で火が燃えるもんか。」

「浅慮、浅慮。水の中だって酸素があるんですからね。火の燃えないわけはない。」

「ごまかすな。それは無智な詭弁《きべん》だ。冗談はさて置いて、いったいあの、ゴミのようなものは何だ。やっぱり、鯛かね？　まさか、火事じゃあるまい。」

「いや、火事だ。いったい、あなた、陸の世界の無数の河川が昼夜をわかたず、海にそそぎ込んでも、それでも海の水が増しもせず減りもせず、いつも同じ量をちゃんと保って居られるのは、どういうわけか、考えてみた事がありますか。海のほうだって困りますよ。あんなにじゃんじゃん水を注ぎ込まれちゃ、処置に窮しますよ。それでまぁ時々、あんな工合いにして不用の水を焼き捨てるのですな。やあ、燃える、燃える、大火事だ。」

「なに、ちっとも煙が広がりやしない。いったい、あれは、何さ。さっきから、少しも動かないところを見ると、さかなの大群でもなさそうだ。意地わるな冗談なんか言わないで、教えておくれ。」

「それじゃ教えてあげましょう。あれはね、月の影法師です。」

「また、かつぐんじゃないのか？」

「いいえ、海の底には、陸の影法師は何も写りませんが、天体の影法師は、やはり真上から落ちて来ますから写るのです。月の影法師だけでなく、星辰の影法師も皆、写ります。だから、竜宮では、その影法師をたよりに暦を作り、四季を定めます。あの月の影法師は、まんまるより少し欠けていますから、きょうは十三夜かな？」

真面目な口調でそういうので、浦島も、あるいはそうかも知れぬと思ったが、しかし、何だかへんだとも思った。でもまた、見渡す限り、ただ薄みどり色の茫洋乎たる大空洞の片隅に、幽かな黒一点をとどめているものが、たといそれは嘘にしても月の影法師だといわれて見ると、鯛の大群や火事だと思って眺めるよりは、風流人の浦島にとって、はるかに趣きがあり、郷愁をそそるに足るものがあった。

そのうちに、あたりは異様に暗くなり、ごうという凄じい音と共に烈風の如きものが押し寄せて来て、浦島はもう少しで亀の脊中からころげ落ちるところであった。

「ちょっとまた眼をつぶって。」と亀は厳粛な口調で言い、「ここはちょうど、竜宮の入口になっているのです。人間が海の底を探検しても、たいていここが海底のどんづまりだと見極めて引上げて行くのです。ここを越えて行くのは、人間では、あなたが最初で、また最後かも知れません。」

くるりと亀はひっくりかえったように、浦島には思われた。ひっくりかえったまま、つまり、腹を上にしたまま泳いで、そうして浦島は亀の甲羅にくっついて、宙返りを半分しかけたような形で、けれどもこぼれ落ちる事もなく、さかさにすっと亀と共に上の方へ進行するような、まことに妙な錯覚を感じたのである。

「眼をあいてごらん。」と亀に言われた時には、しかし、もうそんな、さかさの感じはなく、当り前に亀の甲羅の上に坐って、そうして、亀は下へ下へと泳いでいる。

あたりは、あけぼのの如き薄明で、脚下にぼんやり白いものが見える。どうも、何だか、山のようだ。塔が連立しているようにも見えるが、塔にしては洪大《こうだい》すぎる。

「あれは何だ。山か。」

「そうです。」

「竜宮の山か。」興奮のため声が嗄れていた。

「そうです。」亀は、せっせと泳ぐ。

「まっ白じゃないか。雪が降っているのかしら。」

「どうも、高級な宿命を持っている人は、考える事も違いますね。立派なものだ。海の底にも雪が降ると思っているんだからね。」

「しかし、海の底にも火事があるそうだし、」と浦島は、さっきの仕返しをするつもりで、「雪だって降るだろうさ。何せ、酸素があるんだから。」

「雪と酸素じゃ縁が遠いや。縁があっても、まず、風と桶屋ぐらいの関係じゃないか。ばかばかしい。そんな事で私をおさえようたって駄目さ。どうも、お上品なお方たちは、洒落が下手だ。雪はよいよい帰りはこわいってのはどんなもんだい。あんまり、うまくもねえか。それでも酸素よりはいいだろう。さんそネッと来るか。はくそみたいだ。酸素はどうも、助からねえ。」やはり、口では亀にかなわない。

浦島は苦笑しながら、

「ところで、あの山は、」といいかけると、亀はまたあざ笑い、

「ところで、とは大きく出たじゃないか。ところであの山は、雪が降っているのではないのです。あれは真珠の山です。」

「真珠？」と浦島は驚き、「いや、嘘だろう。たとい真珠を十万粒二十万粒積み重ねたって、あれくらいの高い山にはなるまい。」

「十万粒、二十万粒とは、ケチな勘定の仕方だ。竜宮では真珠を一粒二粒なんて、そんなこまかい算《かぞ》え方はしませんよ。一山《ひとやま》、二山《ふたやま》、とやるね。一山は約三百億粒だとかい

う話だが、誰もそれをいちいち算えた事もない。それを約百万山くらい積み重ねると、まずざっとあれくらいの峯が出来る。真珠の捨場には困っているんだ。もとをただせば、さかなの糞だからね。」

とかくして竜宮の正門に着く。案外に小さい。真珠の山の裾に蛍光を発してちょこんと立っている。浦島は亀の甲羅から降りて、亀に案内をせられ、小腰をかがめてその正門をくぐる。あたりは薄明である。そうして森閑としている。

「静かだね。おそろしいくらいだ。地獄じゃあるまいね。」

「しっかりしてくれ、若旦那。」と亀は鰭《ひれ》でもって浦島の脊中を叩き、「王宮というものは皆このように静かなものだよ。丹後の浜の大漁踊りみたいな馬鹿騒ぎを年中やっているのが竜宮だなんて陳腐な空想をしていたんじゃねえのか。あわれなものだ。簡素幽《ゆう》邃《すい》というのが、あなたたちの風流の極致だろうじゃないか。地獄とは、あさましい。馴れてくると、この薄暗いのが、何とも言えずやわらかく心を休めてくれる。足許《あしもと》に気をつけて下さいよ。滑ってころんだりしては醜態だ。あれ、あなたはまだ草履《ぞうり》をはいているね。脱ぎなさいよ、失礼な。」

浦島は赤面して草履を脱いだ。はだしで歩くと、足の裏がいやにぬらぬらする。

「何だこの道は。気持が悪い。」

「道じゃない。ここは廊下ですよ。あなたは、もう竜宮城へはいっているのです。」

「そうかね。」と驚いてあたりを見廻したが、壁も柱も何もない。薄闇が、ただ漾々《ようよう》と身辺に動いている。

「竜宮には雨も降らなければ、雪も降りません。」と亀はへんに慈愛深げな口調で教える。「だから、陸上の家のようにあんな窮屈な屋根や壁を作る必要はないのです。」

「でも、門には屋根があったじゃないか。」

「あれは、目じるしです。門だけではなく、乙姫のお部屋にも、屋根や壁はあります。しかし、それもまた乙姫の尊厳を維持するために作られたもので、雨露を防ぐためのものではありません。」

「そんなものかね。」と浦島はなおもけげんな顔つきで、「その乙姫の部屋というのは、どこにあるの？　見渡したところ冥途もかくや、蕭寂《しょうじゃく》たる幽境、一木一草も見当らんじゃないか。」

「どうも田舎者には困るね。でっかい建物《たてもの》や、ごてごてした装飾には口をあけておったまげても、こんな幽邃の美には一向に感心しない。浦島さん、あなたの上品《じょうぼん》もあてにならんね。もっとも丹後の荒磯の風流人じゃ無理もないがね。伝統の教養とやらも、聞いて冷汗が出るよ。正統の風流人とはよくも言った。こうして実地に臨んでみると、田舎者まる出しなんだから恐れいる。人真似《まね》こまねの風流ごっこは、まあ、これからは、やめるんだね。」

亀の毒舌は竜宮に着いたら、何だかまた一段と凄くなって来た。

浦島は心細さ限りなく、

「だって、何も見えやしないんだもの。」とほとんど泣き声で言った。

「だから、足許に気をつけなさいって、言ってるじゃありませんか。この廊下は、ただの廊下じゃないんですよ。魚の掛橋ですよ。よく気をつけてごらんなさい。幾億という魚がひしとかたまって、廊下の床《ゆか》みたいな工合いになっているのですよ。」

浦島はぎょっとして爪先き立った。どうりで、さっきから足の裏がぬらぬらすると思っていた。見ると、なるほど、大小無数の魚どもがすきまもなく脊中を並べて、身動きもせず凝《じ》っとしている。

「これは、ひどい。」と浦島は、にわかにおっかなびっくりの歩調になって、「悪い趣味だ。これがすなわち簡素幽邃の美かね。さかなの脊中を踏んづけて歩くなんて、野蛮きわまる事じゃないか。だいいちこのさかなたちに気の毒だ。こんな奇妙な風流は、私のような田舎者にはわかりませんねえ。」とさっき田舎者と言われた鬱憤をここにおいてはらして、ちょっと溜飲がさがった。

「いいえ、」とその時、足許で細い声がして、「私たちはここに毎日集って、乙姫さまの琴の音《ね》に聞き惚れているのです。魚の掛橋は風流のために作っているのではありません。かまわず、どうかお通り下さい。」

「そうですか。」と浦島はひそかに苦笑して、「私はまた、これも竜宮の装飾の一つかと思って。」

「それだけじゃあるまい。」亀はすかさず口をはさんで、「ひょっとしたら、この掛橋も浦島の若旦那を歓迎のために、乙姫さまが特にさかなたちに命じて、」

「あ、これ、」と浦島は狼狽し、赤面し、「まさか、それほど私は自惚れてはいません。でも、ね、お前はこれを廊下の床《ゆか》のかわりだなんていい加減を言うものだから、私も、つい、その、さかなたちが踏まれて痛いかと思ってね。」

「さかなの世界には、床《ゆか》なんてものは必要がありません。これがまあ、陸上の家にたとえたならば、廊下の床《ゆか》にでも当るかと思って私はあんな説明をしてあげたので、決していい加減を言ったんじゃない。なに、さかなたちは痛いなんて思うもんですか。海の底では、あなたのからだだって紙一枚の重さくらいしかないのですよ。何だか、ご自分のからだが、ふわふわ浮くような気がするでしょう？」

そう言われてみると、ふわふわするような感じがしないでもない。浦島は、重ね重ね、亀から無用の嘲弄を受けているような気がして、いまいましくてならぬ。

「私はもう何も信じる気がしなくなった。これだから私は、冒険というものはいやなんだ。だまされたって、それを看破する法がないんだからね。ただもう、道案内者の言う事に従っていなければいけない。これはこんなものだと言われたら、それっきりなんだからね。実に、冒険は人を欺く。琴の音《ね》も何も、ちっとも聞えやしないじゃないか。」

とついに八つ当りの論法に変じた。

亀は落ちついて、

「あなたはどうも陸上の平面の生活ばかりしているから、目標は東西南北のいずれかにあるとばかり思っていらっしゃる。しかし、海にはもう二元の方向がある。すなわち、上と下です。あなたはさっきから、乙姫の居所を前方にばかり求めていらっしゃる。ここにあなたの重大なる誤謬が存在していたわけだ。なぜ、あなたは頭上を見ないのです。

また、脚下を見ないのです。海の世界は浮いて漂っているものです。さっきの正門も、また、あの真珠の山だって、みんな少し浮いて動いているのです。あなた自身がまた上下左右にゆられているので、他の物の動いているのが、わからないだけなのです。あなたは、さっきからずいぶん前方にお進みになったように思っていらっしゃるかも知れないけれど、まあ、同じ位置ですね。かえって後退しているかも知れない。いまは潮の関係で、ずんずんうしろに流されています。そうして、さっきから見ると、百尋《ひろ》くらいみんな一緒に上方に浮きました。まあ、とにかくこの魚の掛橋をもう少し渡ってみましょう。ほうら、魚の脊中もだんだんまばらになって来たでしょう。足を踏みはずさないように気をつけて下さいよ。なに、踏みはずしたって、すとんと落下する気づかいはありませんがね、何せ、あなたも紙一枚の重さなんだから。つまり、この橋は断橋なのです。この廊下を渡っても前方には何もない。しかし、脚下を見よです。おい、さかなども、少しどけ、若旦那が乙姫さまに逢いに行くのだ。こいつらは、こうして竜宮城の本丸の天蓋をなしているようなものです。海月《くらげ》なす漂える天蓋、とでも言ったら、あなたたち風流人は喜びますかね。」

さかなたちは、静かに無言で左右に散る。かすかに、琴の音が脚下に聞える。日本の琴の音によく似ているが、しかしあれほど強くはなく、もっと柔かで、はかなく、そうしてへんに嫋々たる余韻がある。菊の露。薄ごろも。夕空。きぬた。浮寝。きぎす。どれでもない。風流人の浦島にも、何だか見当のつかぬ可憐な、たよりない、けれども陸上では聞く事の出来ぬ気高い凄《さび》しさが、その底に流れている。

「不思議な曲ですね。あれは、何という曲ですか。」

亀もちょっと耳をすまして聞いて、

「聖諦。」と一言、答えた。

「せいてい？」

「神聖の聖の字に、あきらめ。」

「ああ、そう、聖諦。」と呟いて浦島は、はじめて海の底の竜宮の生活に、自分たちの趣味と段違いの崇高なものを感得した。いかにも自分の上品《じょうぼん》などは、あてにならぬ。伝統の教養だの、正統の風流だのと自分がいうのを聞いて亀が冷汗をかくのも無理がない。自分の風流は人真似こまねだ。田舎の山猿にちがいない。

「これからは、お前の言う事は何でも信じるよ。聖諦。なるほどなあ。」浦島は呆然とつっ立ったまま、なおもその不思議な聖諦の曲に耳を傾けた。

「さあ、ここから飛び降りますよ。あぶない事はありません。こうして両腕をひろげて一歩足を踏み出すと、ゆらゆらと気持よく落下します。この魚の掛橋の尽きたところから真っすぐに降りて行くと、ちょうど竜宮の正殿の階段の前に着くのです。さあ、何をぼんやりしているのです。飛び降りますよ、いいですか。」

亀はゆらゆら沈下する。浦島も気をとり直して、両腕をひろげ、魚の掛橋の外に一歩、足を踏み出すと、すっと下に気持よく吸い込まれ、頬が微風に吹かれているように涼しく、やがてあたりが、緑の樹陰のような色合いになり、琴の音もいよいよ近くに聞えて来たと思ううちに、亀と並んで正殿の階段の前に立っていた。階段とは言っても、段々が一つずつ分明になっているわけではなく、灰色の鈍く光る小さい珠の敷きつめられたゆるい傾斜の坂のようなものである。

「これも真珠かね。」と浦島は小声で尋ねる。

亀は、あわれむような眼で浦島の顔を見て、

「珠を見れば、何でも真珠だ。真珠は、捨てられて、あんなに高い山になっているじゃありませんか。まあ、ちょっとその珠を手で掬《すく》ってごらんなさい。」

浦島は言われたとおりに両手で珠を掬おうとすると、ひやりと冷たい。

「あ、霰《あられ》だ！」

「冗談じゃない。ついでにそれを口の中に入れてごらん。」

浦島は素直に、その氷のように冷たい珠を、五つ六つ頬張った。

「うまい。」

「そうでしょう？　これは、海の桜桃です。これを食べると三百年間、老いる事がないのです。」

「そうか、いくつ食べても同じ事か。」と風流人の浦島も、ついたしなみを忘れて、もっと掬って食べようという気勢を示した。「私はどうも、老醜というものがきらいでね。死ぬのは、そんなにこわくもないけれど、どうも老醜だけは私の趣味に合わない。もっと、食べて見ようかしら。」

「笑っていますよ。上をごらんなさい。乙姫さまがお迎えに出ています。やあ、きょうはまた一段とお綺麗。」

桜桃の坂の尽きるところに、青い薄布を身にまとった小柄の女性が幽かに笑いながら立っている。薄布をとおして真白い肌が見える。浦島はあわてて眼をそらし、

「乙姫か。」と亀に囁く。浦島の顔は真赤である。

「きまっているじゃありませんか。何をへどもどしているのです。さあ、早く御挨拶をなさい。」

浦島はいよいよまごつき、

「でも、何と言ったらいいんだい。私のようなものが名乗りを挙げてみたって、どうにもならんし、どだいどうも、私たちの訪問は唐突だよ。意味がないよ。帰ろうよ。」

と上級の宿命のはずの浦島も、乙姫の前では、すっかり卑屈になって逃支度《にげじたく》をはじめた。

「乙姫さまは、あなたの事なんか、もうとうにご存じですよ。＊階前万里《かいぜんばんり》というじゃありませんか。観念して、ただていねいにお辞儀しておけばいいのです。また、たとい乙姫さまが、あなたの事を何もご存じなくったって、乙姫さまは警戒なんてケチくさい事はてんで知らないお方ですから、何も斟酌には及びません。遊びに来ましたよ、と言えばいい。」

「まさか、そんな失礼な。ああ、笑っていらっしゃる。とにかく、お辞儀をしよう。」

浦島は、両手が自分の足の爪先にとどくほどのていねいなお辞儀をした。

亀は、はらはらして、

「ていねいすぎる。いやになるね。あなたは私の恩人じゃないか。も少し威厳のある態度を示して下さいよ。へたへたと最敬礼なんかして、上品《じょうぼん》もくそもあったものじゃない。それ、乙姫さまのお招きだ。行きましょう。さあ、ちゃんと胸を張って、おれは日本一の好男子で、そうして、最上級の風流人だというような顔をして威張って歩くのですよ。あなたは私たちに対してはひどく高慢な乙な構え方をするけれども、女には、からきし意気地がないんですね。」

「いやいや、高貴なお方には、それ相当の礼を尽さなければ。」と緊張のあまり声がしゃがれて、足がもつれ、よろよろと千鳥足で階段を昇り、見渡すと、そこは万畳敷とでもいっていいくらいの広い座敷になっている。いや、座敷というよりは、庭園と言った方が適切かも知れない。どこから射して来るのか樹陰のような緑色の光線を受けて、模糊と霞んでいるその万畳敷とでも言うべき広場には、やはり霰のような小粒の珠が敷きつめられ、ところどころに黒い岩が秩序なくころがっていて、そうしてそれっきりである。屋根はもちろん、柱一本もなく、見渡す限り廃墟と言っていいくらいの荒涼たる大広場である。気をつけて見ると、それでも小粒の珠のすきまから、ちょいちょい紫色の小さい花が顔を出しているのが見えて、それがまた、かえって淋しさを添え、これが幽邃の極というのかも知れないが、しかし、よくもまあ、こんな心細いような場所で生活が出来るものだ、と感歎の溜息に似たものがふうと出て、さらにまた思いをあらたにして乙姫の顔をそっと盗み見た。

乙姫は無言で、くるりとうしろを向き、そろそろと歩き出す。その時はじめて気がついたのであるが、乙姫の背後には、めだかよりも、もっと小さい金色の魚が無数にかたまってぴらぴら泳いで、乙姫が歩けばそのとおりに従って移動し、そのさまは金色の雨がたえず乙姫の身辺に降り注いでいるようにも見えて、さすがにこの世のものならぬ貴い気配が感ぜられた。

乙姫は身にまとっている薄布をなびかせ裸足《はだし》で歩いているが、よく見ると、その青白い小さい足は、下の小粒の珠を踏んではいない。足の裏と珠との間がほんのわずか隙《す》いている。あの足の裏は、いまだいちども、ものを踏んだ事がないのかも知れぬ。生れたばかりの赤ん坊の足の裏と同じようにやわらかくて綺麗なのに違いない、と思えば、これという目立った粉飾一つも施していない乙姫のからだが、いよいよ真の気品を有しているものの如く、奥ゆかしく思われて来た。竜宮に来てみてよかった、と次第にこのたびの冒険に感謝したいような気持が起って来て、うっとり乙姫のあとについて歩いていると、

「どうです、悪くないでしょう。」と亀は、低く浦島の耳元に囁き、鰭でもって浦島の横腹をちょこちょことくすぐった。

「ああ、なに、」と浦島は狼狽して、「この花は、この紫の花は綺麗だね。」と別の事を言った。

「これですか。」と亀はつまらなさそうに、「これは海の桜桃の花です。ちょっと菫《すみれ》に似ていますね。この花びらを食べると、それは気持よく酔いますよ。竜宮のお酒です。それから、あの岩のようなもの、あれは藻です。何万年も経っているので、こんな岩みたいにかたまっていますが、でも、羊羹よりも柔いくらいのものです。あれは、陸上のどんなごちそうよりもおいしいですよ。岩によって一つずつみんな味わいが違います。竜宮ではこの藻を食べて、花びらで酔い、のどが乾けば桜桃を含み、乙姫さまの琴の音に聞き惚れ、生きている花吹雪のような小魚たちの舞いを眺めて暮しているのです。どうですか、竜宮は歌と舞いと、美食と酒の国だと私はお誘いする時にあなたに申し上げたはずですが、どうですか、御想像と違いましたか？」

浦島は答えず、深刻な苦笑をした。

「わかっていますよ。あなたの御想像は、まあドンジャンドンジャンの大騒ぎで、大きなお皿に鯛のさしみやら鮪《まぐろ》のさしみ、赤い着物を着た娘っ子の手踊り、そうしてやたらに金銀珊瑚《さんご》綾錦《あやにしき》のたぐいが、――」

「まさか、」と浦島もさすがに少し不愉快そうな顔になり、「私はそれほど卑俗な男ではありません。しかし、私は自分を孤独な男だと思っていた事などありましたが、ここへ来て真に孤独なお方にお目にかかり、私のいままでの気取った生活が恥かしくてならないのです。」

「あのかたの事ですか？」と亀は小声で言って無作法に乙姫のほうを顎でしゃくり、「あのかたは、何も孤独じゃありませんよ。平気なものです。野心があるから、孤独なんて事を気に病むので、他の世界の事なんかてんで問題にしてなかったら、百年千年ひとりでいたって楽なものです。それこそ、れいの批評が気にならない者にとってはね。ところで、あなたは、どこへ行こうてんですか？」

「いや、なに、べつに、」と浦島は、意外の問に驚き、「だって、お前、あのお方が、――」

「乙姫はべつにあなたを、どこかへ案内しようとしているわけじゃありません。あのかたは、もう、あなたの事なんか忘れていますよ。あのかたは、これからご自分のお部屋に帰るのでしょう。しっかりして下さい。ここが竜宮なんです、この場所が。ほかにどこも、ご案内したいようなところもありません。まあ、ここで、お好きなようにして遊んでいるのですね。これだけじゃ、不足なんですか。」

「いじめないでくれよ。私は、いったいどうしたらいいんだ。」と浦島はべそをかいて、「だって、あのお方がお迎えに出て下さっていたので、べつに私は自惚れたわけじゃないけど、あのお方のあとについて行くのが礼儀だと思ったんだよ。べつに不足だなんて考えてやしないよ。それだのに私に何か、別ないやらしい下心でもあるみたいなへんな言い方をするんだもの。お前は、じっさい意地が悪いよ。ひどいじゃないか。私は生れてから、こんなに体裁《ていさい》の悪い思いをした事はないよ。本当にひどいよ。」

「そんなに気にしちゃいけない。乙姫は、おっとりしたものです。そりゃ、陸上からはるばるたずねて来た珍客ですもの、それにあなたは、私の恩人ですからね、お出迎えするのは当り前ですよ。さらにまた、あなたは、気持はさっぱりしているし、男っぷりは佳《よ》し、と来ているから、いや、これは冗談ですよ、へんにまた自惚れられちゃかなわない。とにかく、乙姫はご自分の家へやって来た珍客を階段まで出迎えて、そうして安心して、あとはあなたのお気の向くままに勝手に幾日でもここで遊んでいらっしゃるようにと、素知らぬ振りしてああしてご自分のお部屋に引上げて行くというわけのものじゃないんですかね。実は私たちにも、乙姫の考えている事はあまりよく判らないのです。何せ、どうにも、おっとりしていますから。」

「いや、そう言われてみると、私には、少し判りそうな気がして来たよ。お前の推察も、だいたいにおいて間違いはなさそうだ。つまり、こんなのが、真の貴人の接待法なのかも知れない。客を迎えて客を忘れる。しかも客の身辺には美酒珍味が全く無造作に並べ置かれてある。歌舞音曲も別段客をもてなそうという露骨な意図でもって行われるのではない。乙姫は誰に聞かせようという心もなくて琴をひく。魚どもは誰に見せようという衒《てら》いもなく自由に嬉々として舞い遊ぶ。客の讃辞をあてにしない。客もまた、それにことさらに留意して感服したような顔つきをする必要もない。寝ころんで知らん振りしていたって構わないわけです。主人はもう客の事なんか忘れているのだ。しかも、自由に振舞ってよいという許可は与えられているのだ。食いたければ食うし、食いたくなければ食わなくていいんだ。酔って夢うつつに琴の音を聞いていたって、敢えて失礼には当らぬわけだ。ああ、客を接待するには、すべからくこのようにありたい。何のかのと、ろくでもない料理をうるさくすすめて、くだらないお世辞を交換し、おかしくもないのに、やたらにおほほと笑い、まあ！　なんて珍らしくもない話に大仰に驚いて見せたり、一から十まで嘘ばかりの社交を行い、天晴《あっぱ》れ上流の客あしらいをしているつもりのケチくさい小利口の大馬鹿野郎どもに、この竜宮の鷹揚なもてなし振りを見せてやりたい。あいつらはただ、自分の品位を落しやしないか、それだけを気にしてわくわくして、そうして妙に客を警戒して、ひとりでからまわりして、実意なんてものは爪の垢ほども持ってやしないんだ。なんだい、ありゃ。お酒一ぱいにも、飲ませてやったぞ、いただきましたぞ、というような証文を取かわしていたんじゃ、かなわない。」

「そう、その調子。」と亀は大喜びで、「しかし、あまりそんなに興奮して心臓麻痺なんか起されても困る。ま、この藻の岩に腰をおろして、桜桃の酒でも飲むさ。桜桃の花びらだけでは、はじめての人には少し匂いが強すぎるかも知れないから、桜桃五、六粒と一緒に舌の上に載せると、しゅっと溶けて適当に爽涼《そうりょう》のお酒になります。まぜ合せの仕方一つで、いろんな味に変化しますから、まあ、ご自分で工夫して、お好きなようなお酒を作ってお飲みなさい。」

浦島はいま、ちょっと強いお酒を飲みたかった。花びら三枚に、桜桃二粒を添えて舌端に載せるとたちまち口の中一ぱいの美酒、含んでいるだけでも、うっとりする。軽快に喉をくすぐりながら通過して、体内にぽっと灯《あか》りがともったような嬉しい気持になる。

「これはいい。まさに、憂いの玉帚《たまははき》だ。」

「憂い？」と亀はさっそく聞きとがめ、「何か憂鬱な事でもあるのですか？」

「いや、べつに、そんなわけではないが、あははは、」とてれ隠しに無理に笑い、それから、ほっと小さな溜息をつき、ちらと乙姫のうしろ姿を眺める。

乙姫は、ひとりで黙って歩いている。薄みどり色の光線を浴び、すきとおるようなかぐわしい海草のようにも見え、ゆらゆら揺蕩《ようとう》しながらたったひとりで歩いている。

「どこへ行くんだろう。」と思わず呟く。

「お部屋でしょう。」亀は、きまりきっているというような顔つきで、澄まして答える。

「さっきから、お前はお部屋お部屋と言っているが、そのお部屋はいったい、どこにあるの？　何も、どこにも、見えやしないじゃないか。」

見渡すかぎり平坦の、曠野と言っていいくらいの鈍く光る大広間で、御殿《ごてん》らしいものの影は、どこにもない。

「ずっと向う、乙姫の歩いて行く方角の、ずっと向うに、何か見えませんか。」と亀に言われて、浦島は、眉をひそめてその方向を凝視し、

「ああ、そう言われて見ると、何かあるようだね。」

ほとんど一里も先と思われるほどの遠方、幽潭《ゆうたん》の底を覗いた時のような何やら朦朧と烟《けむ》ってたゆとうているあたりに、小さな純白の水中花みたいなものが見える。

「あれか。小さいものだね。」

「乙姫がひとりおやすみになるのに、大きい御殿なんか要らないじゃありませんか。」

「そう言えば、まあ、そうだが、」と浦島はさらに桜桃の酒を調合して飲み、「あのお方は、何かね、いつもあんなに無口なのかね。」

「ええ、そうです。言葉というものは、生きている事の不安から、芽ばえて来たものじゃないですかね。腐った土から赤い毒きのこが生えて出るように、生命の不安が言葉を醱酵させているのじゃないのですか。よろこびの言葉もあるにはありますが、それにさえなお、いやらしい工夫がほどこされているじゃありませんか。人間は、よろこびの中にさえ、不安を感じているのでしょうかね。人間の言葉はみんな工夫です。気取ったものです。不安のないところには、何もそんな、いやらしい工夫など必要ないでしょう。私は乙姫が、ものを言ったのを聞いた事がない。しかし、また、黙っている人によくありがちの、*皮裏《ひり》の陽秋《ようしゅう》というんですか、そんな胸中ひそかに辛辣の観察を行うなんて事も、乙姫は決してなさらない。何も考えてやしないんです。ただああして幽かに笑って琴をかき鳴らしたり、またこの広間をふらふら歩きまわって、桜桃の花びらを口に含んだりして遊んでいます。実に、のんびりしたものです。」

「そうかね。あのお方も、やっぱりこの桜桃の酒を飲むかね。まったく、これは、いいからなあ。これさえあれば、何も要らない。もっといただいてもいいかしら。」

「ええ、どうぞ。ここへ来て遠慮なんかするのは馬鹿げています。あなたは無限に許されているのです。ついでに何か食べてみたらどうです。目に見える岩すべて珍味です。油っこいのがいいですか。軽くちょっと酸っぱいようなのがいいですか。どんな味のものでもありますよ。」

「ああ、琴の音が聞える。寝ころんで聞いてもいいんだろうね。」無限に許されているという思想は、実のところ生れてはじめてのものであった。浦島は、風流の身だしなみも何も忘れて、仰向にながながと寝そべり、「ああ、あ、酔って寝ころぶのは、いい気持だ。ついでに何か、食べてみようかな。雉《きじ》の焼肉みたいな味の藻があるかね。」

「あります。」

「それと、それから、桑の実のような味の藻は?」

「あるでしょう。しかしあなたも、妙に野蛮なものを食べるのですね。」

「本性暴露さ。私は田舎者だよ。」と言葉つきさえ、どこやら変って来て、「これが風流の極致だってさ。」

眼を挙げて見ると、はるか上方に、魚の天蓋がのどかに浮び漂っているのが、青く霞んで見える。とたちまち、その天蓋から一群の魚がむらむらとわかれて、おのおの銀鱗を光らせて満天に雪の降り乱れるように舞い遊ぶ。

竜宮には夜も昼もない。いつも五月の朝の如く爽やかで、樹陰のような緑の光線で一ぱいで、浦島は幾日をここで過したか、見当もつかぬ。その間、浦島は、それこそ無限に許されていた。浦島は、乙姫のお部屋にも、はいった。乙姫は何の嫌悪も示さなかった。ただ、幽かに笑っている。

そうして、浦島は、やがて飽きた。許される事に飽きたのかも知れない。陸上の貧しい生活が恋しくなった。お互い他人の批評を気にして、泣いたり怒ったり、ケチにこそこそ暮している陸上の人たちが、たまらなく可憐で、そうして、何だか美しいもののようにさえ思われて来た。

浦島は乙姫に向って、さようなら、と言った。この突然の暇乞《いとまご》いもまた、無言の微笑でもって許された。つまり、何でも許された。始めから終りまで、許された。乙姫は、竜宮の階段まで見送りに出て、黙って小さい貝殻を差し出す。まばゆい五彩の光を放っているきっちり合った二枚貝である。これがいわゆる、竜宮のお土産の玉手箱であった。

行きはよいよい帰りはこわい。また亀の脊に乗って、浦島はぼんやり竜宮から離れた。へんな憂愁が浦島の胸中に湧いて出る。ああ、お礼を言うのを忘れた。あんないいところは、他にないのだ。ああ、いつまでも、あそこにいたほうがよかった。しかし、私は陸上の人間だ。どんなに安楽な暮しをしていても、自分の家が、自分の里が、自分の頭の片隅にこびりついて離れぬ。美酒に酔って眠っても、夢は、故郷の夢なんだからなあ。げっそりするよ。私には、あんないいところで遊ぶ資格はなかった。

「わあ、どうも、いかん。淋しいわい。」と浦島はやけくそに似た大きい声で叫んだ。「なんのわけだかわからないが、どうも、いかん。おい、亀。何とか、また景気のいい悪口でも言ってくれ。お前は、さっきから何も一ことも、ものを言わんじゃないか。」

亀は先刻から、ただ黙々と鰭を動かしているばかり。

「怒っているのかね。私が竜宮から食い逃げ同様で帰るのを、お前は、怒っているのかね。」

「ひがんじゃいけねえ。陸上の人はこれだからいやさ。帰りたくなったら帰るさ。どうでも、あなたの気の向いたように、とはじめから何度も言ってるじゃないか。」

「でも、何だかお前、元気がないじゃないか。」

「そう言うあなたこそ、妙にしょんぼりしているぜ。私ゃ、どうも、お迎えはいいけれど、このお見送りってやつは苦手だ。」

「行きはよいよい、かね。」

「洒落《しゃれ》どころじゃありません。どうも、このお見送りってやつは、気のはずまねえものだ。溜息ばかり出て、何を言ってもしらじらしく、いっそもう、この辺でお別れしてしまいたいようなものだ。」

「やっぱり、お前も淋しいのかね。」浦島は、ほろりとして、「こんどはずいぶん、お前のお世話にもなったね。お礼を言います。」

亀は返事をせず、なんだそんなこと、と言わぬばかりにちょっと甲羅をゆすって、そうしてただ、せっせと泳ぐ。

「あのお方は、やっぱりあそこで、たったひとりで遊んでいるのだろうね。」浦島は、いかにもやるせないような溜息をついて、「私にこんな綺麗な貝をくれたが、これはまさか、食べるものじゃないだろうな。」

　亀はくすくす笑い出し、

「ちょっと竜宮にいるうちに、あなたも、ばかに食い意地が張って来ましたね。それだけは、食べるものではないようです。私にもよくわかりませんが、その貝の中に何かはいっているのじゃないんですか？」と亀は、ここにおいて、かのエデンの園の蛇の如く、何やら人の好奇心をそそるような妙な事を、ふいと言った。やはりこれも、爬虫類共通の宿命なのであろうか。いやいや、そうきめてしまうのは、この善良の亀に対して気の毒だ。亀自身も以前、浦島に向って、「しかし、私は、エデンの園の蛇ではない、はばかりながら日本の亀だ。」と豪語している。信じてやらなけりゃ可哀想だ。それにまた、この亀のこれまでの浦島に対する態度から判断しても、決してかのエデンの園の蛇の如く、佞奸《ねいかん》邪智にして、恐ろしい破滅の誘惑を囁くような性質のものではないように思われる。それどころか、いわゆるさつきの鯉の吹流しの、愛すべき多弁家に過ぎないのではないかと思われる。つまり、何の悪気もなかったのだ。私は、そのように解したい。亀は、さらにまた言葉をつづけて、「でも、その貝は、あけて見ないほうがいいかも知れません。きっとその中には竜宮の精気みたいなものがこもっているのでしょうから。それを陸上であけたら、奇怪な蜃気楼《しんきろう》が立ち昇り、あなたを発狂させたり何かするかも知れないし、あるいはまた、海の潮が噴出して大洪水を起す事などもないとは限らないし、とにかく海底の酸素を陸上に放散させては、どうせ、ろくな事が起らないような気がしますよ。」と真面目に言う。

浦島は亀の深切《しんせつ》を信じた。

「そうかも知れないね。あんな高貴な竜宮の雰囲気が、もしこの貝の中にひめられてあるとしたら、陸上の俗悪な空気にふれた時には、戸惑いして、大爆発でも起すかも知れない。まあ、これはこうして、いつまでも大事に、家の宝として保存しておくことにしよう。」

既に海上に浮ぶ。太陽の光がまぶしい。ふるさとの浜が見える。浦島はいまは一刻も早く、わが家に駈け込み、父母弟妹、また大勢の使用人たちを集めて、つぶさに竜宮の模様を物語り、冒険とは信じる力だ、この世の風流なんてものはケチくさい猿真似だ、正統というのは、あれは通俗の別称さ、わかるかね、真の上品《じょうぼん》というのは聖諦の境地さ、ただのあきらめじゃないぜ、わかるかね、批評なんてうるさいものはないんだ、無限に許されているんだ、そうしてただ微笑があるだけだ、わかるかね、客を忘れているのだ、わかるまい、などとそれこそ、たったいま聞いて来たふうの新知識を、めちゃ苦茶に振りまわして、そうしてあの現実主義の弟のやつが、もし少しでも疑うような顔つきを見せた時には、すなわちこの竜宮の美しいお土産をあいつの鼻先につきつけて、ぎゃふんと参らせてやろう、と意気込み、亀に別離の挨拶するのも忘れて汀に飛び降り、あたふたと生家に向って急げば、

ドウシタンデショウ　モトノサト
ドウシタンデショウ　モトノイエ
ミワタスカギリ　アレノハラ
ヒトノカゲナク　ミチモナク
マツフクカゼノ　オトバカリ

という段どりになるのである。浦島は、さんざん迷った末に、とうとうかの竜宮のお土産の貝殻をあけて見るという事になるのであるが、これについて、あの亀が責任を負う必要はないように思われる。「あけてはならぬ」と言われると、なお、あけて見たい誘惑を感ずるという人間の弱点は、この浦島の物語に限らず、ギリシャ神話のパンドラの箱の物語においても、それと同様の心理が取りあつかわれているようだ。しかし、あ

のパンドラの箱の場合は、はじめから神々の復讐が企図せられていたのである。「あけてはならぬ」という一言が、パンドラの好奇心を刺戟して、必ずや後日パンドラが、その箱をあけて見るにちがいないという意地悪い予想のもとに「あけるな」という禁制を宣告したのである。それに引きかえ、われわれの善良な亀は、まったくの深切から浦島にそれを言ったのだ。あの時の亀の、余念なさそうな言い方によっても、それは信じていいと思う。あの亀は正直者だ。あの亀には責任がない。それは私も確信をもって証言できるのであるが、さて、もう一つ、ここに妙な腑に落ちない問題が残っている。浦島は、その竜宮のお土産をあけて見ると、中から白い煙が立ち昇り、たちまち彼は三百歳だかのお爺さんになって、だから、あけなきゃよかったのに、つまらない事になった、お気の毒に、などというところでおしまいになるのが、一般に伝えられている「浦島さん」物語であるが、私はそれについて深い疑念にとらわれている。するとこの竜宮のお土産も、あの人間のもろもろの禍《わざわい》の種の充満したパンドラの箱の如く、乙姫の深刻な復讐、あるいは懲罰の意を秘めた贈り物であったのか。あのように何も言わず、ただ微笑して無限に許しているような素振りを見せながらも、皮裏にひそかに峻酷《*しゅんこく》の陽秋を蔵していて、浦島のわがままを一つも許さず、厳罰を課する意味であの貝殻を与えたのか。

いや、それほど極端の悲観論を称えずとも、あるいは、貴人というものは、しばしば、むごい嘲弄を平気でするものであるから、乙姫もまったく無邪気の悪戯《いたずら》のつもりで、こんなひとのわるい冗談をやらかしたのか。いずれにしても、あの真の上品《じょうぼん》のはずの乙姫が、こんな始末の悪いお土産を与えたとは、不可解きわまる事である。パンドラの箱の中には、疾病、恐怖、怨恨、哀愁、疑惑、嫉妬、憤怒、憎悪、呪咀《じゅそ》、焦慮、後悔、卑屈、貪慾、虚偽、怠惰、暴行などのあらゆる不吉の妖魔がはいっていて、パンドラがその箱をそっとあけると同時に、羽蟻《はあり》の大群の如く一斉に飛び出し、この世の隅から隅まで残るくまなくはびこるに到ったという事になっているが、しかし、呆然たるパンドラが、うなだれて、そのからっぽの箱の底を眺めた時、その底の闇に一点の星のように輝いている小さな宝石を見つけたというではないか。そうして、その宝石には、なんと、「希望」という字がしたためられていたという。これによって、パンドラの蒼白の頬にも、幽かに血の色がのぼったという。それ以来、人間は、いかなる苦痛の妖魔に襲われても、この「希望」によって、勇気を得、困難に堪え忍ぶ事が出来るようになったという。それに較べて、この竜宮のお土産は、愛嬌も何もない。ただ、煙だ。そうして、たちまち三百歳のお爺さんである。よしんば、その「希望」の星が貝殻の底に残っていたとしたところで、浦島さんは既に三百歳である。三百歳のお爺さんに「希望」を与えたって、それは悪ふざけに似ている。どだい、無理だ。それでは、ここで一つ、れいの「聖諦」を与えてみたらどうか。しかし、相手は三百歳である。いまさら、そんな気取ったきざったらしいものを与えなくたって、人間三百歳にもなりゃ、いい加減、諦めているよ。結局、何もかも駄目である。救済の手の差伸べようがない。どうにも、これはひどいお土産をもらって来たものだ。しかし、ここで匙を投げたら、あるいは、日本のお伽噺《とぎばなし》はギリシャ神話よりも残酷である。などと外国人に言われるかも知れない。それはいかにも無念な事だ。また、あのなつかしい竜宮の名誉にかけても、何とかして、この不可解のお土産に、貴い意義を発見したいものである。いかに竜宮の数日が陸上の数百年に当るとは言え、何もその歳月を、ややこしいお土産などにして浦島に持たせてよこさなくてもよさそうなものだ。浦島が竜宮から海の上に浮かび出たとたんに、白髪の三百歳に変化したというのなら、まだ話がわかる。また、乙姫のお情で、浦島をいつまでも青年にしておくつもりだったのならば、そんな危険な「あけてはならぬ」品物を、わざわざ浦島に持たせてよこす必要はない。竜宮のどこかの隅に捨てておいたっていいじゃないか。それとも、お前のたれた糞尿は、お前が持って帰ったらいいだろう、という意味なのだろうか。それでは、何だかひどく下等な「面当《つらあ》て」みたいだ。まさかあの聖諦の乙姫が、そんな長屋の夫婦喧嘩みたいな事をたくらむとは考えられない。どうも、わからぬ。私は、それについて永い間、思案した。そうして、このごろに到って、ようやく少しわかって来たような気がして来たのである。

つまり、私たちは、浦島の三百歳が、浦島にとって不幸であったという先入感によって誤られて来たのである。絵本にも、浦島は三百歳になって、それから、「実に、悲惨な身の上になったものさ。気の毒だ。」などというような事は書かれていない。

タチマチ　シラガノ　オジイサン

それでおしまいである。気の毒だ、馬鹿だ、などというのは、私たち俗人の勝手な盲断に過ぎない。三百歳になったのは、浦島にとって、決して不幸ではなかったのだ。

貝殻の底に、「希望」の星があって、それで救われたなんてのは、考えてみるとちょっと少女趣味で、こしらえものの感じがなくもないような気もするが、浦島は、立ち昇る煙それ自体で救われているのである。貝殻の底には、何も残っていなくたっていい。そんなものは問題でないのだ。曰く、

年月は、人間の救いである。

忘却は、人間の救いである。

竜宮の高貴なもてなしも、この素張らしいお土産によって、まさに最高潮に達した観がある。思い出は、遠くへだたるほど美しいというではないか。しかも、その三百年の招来をさえ、浦島自身の気分にゆだねた。ここに到っても、浦島は、乙姫から無限の許可を得ていたのである。淋しくなかったら、浦島は、貝殻をあけて見るような事はしないだろう。どう仕様もなく、この貝殻一つに救いを求めた時には、あけるかも知れない。あけたら、たちまち三百年の年月と、忘却である。これ以上の説明はよそう。日本のお伽噺には、このような深い慈悲がある。

浦島は、それから十年、幸福な老人として生きたという。

カチカチ山

カチカチ山の物語における兎は少女、そうしてあの惨めな敗北を喫する狸は、その兎の少女を恋している醜男《ぶおとこ》。これはもう疑いを容れぬ儼然たる事実のように私には思われる。これは甲州、富士五湖の一つの河口湖畔《かわぐちこはん》、いまの船津《ふなつ》の裏山あたりで行われた事件であるという。甲州の人情は、荒っぽい。そのせいか、この物語も、他のお伽噺に較べて、いくぶん荒っぽく出来ている。だいいち、どうも、物語の発端からして酷だ。婆汁なんてのは、ひどい。お道化《どけ》にも洒落《しゃれ》にもなってやしない。狸も、つまらない悪戯をしたものである。縁の下に婆さんの骨が散らばっていたなんて段に到ると、まさに陰惨の極度であって、いわゆる児童読物としては、遺憾ながら発売禁止の憂目に遭わざるを得ないところであろう。現今発行せられているカチカチ山の絵本は、それゆえ、狸が婆さんに怪我をさせて逃げたなんて工合いに、賢明にごまかしているようである。それはまあ、発売禁止も避けられるし、大いによろしい事であろうが、しかし、たったそれだけの悪戯に対する懲罰としてはどうも、兎の仕打は、執拗すぎる。一撃のもとに倒すというような颯爽たる仇討《あだう》ちではない。生殺しにして、なぶって、なぶって、そうして最後は泥舟でぶくぶくである。その手段は、一から十まで詭計である。これは日本の武士道の作法ではない。しかし、狸が婆汁などという悪どい欺術を行ったのならば、その返報として、それくらいの執拗のいたぶりを受けるのは致し方のないところでもあろうと合点のいかない事もないのであるが、童心に与える影響ならびに発売禁止のおそれを顧慮して、狸が単に婆さんに怪我をさせて逃げた罰として兎からあのようなかずかずの恥辱と苦痛と、やがてぶていさい極まる溺死とを与えられるのは、いささか不当のようにも思われる。もともとこの狸は、何の罪とがもなく、山でのんびり遊んでいたのを、爺さんに捕えられ、そうして狸汁にされるという絶望的な運命に到達し、それでも何とかして一条の血路を切りひらきたく、もがき苦しみ、窮余の策として婆さんを欺き、九死に一生を得たのである。婆汁なんかをたくらんだのは大いに悪いが、しかし、このごろの絵本のように、逃げるついでに婆さんを引掻いて怪我させたくらいの事は、狸もその時は必死の努力で、いわば正当防衛のために無我夢中であがいて、意識せずに婆さんに怪我を与えたのかも知れないし、それはそんなに憎むべき罪でもないように思われる。私の家の五歳の娘は、器量も父に似て頗《すこぶ》るまずいが、頭脳もまた不幸にも父に似て、へんなところがあるようだ。私が防空壕の中で、このカチカチ山の絵本を読んでやったら、へん

「狸さん、可哀想ね。」

と意外な事を口走った。もっとも、この娘の「可哀想」は、このごろの彼女の一つ覚えで、何を見ても「可哀想」を連発し、以て子に甘い母の称讃を得ようという下心が露骨に見え透いているのであるから、格別おどろくには当らない。あるいは、この子は、父に連れられて近所の井の頭動物園に行った時、檻の中を絶えずチョコチョコ歩きまわっている狸の一群を眺め、愛すべき動物であると思い込み、それゆえ、このカチカチ山の物語においても、理由の如何《いかん》を問わず、狸に贔屓《ひいき》していたのかも知れない。いずれにしても、わが家の小さい同情者の言は、あまりあてにならない。思想の根拠が、薄弱である。同情の理由が、朦朧としている。どだい、何も、問題にする価値がない。しかし私は、その娘の無責任きわまる放言を聞いて、或る暗示を与えられた。この子は、何も知らずにただ、このごろ覚えた言葉を出鱈目《でたらめ》に呟いただけの事であるが、しかし、父はその言葉によって、なるほど、これでは少し兎の仕打がひどすぎる、こんな小さい子供たちなら、まあ何とか言ってごまかせるけれども、もっと大きい子供で、武士道とか

正々堂々とかの観念を既に教育せられている者には、この兎の懲罰はいわゆる「やりかたが汚い」と思われはせぬか、これは問題だ、と愚かな父は眉をひそめたというわけである。

このごろの絵本のように、狸が婆さんに単なる引掻き傷を与えたくらいで、このように兎に意地悪く飜弄せられ、脊中は焼かれ、その焼かれた個所には唐辛子《とうがらし》を塗られ、あげくの果には泥舟に乗せられて殺されるという悲惨の運命に立ち到るという筋書では、国民学校にかよっているほどの子供ならば、すぐに不審を抱くであろう事は勿論、よしんば狸が、不埒《ふらち》な婆汁などを試みたとしても、なぜ正々堂々と名乗りを挙げて彼に*膺《よう》懲《ちょう》の一太刀《ひとたち》を加えなかったか。兎が非力であるから、などはこの場合、弁解にならない。仇討ちは須《すべから》く正々堂々たるべきである。神は正義に味方する。かなわぬまでも、天誅！と一声叫んで真正面からおどりかかって行くべきである。あまりにも腕前の差がひどかったならば、その時には*臥薪嘗胆《がしんしょうたん》、鞍馬山にでもはいって一心に剣術の修行をする事だ。昔から日本の偉い人たちは、たいていそれをやっている。いかなる事情があろうと、詭計を用いて、しかもなぶり殺しにするなどという仇討物語は、日本に未だないようだ。それをこのカチカチ山ばかりは、どうも、その仇討の仕方が芳しくない。どだい、男らしくないじゃないか、と子供でも、また大人でも、いやしくも正義にあこがれている人間ならば、誰でもこれについてはいささか不快の情を覚えるのではあるまいか。

安心し給え。私もそれについて、考えた。そうして、兎のやり方が男らしくないのは、それは当然だという事がわかった。この兎は男じゃないんだ。それは、たしかだ。この兎は十六歳の処女だ。いまだ何も、色気はないが、しかし、美人だ。そうして、人間のうちで最も残酷なのは、えてして、このたちの女性である。ギリシャ神話には美しい女神がたくさん出て来るが、その中でも、ヴィナスを除いては、アルテミスという処女神が最も魅力ある女神とせられているようだ。ご承知のように、アルテミスは月の女神で、額には青白い三日月が輝き、そうして敏捷できかぬ気で、一口で言えばアポロンをそのまま女にしたような神である。そうして下界のおそろしい猛獣は全部この女神の家来である。けれども、その姿態は決して荒くれて岩乗《がんじょう》な大女ではない。むしろ小柄で、ほっそりとして、手足も華奢で可愛く、ぞっとするほどあやしく美しい顔をしているが、しかし、ヴィナスのような「女らしさ」がなく、乳房も小さい。気にいらぬ者には平気で残酷な事をする。自分の水浴しているところを覗き見した男に、颯《さ》っと水をぶっかけて鹿にしてしまった事さえある。水浴の姿をちらと見ただけでも、そんなに怒るのである。

手なんか握られたら、どんなにひどい仕返しをするかわからない。こんな女に惚れたら、男は惨憺たる大恥辱を受けるにきまっている。けれども、男は、それも愚鈍の男ほど、こんな危険な女性に惚れ込み易いものである。そうして、その結果は、たいていきまっているのである。

疑うものは、この気の毒な狸を見るがよい。狸は、そのようなアルテミス型の兎の少女に、かねてひそかに思慕の情を寄せていたのだ。兎が、このアルテミス型の少女だったと規定すると、あの狸が婆汁か引掻き傷かいずれの罪を犯した場合でも、その懲罰が、へんに意地くね悪く、そうして「男らしく」ないのが当然だと、溜息と共に首肯せられなければならぬわけである。しかも、この狸たるや、アルテミス型の少女に惚れる男のごたぶんにもれず、狸仲間でも風采《ふうさい》あがらず、ただ団々として、愚鈍大食の野暮天《やぼてん》であったというにおいては、その悲惨のなり行きは推するに余りがある。

狸は爺さんに捕えられ、もう少しのところで狸汁にされるところであったが、あの兎の少女にひとめまた逢いたくて、大いにあがいて、やっと逃れて山へ帰り、ぶつぶつ何か言いながら、うろうろ兎を捜し歩き、やっと見つけて、

「よろこんでくれ！　おれは命拾いをしたぞ。爺さんの留守をねらって、あの婆さん

を、えい、とばかりにやっつけて逃げて来た。おれは運の強い男さ。」と得意満面、このたびの大厄難突破の次第を、唾《つばき》を飛ばし散らしながら物語る。

兎はぴょんと飛びしりぞいて唾を避け、ふん、といったような顔つきで話を聞き、

「何も私が、よろこぶわけはないじゃないの。きたないわよ、そんなに唾を飛ばして。それに、あの爺さん婆さんは、私のお友達よ。知らなかったの?」

「そうか、」と狸は愕然として、「知らなかった。かんべんしてくれ。そうと知っていたら、おれは、狸汁にでも何にでも、なってやったのに。」と、しょんぼりする。

「いまさら、そんな事を言ったって、もうおそいわ。あのお家の庭先に私が時々あそびに行って、そうして、おいしいやわらかな豆なんかごちそうになったのを、あなただって知ってたじゃないの。それだのに、知らなかったなんて嘘ついて、ひどいわ。あなたは、私の敵よ。」とむごい宣告をする。兎にはもうこの時すでに、狸に対して或る種の復讐を加えてやろうという心が動いている。処女の怒りは辛辣である。殊《こと》にも醜悪な魯鈍なものに対しては容赦がない。

「ゆるしてくれよ。おれは、ほんとに、知らなかったのだ。嘘なんかつかない。信じてくれよ。」と、いやにねばっこい口調で歎願して、頸《くび》を長くのばしてうなだれて見せ

て、傍に木の実が一つ落ちているのを見つけ、ひょいと拾って食べて、もっとないかとあたりをきょろきょろ見廻しながら、「本当にもう、お前にそんなに怒られると、おれはもう、死にたくなるんだ。」

「何を言ってるの。食べる事ばかり考えてるくせに。」兎は軽蔑し果てたというように、つんとわきを向いてしまって、「助平《すけべい》の上に、また、食い意地がきたないったらありゃしない。」

「見のがしてくれよ。おれは、腹がへっているんだ。」となおもその辺を、うろうろ捜し廻りながら、「まったく、いまのおれのこの心苦しさが、お前にわかってもらえたらなあ。」

「傍へ寄って来ちゃ駄目だって言ったら。くさいじゃないの。もっとあっちへ離れてよ。あなたは、とかげを食べたんだってね。私は聞いたわよ。それから、ああ可笑《おか》しい、ウンコも食べたんだってね。」

「まさか。」と狸は力弱く苦笑した。それでも、なぜだか、強く否定する事の能わざる様子で、さらにまた力弱く、「まさかねえ。」と口を曲げて言うだけであった。

「上品ぶったって駄目よ。あなたのそのにおいは、ただの臭《くさ》みじゃないんだから。」と兎は平然と手きびしい引導を渡して、それから、ふいと別の何か素晴らしい事でも思いついたらしく急に眼を輝かせ、笑いを噛み殺しているような顔つきで狸のほうに向き直り、「それじゃあね、こんど一ぺんだけ、ゆるしてあげる。あれ、寄って来ちゃ駄目だって言うのに。油断もすきもなりやしない。よだれを拭いたらどう？　下顎《したあご》がべろべろしてるじゃないの。落ついて、よくお聞き。こんど一ぺんだけは特別にゆるしてあげるけれど、でも、条件があるのよ。あの爺さんは、いまごろはきっとひどく落胆して、山に柴刈りに行く気力も何もなくなっているでしょうから、私たちはその代りに柴刈りに行ってあげましょうよ。」

「一緒に？　お前も一緒に行くのか？」狸の小さい濁った眼は歓喜に燃えた。

「おいや？」

「いやなものか。きょうこれから、すぐに行こうよ。」よろこびの余り、声がしゃがれた。

「あしたにしましょう、ね、あしたの朝早く。きょうはあなたもお疲れでしょうし、それに、おなかも空《す》いているでしょうから。」といやに優しい。

「ありがたい！　おれは、あしたお弁当をたくさん作って持って行って、一心不乱に働いて十貫目の柴を刈って、そうして爺さんの家へとどけてあげる。そうしたら、お前は、おれをきっと許してくれるだろうな。仲よくしてくれるだろうな。」

「くどいわね。その時のあなたの成績次第でね。もしかしたら、仲よくしてあげるかも知れないわ。」

「えへへ、」と狸は急にいやらしく笑い、「その口が憎いや。苦労させるぜ、こんちきしょう。おれは、もう、」と言いかけて、這い寄って来た大きい蜘蛛を素早くぺろりと食べ、「おれは、もう、どんなに嬉しいか、いっそ、男泣きに泣いてみたいくらいだ。」と鼻をすすり、嘘泣きをした。

夏の朝は、すがすがしい。河口湖の湖面は朝霧に覆われ、白く眼下に烟《けむ》っている。山頂では狸と兎が朝露を全身に浴びながら、せっせと柴を刈っている。

狸の働き振りを見ると、一心不乱どころか、ほとんど半狂乱に近いあさましい有様である。ううむ、ううむ、と大袈裟に唸りながら、めちゃ苦茶に鎌を振りまわして、時々、あいたたた、などと聞えよがしの悲鳴を挙げ、ただもう自分がこのように苦心惨憺しているというところを兎に見てもらいたげの様子で、縦横無尽に荒れ狂う。ひとしきり、

そのように凄《すさま》じくあばれて、さすがにもうだめだ、というような疲れ切った顔つきをして鎌を投げ捨て、

「これ、見ろ。手にこんなに豆が出来た。ああ、手がひりひりする。のどが乾く。おなかも空《す》いた。とにかく、大労働だったからなあ。ちょっと休息という事にしようじゃないか。お弁当でも開きましょうかね。うふふふ。」とてれ隠しみたいに妙に笑って、大きいお弁当箱を開く。ぐいとその石油缶ぐらいの大きさのお弁当箱に鼻先を突込んで、むしゃむしゃ、がつがつ、ぺっぺっ、という騒々しい音を立てながら、それこそ一心不乱に食べている。兎はあっけにとられたような顔をして、柴刈りの手を休め、ちょっとそのお弁当箱の中を覗いて、あ！と小さい叫びを挙げ、両手で顔を覆った。何だか知れぬが、そのお弁当箱には、すごいものがはいっていたようである。けれども、きょうの兎は、何か内証《ないしょ》の思惑でもあるのか、いつものように狸に向って侮辱の言葉も吐かず、先刻から無言で、ただ技巧的な微笑を口辺に漂わせてせっせと柴を刈っているばかりで、お調子に乗った狸のいろいろな狂態をも、知らんふりして見のがしてやっているのである。狸の大きいお弁当箱の中を覗いて、ぎょっとしたけれども、やはり何も言わず、肩をきゅっとすくめて、またもや柴刈りに取かかる。狸は兎にきょうはひどく寛大に扱わ

れるので、ただもうほくほくして、とうとうやっこさんも、おれのさかんな柴刈姿には惚れ直したかな？　おれの、この、男らしさには、まいらぬ女もあるまいて、ああ、食った、眠くなった、どれ一眠り、などと全く気をゆるしてわがままいっぱいに振舞い、ぐうぐう大鼾《いびき》を掻いて寝てしまった。眠りながらも、何のたわけた夢を見ているのか、惚れ薬ってのは、あれは駄目だぜ、きかねえや、などわけのわからぬ寝言を言い、眼をさましたのは、お昼ちかく。

「ずいぶん眠ったのね。」と兎は、やはりやさしく、「もう私も、柴を一束こしらえたから、これから脊負って爺さんの庭先まで持って行ってあげましょうよ。」

「ああ、そうしよう。」と狸は大あくびしながら腕をぽりぽり掻いて、「やけにおなかが空《す》いた。こうおなかが空《す》くと、もうとても、眠って居られるものじゃない。おれは敏感なんだ。」ともっともらしい顔で言い、「どれ、それではおれも刈った柴を大急ぎで集めて、下山としようか。お弁当も、もう、からになったし、この仕事を早く片づけて、それからすぐに食べ物を捜さなくちゃいけない。」

二人はそれぞれ刈った柴を脊負って、帰途につく。

「あなた、さきに歩いてよ。この辺には、蛇がいるんで、私こわくて。」

「蛇？　蛇なんてこわいもんか。見つけ次第おれがとって、」食べる、と言いかけて、口ごもり、「おれがとって、殺してやる。さあ、おれのあとについて来い。」

「やっぱり、男のひとって、こんな時にはたのもしいものねえ。」

「おだてるなよ。」とやにさがり、「きょうはお前、ばかにしおらしいじゃないか。気味がわるいくらいだぜ。まさか、おれをこれから爺さんのところに連れて行って、狸汁にするわけじゃあるまいな。あははは。そいつばかりは、ごめんだぜ。」

「あら、そんなにへんに疑うなら、もういいわよ。私がひとりで行くわよ。」

「いや、そんなわけじゃない。一緒に行くがね、おれは蛇だって何だってこの世の中にこわいものなんかありゃしないが、どうもあの爺さんだけは苦手だ。狸汁にするなんて言いやがるから、いやだよ。どだい、下品じゃないか。少くとも、いい趣味じゃないと思うよ。おれは、あの爺さんの庭先の手前の一本榎《えのき》のところまで、この柴を脊負って行くから、あとはお前が運んでくれよ。おれは、あそこで失敬しようと思うんだ。どうもあの爺さんの顔を見ると、おれは何とも言えず不愉快になる。おや？　何だい、あれは。へんな音がするね。なんだろう。お前にも、聞えないか？　何だか、カチ、カチ、と音がする。」

「当り前じゃないの？　ここは、カチカチ山だもの。」

「カチカチ山？　ここがかい？」

「ええ、知らなかったの？」

「うん。知らなかった。この山に、そんな名前があるとは今日まで知らなかったね。しかし、へんな名前だ。嘘じゃないか？」

「あら、だって、山にはみんな名前があるものでしょう？　あれが富士山だし、あれが長尾山だし、あれが大室山《おおむろやま》だし、みんなに名前があるじゃないの。だから、この山はカチカチ山っていう名前なのよ。ね、ほら、カチ、カチって音が聞える。」

「うん、聞える。しかし、へんだな。いままで、おれはいちども、この山でこんな音を聞いた事がない。この山で生れて、三十何年かになるけれども、こんな、――」

「まあ！　あなたは、もうそんな年なの？　こないだ私に十七だなんて教えたくせに、ひどいじゃないの。顔が皺くちゃで、腰も少し曲っているのに、十七とは、へんだと思っていたんだけど、それにしても、二十も年《とし》をかくしているとは思わなかったわ。それじゃあなたは、四十ちかいんでしょう、まあ、ずいぶんね。」

「いや十七だ、十七。十七なんだ。おれがこう腰をかがめて歩くのは、決してとしのせいじゃないんだ。おなかが空《す》いているから、自然にこんな恰好になるんだ。三十何年、というのは、あれは、おれの兄の事だよ。兄がいつも口癖のようにそう言うので、つい、おれも、うっかり、あんな事を口走ってしまったんだ。つまり、ちょっと伝染したってわけさ。そんなわけなんだよ、君。」狼狽のあまり、君という言葉を使った。

「そうですか。」と兎は冷静に、「でも、あなたにお兄さんがあるなんて、はじめて聞いたわ。あなたはいつか私に、おれは淋しいんだ、孤独なんだよ、親も兄弟もない、この孤独の淋しさが、お前、わからんかね、なんておっしゃってたじゃないの。あれは、どういうわけなの？」

「そう、そう、」と狸は、自分でも何を言っているのか、わからなくなり、「まったく世の中は、これでなかなか複雑なものだからねえ、そんなに一概には行かないよ。兄があったりなかったり。」

「まるで、意味がないじゃないの。」と兎もさすがに呆れ果て、「めちゃ苦茶ね。」

「うん、実はね、兄はひとりあるんだ。これは言うのもつらいが、飲んだくれのならず者でね、おれはもう恥ずかしくて、面目なくて、生れて三十何年間、いや、兄がだよ、兄が生れて三十何年間というもの、このおれに、迷惑のかけどおしさ。」

「それも、へんね。十七のひとが、三十何年間も迷惑をかけられたなんて。」

狸は、もう聞えぬふりして、

「世の中には、一口で言えない事が多いよ。いまじゃもう、おれのほうから、あれはないものと思って、勘当して、おや？　へんだね、キナくさい。お前、なんともないか？」

「いいえ。」

「そうかね。」狸は、いつも臭いものを食べつけているので、鼻には自信がない。けげんな面持《おももち》で頸《くび》をひねり、「気のせいかなあ。あれあれ、何だか火が燃えているような、パチパチボウボウって音がするじゃないか。」

「それやそのはずよ。ここは、パチパチのボウボウ山だもの。」

「嘘つけ。お前は、ついさっき、ここはカチカチ山だって言った癖に。」

「そうよ、同じ山でも、場所によって名前が違うのよ。富士山の中腹にも小富士という山があるし、それから大室山だって長尾山だって、みんな富士山と続いている山じゃないの。知らなかったの？」

「うん、知らなかった。そうかなあ、ここがパチパチのボウボウ山とは、おれが三十何年間、いや、兄の話によれば、ここはただの裏山だったが、いや、これは、ばかに暖くなって来た。地震でも起るんじゃねえだろうか。何だかきょうは薄気味の悪い日だ。やあ、これは、ひどく暑い。きゃあっ！　あちちちち、ひでえ、あちちちち、助けてくれ、柴が燃えてる。あちちちち。」

その翌《あく》る日、狸は自分の穴の奥にこもって唸《うな》り、

「ああ、くるしい。いよいよ、おれも死ぬかも知れねえ。思えば、おれほど不仕合せな男はない。なまなかに男振りが少し佳《よ》く生れて来たばかりに、女どもが、かえって遠慮しておれに近寄らない。いったいに、どうも、上品に見える男は損だ。おれを女ぎらいかと思っているのかも知れねえ。なあに、おれだって決して聖人じゃない。女は好きさ。それだのに、女はおれを高邁な理想主義者だと思っているらしく、なかなか誘惑してくれない。こうなればいっそ、大声で叫んで走り狂いたい。おれは女が好きなんだ！あ、いてえ、いてえ。どうも、この火傷《やけど》というものは始末がわるい。ずきずき痛む。やっと狸汁から逃れたかと思うと、こんどは、わけのわからねえボウボウ山とかいうのに足を踏み込んだのが、運のつきだ。あの山は、つまらねえ山であった。柴がボウボウ燃

え上るんだから、ひどい。三十何年、」と言いかけて、あたりをぎょろりと見廻し、「何を隠そう、おれあことし三十七さ、へへん、わるいか、もう三年経てば四十だ、わかり切った事だ、理の当然というものだ、見ればわかるじゃないか。あいたたた、それにしても、おれが生れてから三十七年間、あの裏山で遊んで育って来たのだが、ついぞいちども、あんなへんな目に遭った事がない。カチカチ山だの、ボウボウ山だの、名前からして妙に出来てる。はて、不思議だ。」とわれとわが頭を殴りつけて思案にくれた。

その時、表で行商の呼売りの声がする。

「仙金膏《せんきんこう》はいかが。やけど、切傷、色黒に悩むかたはいないか。」

狸は、やけど切傷よりも、色黒と聞いてはっとした。

「おうい、仙金膏。」

「へえ、どちらさまで。」

「こっちだ、穴の奥だよ。色黒にもきくかね。」

「それはもう、一日で。」

「ほほう、」とよろこび、穴の奥からいざり出て、「や！　お前は、兎。」

「ええ、兎には違いありませんが、私は男の薬売りです。ええ、もう三十何年間、この辺をこうして売り歩いています。」

「ふう、」と狸は溜息をついて首をかしげ、「しかし、似た兎もあるものだ。三十何年間、そうか、お前がねえ。いや、歳月の話はよそう。糞面白くもない。しつっこいじゃないか。まあ、そんなわけのものさ。」としどろもどろのごまかし方をして、「ところで、おれにその薬を少しゆずってくれないか。実はちょっと悩みのある身なのでな。」

「おや、ひどい火傷ですねえ。これは、いけない。ほっておいたら、死にますよ。」

「いや、おれはいっそ死にてえ。こんな火傷なんかどうだっていいんだ。それよりも、おれは、いま、その、容貌の、――」

「何を言っていらっしゃるんです。生死の境じゃありませんか。やあ、脊中が一ばんひどいですね。いったい、これはどうしたのです。」

「それがねえ、」と狸は口をゆがめて、「パチパチのボウボウ山とかいうきざな名前の山に踏み込んだばっかりにねえ、いやもう、とんだ事になってねえ、おどろきましたよ。」

兎は思わず、くすくす笑ってしまった。狸は、兎がなぜ笑ったのかわからなかったが、とにかく自分も一緒に、あはははと笑い、

「まったくねえ。ばかばかしいったらありやしないのさ。お前にも忠告しておきますがね、あの山へだけは行っちゃいけないぜ。はじめ、カチカチ山というのがあって、それからいよいよパチパチのボウボウ山という事になるんだが、あいつぁいけない。ひでえ事になっちゃう。まあ、いい加減に、カチカチ山あたりでごめんこうむって来るんですな。へたにボウボウ山などに踏み込んだが最後、かくの如き始末だ。あいててて。いいですか。忠告しますよ。お前はまだ若いようだから、おれのような年寄りの言は、いや、年寄りでもないが、とにかく、ばかにしないで、この友人の言だけは尊重して下さいよ。何せ、体験者の言なのだから。あいててて。」

「ありがとうございます。気をつけましょう。ところで、どうしましょう、お薬は。御深切《しんせつ》な忠告を聞かしていただいたお礼として、お薬代は頂戴いたしません。とにかく、その脊中の火傷に塗ってあげましょう。ちょうど折よく私が来合せたから、よかったようなものの、そうでもなかったら、あなたはもう命を落すような事になったかも知れないのです。これも何かのお導きでしょう。縁ですね。」

「縁かも知れねえ。」と狸は低く呻《うめ》くように言い、「ただなら塗ってもらおうか。おれもこのごろは貧乏でな、どうも、女に惚れると金がかかっていけねえ。ついでにその膏薬を一滴おれの手のひらに載せて見せてくれねえか。」

「どうなさるのです。」兎は、不安そうな顔になった。

「いや、はあ、なんでもねえ。ただ、ちょっと見たいんだよ。どんな色合いのものだかな。」

「色は別に他の膏薬とかわってもいませんよ。こんなものですが。」とほんの少量を、狸の差出す手のひらに載せてやる。

狸は素早くそれを顔に塗ろうとしたので兎は驚き、そんな事でこの薬の正体が暴露してはかなわぬと、狸の手を遮り、

「あ、それはいけません。顔に塗るには、その薬は少し強すぎます。とんでもない。」

「いや、放してくれ。」狸はいまは破れかぶれになり、「後生だから手を放せ。お前には、おれの気持がわからないんだ。おれはこの色黒のため生れて三十何年間、どのように味気ない思いをして来たかわからない。放せ。手を放せ。後生だから塗らせてくれ。」

ついに狸は足を挙げて兎を蹴飛ばし、眼にもとまらぬ早さで薬をぬたくり、

「少くともおれの顔は、目鼻立ちは決して悪くないと思うんだ。ただ、この色黒のために気がひけていたんだ。もう大丈夫だ。うわっ！　これは、ひどい。どうもひりひり

する。強い薬だ。しかし、これくらいの強い薬でなければ、おれの色黒はなおらないような気もする。わあ、ひどい。しかし、我慢するんだ。ちきしょうめ、こんどあいつが、おれと逢った時、うっとりおれの顔に見とれて、うふふ、おれはもう、あいつが、恋わずらいしたって知らないぞ。おれの責任じゃないからな。ああ、ひりひりする。この薬は、たしかに効《き》く。さあ、もうこうなったら、脊中にでもどこにでも、からだ一面に塗ってくれ。おれは死んだってかまわん。色白にさえなったら死んだってかまわんのだ。さあ塗ってくれ。遠慮なくべたべたと威勢よくやってくれ。」まことに悲壮な光景になって来た。

けれども、美しく高ぶった処女の残忍性には限りがない。ほとんどそれは、悪魔に似ている。平然と立ち上って、狸の火傷にれいの唐辛子《とうがらし》をねったものをこってりと塗る。狸はたちまち七転八倒して、

「ううむ、何ともない。この薬は、たしかに効く。わああ、ひどい。水をくれ。ここはどこだ。地獄か。かんにんしてくれ。おれは地獄へ落ちる覚えはねえんだ。おれは狸汁にされるのがいやだったから、それで婆さんをやっつけたんだ。おれに、とがはねえのだ。おれは生れて三十何年間、色が黒いばっかりに、女にいちども、もてやしなかっ

たんだ。それから、おれは、食慾が、ああ、そのために、おれはどんなにきまりの悪い思いをして来たか。誰も知りやしないのだ。おれは孤独だ。おれは善人だ。目鼻立ちは悪くないと思うんだ。」と苦しみのあまり哀れな譫言《うわごと》を口走り、やがてぐったり失神の有様となる。

しかし、狸の不幸は、まだ終らぬ。作者の私でさえ、書きながら溜息が出るくらいだ。おそらく、日本の歴史においても、これほど不振の後半生を送った者は、あまり例がないように思われる。狸汁の運命から逃れて、やれ嬉しやと思う間もなく、ボウボウ山で意味もない大火傷をして九死に一生を得、這うようにしてどうやらわが巣にたどりつき、口をゆがめて呻吟していると、こんどはその大火傷に唐辛子をべたべた塗られ、苦痛のあまり失神し、さて、それからいよいよ泥舟に乗せられ、河口湖底に沈むのである。実に、何のいいところもない。これもまた一種の女難にちがいなかろうが、しかし、それにしても、あまりに野暮な女難である。粋《いき》なところが、ひとつもない。彼は穴の奥で三日間は虫の息で、生きているのだか死んでいるのだか、それこそ全く幽明の境をさまよい、四日目に、猛烈の空腹感に襲われ、杖をついて穴からよろばい出て、何やらぶつぶつ言いながら、かなたこなた食い捜して歩いているその姿の気の毒さと来たら比類がなかった。しかし、根が骨太《ほねぶと》の岩乗《がんじよう》なからだであったから、十日も経たぬうちに全快し、食慾は旧《もと》の如く旺盛で、色慾などもちょっと出て来て、よせばよいのに、またもや兎の庵《いおり》にのこのこ出かける。

「遊びに来ましたよ。うふふ。」と、てれて、いやらしく笑う。

「あら！」と兎は言い、ひどく露骨にいやな顔をした。なあんだ、あなたなの？という気持、いや、それよりもひどい。なんだってまたやって来たの、図々しいじゃないの、という気持、いや、それよりもなおひどい。ああ、たまらない！厄病神が来た！という気持、いや、それよりも、もっとひどい。きたない！くさい！死んじまえ！というような極度の嫌悪が、その時の兎の顔にありありと見えているのに、しかし、とかく招かれざる客というものは、その訪問先の主人の、こんな憎悪感に気附く事ははなはだ疎いものである。これは実に不思議な心理だ。読者諸君も気をつけるがよい。あそこの家へ行くのは、どうも大儀だ、窮屈だ、と思いながら渋々出かけて行く時には、案外その家で君たちの来訪をしんから喜んでいるものである。それに反して、ああ、あの家はなんて気持のよい家だろう、ほとんどわが家同然だ、いや、わが家以上に居心地がよい、我輩の唯一の憩《いこ》いの巣だ、なんともあの家へ行くのは楽しみだ、などといい気分で出かける家においては、諸君は、まずたいてい迷惑がられ、きたながられ、恐怖せられ、襖《ふすま》の陰に帚など立てられているものである。他人の家に、憩いの巣を期待するのが、そもそも馬鹿者の証拠なのかも知れないが、とかくこの訪問という事においては、吾人は驚くべき思い違いをしているものである。格別の用事でもない限り、どんな親しい身内の家にでも、やたらに訪問などすべきものではないかも知れない。作者のこの忠告を疑う者は、狸を見よ。狸はいま明らかに、このおそるべき錯誤を犯しているのだ。兎が、あら！と言い、そうして、いやな顔をしても、狸には一向に気がつかない。狸には、その、あら！という叫びも、狸の不意の訪問に驚き、かつは喜悦して、おのずから発せられた処女の無邪気な声の如くに思われ、ぞくぞく嬉しく、また兎の眉をひそめた表情をも、これは自分の先日のボウボウ山の災難に、心を痛めているのに違いないと解し、

「や、ありがとう。」とお見舞いも何も言われぬくせに、こちらから御礼を述べ、「心配無用だよ。もう大丈夫だ。おれには神さまがついているんだ。運がいいのだ。あんなボウボウ山なんて屁の河童さ。河童の肉は、うまいそうで、何とかして、そのうち食べてみようと思っているんだがね。それは余談だが、しかし、あの時は、驚いたよ。何せ

どうも、たいへんな火勢だったからね。お前のほうは、どうだったね。べつに怪我もない様子だが、よくあの火の中を無事で逃げて来られたね。」

「無事でもないわよ。」と兎はつんとすねて見せて、「あなたったら、ひどいじゃないの。あのたいへんな火事場に、私ひとりを置いてどんどん逃げて行ってしまうんだもの。私は煙にむせて、もう少しで死ぬところだったのよ。私は、あなたを恨んだわ。やっぱりあんな時に、つい本心というものがあらわれるものらしいのね。私には、もう、あなたの本心というものが、こんど、はっきりわかったわ。」

「すまねえ。かんにんしてくれ。実はおれも、ひどい火傷をして、おれには、ひょっとしたら神さまも何もついていねえのかも知れない、さんざんの目に遭っちゃったんだ。お前はどうなったか、決してそれを忘れていたわけじゃなかったんだが、何せどうも、たちまちおれの脊中が熱くなって、お前を助けに行くひまも何もなかったんだよ。わかってくれねえかなあ。おれは決して不実な男じゃねえのだ。火傷ってやつも、なかなか馬鹿にできねえものだぜ。それに、あの、仙金膏とか、疝気《せんき》膏《こう》とか、あいつあ、いけない。いやもう、ひどい薬だ。色黒にも何もききやしない。」

「色黒？」

「いや、何。どろりとした黒い薬でね、こいつあ、強い薬なんだ。お前によく似た、小さい、奇妙な野郎が薬代は要らねえ、と言うから、おれもつい、ものはためしだと思って、塗ってもらう事にしたのだが、いやはやどうも、ただの薬ってのは、あれはお前、気をつけたほうがいいぜ、油断も何もなりやしねえ、おれはもう頭のてっぺんからキリキリと小さい竜巻《たつまき》が立ち昇ったような気がして、どうとばかりに倒れたんだ。」

「ふん、」と兎は軽蔑し、「自業自得じゃないの。ケチンボだから罰が当ったんだわ。ただの薬だから、ためしてみたなんて、よくもまあそんな下品な事を、恥ずかしくもなく言えたものねえ。」

「ひでえ事を言う。」と狸は低い声で言い、けれども、別段何も感じないらしく、ただもう好きなひとの傍にいるという幸福感にぬくぬくとあたたまっている様子で、どっしりと腰を落ちつけ、死魚のように濁った眼であたりを見廻し、小虫を拾って食べたりしながら、「しかし、おれは運のいい男だなあ。どんな目に遭っても、死にやしない。神さまがついているのかも知れねえ。お前も無事でよかったが、おれも何という事もなく火傷がなおって、こうしてまた二人でのんびり話が出来るんだものなあ。ああ、まるで夢のようだ。」

兎はもうさっきから、早く帰ってもらいたくてたまらなかった。いやでいやで、死にそうな気持。何とかしてこの自分の庵の附近から去ってもらいたくて、またもや悪魔的の一計を案出する。

「ね、あなたはこの河口湖に、そりゃおいしい鮒《ふな》がうようよしている事をご存じ?」

「知らねえ。ほんとかね。」と狸は、たちまち眼をかがやかして、「おれが三つの時、おふくろが鮒を一匹捕って来ておれに食べさせてくれた事があったけれども、あれはおいしい。おれはどうも、不器用というわけではないが、決してそういうわけではないが、鮒なんて水の中のものを捕える事が出来ねえので、どうも、あいつはおいしいという事だけは知っていながら、それ以来三十何年間、いや、ははは、つい兄の口真似をしちゃった。兄も鮒は好きでなあ。」

「そうですかね。」と兎は上の空で合槌を打ち、「私はどうも、鮒など食べたくもないけれど、でも、あなたがそんなにお好きなのならば、これから一緒に捕りに行ってあげてもいいわよ。」

「そうかい。」と狸はほくほくして、「でも、あの鮒ってやつは、素早いもんでなあ、おれはあいつを捕えようとして、も少しで土左衛門《どざえもん》になりかけた事があるけれども、」

とつい自分の過去の失態を告白し、「お前に何かいい方法があるのかね。」

「網で掬《すく》ったら、わけはないわ。あの鸕鷀島《うがしま》の岸にこのごろとても大きい鮒が集っているのよ。ね、行きましょう。あなた、舟は？　漕げるの？」

「うむ、」幽《かす》かな溜息をついて、「漕げないこともないがね。その気になりゃ、なあに。」と苦しい法螺《ほら》を吹いた。

「漕げるの？」と兎は、それが法螺だという事を知っていながら、わざと信じたふりをして、「じゃ、ちょうどいいわ。私にはね、小さい舟が一艘あるけど、あんまり小さすぎて私たちふたりは乗れないの。それに何せ薄い板切れでいい加減に作った舟だから、水がしみ込んで来て危いのよ。でも、私なんかどうなったって、あなたの身にもしもの事があってはいけないから、あなたの舟をこれから、ふたりで一緒に力を合せて作りましょうよ。板切れの舟は危いから、もっと岩乗に、泥をこねって作りましょうよ。」

「すまねえなあ。おれはもう、泣くぜ。泣かしてくれ。おれはどうしてこんなに涙もろいか。」と言って嘘泣きをしながら、「ついでにお前ひとりで、その岩乗ないい舟を作ってくれないか。な、たのむよ。」と抜からず横着な申し出をして、「おれは恩に着るぜ。お前がそのおれの岩乗な舟を作ってくれている間に、おれは、ちょっとお弁当をこさえよう。おれはきっと立派な炊事係になれるだろうと思うんだ。」

「そうね。」と兎は、この狸の勝手な意見をも信じたふりして素直に首肯《うなず》く。そうして狸は、ああ世の中なんて甘いもんだとほくそ笑む。この間一髪において、狸の悲運は決定せられた。自分の出鱈目《でたらめ》を何でも信じてくれる者の胸中には、しばしば何かのおそるべき悪計が蔵せられているものだという事を、迂愚《うぐ》の狸は知らなかった。調子がいいぞ、とにやにやしている。

ふたりはそろって湖畔に出る。白い河口湖には波ひとつない。兎はさっそく泥をこねて、いわゆる岩乗な、いい舟の製作にとりかかり、狸は、すまねえ、すまねえ、と言いながらあちこち飛び廻って専ら自分のお弁当の内容調合に腐心し、夕風が微かに吹き起って湖面一ぱいに小さい波が立って来た頃、粘土の小さい舟が、つやつやと鋼鉄色に輝いて進水した。

「ふむ、悪くない。」と狸は、はしゃいで、石油鑵ぐらいの大きさの、れいのお弁当箱をまず舟に積み込み、「お前は、しかし、ずいぶん器用な娘だねえ。またたく間にこんな綺麗な舟一艘つくり上げてしまうのだからねえ。神技だ。」と歯の浮くような見え透いたお世辞を言い、このような器用な働き者を女房にしたら、あるいはおれは、女房の働きによって遊んでいながら贅沢ができるかも知れないなどと、色気のほかにいまはむらむら慾気さえ出て来て、いよいよこれは何としてもこの女にくっついて一生はなれぬ事だ、とひそかに覚悟のほぞを固めて、よいしょと泥の舟に乗り、「お前はきっと舟を漕ぐのも上手だろうねえ。おれだって、舟の漕ぎ方くらい知らないわけでは、まさか、そんな、知らないというわけでは決してないんだが、きょうはひとつ、わが女房のお手並を拝見したい。」いやに言葉遣いが図々しくなって来た。「おれも昔は、舟の漕ぎ方にかけては名人とか、または達者とか言われたものだが、きょうはまあ寝転んで拝見という事にしようかな。かまわないから、おれの舟の舳《へさき》を、お前の舟の艫《とも》にゆわえ附けておくれ。舟も仲良くぴったりくっついて、死なばもろとも、見捨てちゃいやよ。」などといやらしく、きざったらしい事を言ってぐったり泥舟の底に寝そべる。

兎は、舟をゆわえ附けよと言われて、さてはこの馬鹿も何か感づいたかな? とぎょっとして狸の顔つきを盗み見たが、何の事はない、狸は鼻の下を長くしてにやにや笑いながら、もはや夢路をたどっている。鮒がとれたら起してくれ。あいつあ、うめえからなあ。おれは三十七だよ。などと馬鹿な寝言を言っている。兎は、ふんと笑って狸の泥舟を兎の舟につないで、それから、櫂《かい》でぱちゃと水の面を撃つ。するすると二艘の舟は岸を離れる。

鸕鷀島《うがしま》の松林は夕陽を浴びて火事のようだ。ここでちょっと作者は物識りぶるが、この島の松林を写生して図案化したのが、煙草の「敷島」の箱に描かれてある、あれだという話だ。たしかな人から聞いたのだから、読者も信じて損はなかろう。もっとも、いまはもう「敷島」なんて煙草はなくなっているから、若い読者には何の興味もない話である。つまらない知識を振りまわしたものだ。とかく識ったかぶりは、このような馬鹿らしい結果に終る。まあ、生れて三十何年以上にもなる読者だけが、ああ、あの松か、と芸者遊びの記憶なんかと一緒にぼんやり思い出して、つまらなそうな顔をするくらいが関の山であろうか。

さて兎は、その鸕鷀島の夕景をうっとり望見して、

「おお、いい景色。」と呟く。これは如何《いか》にも奇怪である。どんな極悪人でも、自分がこれから残虐の犯罪を行おうというその直前において、山水の美にうっとり見とれるほどの余裕なんてないように思われるが、しかし、この十六歳の美しい処女は、眼を細めて島の夕景を観賞している。まことに無邪気と悪魔とは紙一重である。苦労を知らぬわがままな処女の、へどが出るような気障ったらしい姿態に対して、ああ青春は純真だ、

なんて言って垂涎《すいぜん》している男たちは、気をつけるがよい。その人たちのいわゆる「青春の純真」とかいうものは、しばしばこの兎の例における如く、その胸中に殺意と陶酔が隣合せて住んでいても平然たる、何が何やらわからぬ官能のごちゃまぜの乱舞である。危険この上ないビールの泡だ。皮膚感覚が倫理を覆っている状態、これを低能あるいは悪魔という。ひところ世界中に流行したアメリカ映画、あれには、こんないわゆる「純真」な雄や雌がたくさん出て来て、皮膚感触をもてあまして擽《くすぐ》ったげにちょこまか、バネ仕掛けの如く動きまわっていた。別にこじつけるわけではないが、いわゆる「青春の純真」というものの元祖は、あるいは、アメリカあたりにあったのではなかろうかと思われるくらいだ。スキイでランラン、とかいうたぐいである。そうしてその裏で、ひどく愚劣な犯罪を平気で行っている。低能でなければ悪魔である。いや、悪魔というものは元来、低能なのかも知れない。小柄でほっそりして手足が華奢で、かの月の女神アルテミスにも比較せられた十六歳の処女の兎も、ここにおいて一挙に頗《すこぶ》る興味索然たるつまらぬものになってしまった。低能かい。それじゃあ仕様がないねえ。

「ひゃあ！」と脚下に奇妙な声が起る。わが親愛なる而して甚だ純真ならざる三十七歳の男性、狸君の悲鳴である。「水だ、水だ。これはいかん。」

「うるさいわね。泥の舟だもの、どうせ沈むわ。わからなかったの?」

「わからん。理解に苦しむ。筋道が立たぬ。それは御無理というものだ。お前はまさかこのおれを、いや、まさか、そんな鬼のような、いや、まるでわからん。お前はおれの女房じゃないか。やあ、沈む。少くとも沈むという事だけは眼前の真実だ。冗談にしたって、あくどすぎる。これはほとんど暴力だ。やあ、沈む。おい、お前どうしてくれるんだ。お弁当がむだになるじゃないか。このお弁当箱には鼬《いたち》の糞《ふん》でまぶした蚯蚓《みみず》のマカロニなんか入っているのだ。惜しいじゃないか。あっぷ! ああ、とうとう水を飲んじゃった。おい、たのむ、ひとの悪い冗談はいい加減によせ。おいおい、その綱を切っちゃいかん。死なばもろとも、夫婦は二世、切っても切れねえ縁《えにし》の艫綱《ともづな》、あ、いけねえ、切っちゃった。助けてくれ! おれは泳ぎが出来ねえのだ。白状する。昔は少し泳げたのだが、狸も三十七になると、あちこちの筋《すじ》が固くなって、とても泳げやしないのだ。白状する。おれは三十七なんだ。お前とは実際、としが違いすぎるのだ。年寄りを大事にしろ! 敬老の心掛けを忘れるな! あっぷ! ああ、お前はいい子だ、な、いい子だから、そのお前の持っている櫂をこっちへ差しのべておくれ、おれはそれにつかまって、あいたたた、何をするんだ、痛いじゃないか、櫂でおれの頭を殴りやがって、よし、そうか、わかった！　お前はおれを殺す気だな、それでわかった。」と狸もその死の直前に到って、はじめて兎の悪計を見抜いたが、既におそかった。

ぽかん、ぽかん、と無慈悲の櫂が頭上に降る。狸は夕陽にきらきら輝く湖面に浮きつ沈みつ、

「あいたたた、あいたたた、ひどいじゃないか。おれは、お前にどんな悪い事をしたのだ。惚れたが悪いか。」と言って、ぐっと沈んでそれっきり。

兎は顔を拭いて、

「おお、ひどい汗。」と言った。

ところでこれは、好色の戒めとでもいうものであろうか。十六歳の美しい処女には近寄るなという深切な忠告を匂わせた滑稽物語でもあろうか。あるいはまた、気にいったからとて、あまりしつこくお伺いしては、ついには極度に嫌悪せられ、殺害せられるほどのひどいめに遭うから節度を守れ、という礼儀作法の教科書でもあろうか。

あるいはまた、道徳の善悪よりも、感覚の好き嫌いによって世の中の人たちはその日常生活において互いに罵り、または罰し、または賞し、または服しているものだという

事を暗示している笑話であろうか。

いやいや、そのように評論家的な結論に焦躁せずとも、狸の死ぬいまわの際《きわ》の一言にだけ留意しておいたら、いいのではあるまいか。

曰く、惚れたが悪いか。

古来、世界中の文芸の哀話の主題は、一にここにかかっていると言っても過言ではあるまい。女性にはすべて、この無慈悲な兎が一匹住んでいるし、男性には、あの善良な狸がいつも溺れかかってあがいている。作者の、それこそ三十何年来の、頗る不振の経歴に徴して見ても、それは明々白々であった。おそらくは、また、君においても。後略。

舌切雀

私はこの「お伽草紙」という本を、日本の国難打開のために敢闘している人々の寸暇における慰労のささやかな玩具として恰好のものたらしむべく、このごろ常に微熱を発している不完全のからだながら、命ぜられては奉公の用事に出勤したり、また自分の家の罹災の後始末やら何やらしながら、とにかく、そのひまに少しずつ書きすすめて来たのである。瘤取り、浦島さん、カチカチ山、その次に、桃太郎と、舌切雀を書いて、一応この「お伽草紙」を完結させようと私は思っていたのであるが、桃太郎のお話は、あれはもう、ぎりぎりに単純化せられて、日本男児の象徴のようになっていて、物語というよりは詩や歌の趣きさえ呈している。もちろん私も当初においては、この桃太郎をも、私の物語に鋳造し直すつもりでいた。すなわち私は、あの鬼ケ島の鬼というものに、ある種の憎むべき性格を附与してやろうと思っていた。どうしてもあれは、征伐せずにはおけぬ醜怪極悪無類の人間として、描写するつもりであった。それによって桃太郎の鬼征伐も大いに読者諸君の共鳴を呼び起し、而してその戦闘も読む者の手に汗を握らせるほどの真に危機一髪のものたらしめようとたくらんでいた。(未だ書かぬ自分の作品の計画を語る場合においては、作者はたいていこのようにあどけない法螺《ほら》を吹くものである。そんなに、うまくは行きませぬて。)まあさ、とにかく、まあ、聞き給え。どうせ、気焔だがね。とにかく、ひやかさずに聞いてくれ給え。ギリシャ神話において、最も佞《ねい》悪醜穢《あくしゅうわい》の魔物は、やはりあの万蛇頭のメデウサであろう。眉間《みけん》には狐疑の深い皺がきざみ込まれ、小さい灰色の眼には浅間《あさま》しい殺意が燃え、真蒼な頬は威嚇の怒りに震えて、黒ずんだ薄い唇は嫌悪と侮蔑にひきつったようにゆがんでいる。そうして長い頭髪の一本一本がことごとく腹の赤い毒蛇である。敵に対してこの無数の毒蛇は、素早く一様に鎌首をもたげ、しゅっしゅっと気味悪い音を立てて手向う。このメデウサの姿をひとめ見た者は、何とも知れずいやな気持になって、そうして、心臓が凍り、からだ全体つめたい石になったという。恐怖というよりは、不快感である。人の肉体よりも、人の心に害を加える。このような魔物は、最も憎むべきものであり、かつまたすみやかに退治しなければならぬものである。それに較べると、日本の化物は単純で、そうして愛嬌がある。古寺の大入道や一本足の傘の化物などは、たいてい酒飲みの豪傑のために無邪気な舞いをごらんに入れて以て豪傑の＊乙夜丑満《いつやうしみつ》の無聊を慰めてくれるだけのものである。また、絵本の鬼ケ島の鬼たちも、図体ばかり大きくて、猿に鼻など引掻かれ、あっ！と言ってひっくりかえって降参したりしている。一向におそろしくも何ともない。善良な性格のもののようにさえ思われる。それでは折角の鬼退治も、甚だ気抜けのした物語になるだろう。ここは、どうしてもメデウサの首以上の凄い、不愉快きわまる魔物を登場させなければならぬところだ。それでなければ読者の手に汗を握らせるわけにはいかぬ。また、征服者の桃太郎が、あまりに強くては、読者はかえって鬼のほうを気の毒に思ったりなどして、その物語に危機一髪の醍醐味は湧いて出ない。＊ジイグフリイドほどの不《ふ》死身《じみ》の大勇者でも、その肩先に一箇所の弱点を持っていたではないか。弁慶にも泣きどころがあったというし、とにかく、完璧の絶対の強者は、どうも物語には向かない。それに私は、自身が非力のせいか、弱者の心理にはいささか通じているつもりだが、どうも、強者の心理は、あまりつまびらかに知っていない。殊《こと》にも、誰にも絶対に負けぬ完璧の強者なんてのには、いままでいちども逢った事がないし、また噂にさえ聞いた事がない。私は多少でも自分で実際に経験した事でなければ、一行も一字も書けない甚だ空想が貧弱の物語作家である。それで、この桃太郎物語を書くに当っても、そんな見た事もない絶対不敗の豪傑を登場させるのは何としても不可能なのである。やはり、私の桃太郎は、小さい時から泣虫で、からだが弱くて、はにかみ屋で、さっぱり駄目な男だったのだが、人の心情を破壊し、永遠の絶望と戦慄と怨嗟の地獄にたたき込む悪辣無類にして醜怪の妖鬼たちに接して、われ非力なりといえどもいまは黙視し得ずと敢然立って、黍団子《きびだんご》を腰に、かの妖鬼たちの巣窟に向って発足する、とでもいうような事になりそうである。またあの、犬、猿、雉《きじ》の三匹の家来も、決して模範的な助力者ではなく、それぞれに困った癖があって、たまには喧嘩もはじめるであろうし、ほとんどかの西遊記の悟空《ごくう》、八戒《はっかい》、悟浄《ごじょう》の如きもののように書くかも知れない。しかし、私は、カチカチ山の次に、いよいよこの、「私の桃太郎」に取りかかろうとして、突然、ひどく物憂い気持に襲われたのである。せめて、桃太郎の物語一つだけは、このままの単純な形で残しておきたい。これは、もう物語ではない。昔から日本人全部に歌い継がれて来た日本の詩である。物語の筋にどんな矛盾があったって、かまわぬ。この詩の平明闊達の気分を、いまさら、いじくり廻すのは、日本に対してすまぬ。いやしくも桃太郎は、日本一という旗を持っている男である。日本一はおろか日本二も三も経験せぬ作者が、そんな日本一の快男子を描写できるはずがない。私は桃太郎のあの「日本一」の旗を思い浮べるに及んで、潔く「私の桃太郎物語」の計画を放棄したのである。

そうして、すぐつぎに舌切雀の物語を書き、それだけで一応、この「お伽草紙」を結びたいと思い直したわけである。この舌切雀にせよ、また前の瘤取り、浦島さん、カチカチ山、いずれも「日本一」の登場はないので、私の責任も軽く、自由に書く事を得たのであるが、どうも、日本一と言う事になると、かりそめにもこの貴い国で第一と言う事になると、いくらお伽噺だからと言っても、出鱈目《でたらめ》な書き方は許されまい。外国の人が見て、なんだ、これが日本一か、などと言ったら、その口惜しさはどんなだろう。だから、私はここにくどいくらいに念を押しておきたいのだ。瘤取りの二老人も浦島さんも、またカチカチ山の狸さんも、決して日本一ではないんだぞ、桃太郎だけが日本一なんだぞ、そうしておれはその桃太郎を書かなかったんだぞ。本当の日本一なんか、もしお前の眼前に現われたら、お前の両眼はまぶしさのためにつぶれるかも知れない。いいか、わかったか。この私の「お伽草紙」に出て来る者は、日本一でも二でも三でもないし、また、いわゆる「代表的人物」でもない。これはただ、太宰という作家がその愚かな経験と貧弱な空想を以て創造した極めて凡庸の人物たちばかりである。これらの諸人物を以て、ただちに日本人の軽重を推計せんとするのは、それこそ*刻舟求剣《こくしゅうきゅうけん》のしたり顔なる穿鑿に近い。私は日本を大事にしている。それは言うまでもない事だが、それゆえ、私は日本一の桃太郎を描写する事は避け、また、他の諸人物の決して日本一ではない所以《ゆえん》をもくどくどと述べて来たのだ。読者もまた、私のこんなへんなこだわり方に大いに賛意を表して下さるのではあるまいかと思われる。太閤でさえ言ったじゃないか。「日本一は、わしではない。」と。

さて、この舌切雀の主人公は、日本一どころか、逆に、日本で一ばん駄目な男と言ってよいかも知れぬ。だいいち、からだが弱い。からだの弱い男というものは、足の悪い馬よりも、もっと世間的の価値が低いようである。いつも力ない咳をして、そうして顔色も悪く、朝起きて部屋の障子にはたきを掛け、帚《ほうき》で塵を掃き出すと、もう、ぐったりして、あとは、一日一ぱい机の傍で寝たり起きたり何やら蠢動して、夕食をすますと、すぐ自分でさっさと蒲団を敷いて寝てしまう。この男は、既に十数年来こんな情ない生活を続けている。未だ四十歳にもならぬのだが、しかし、よほど前から自分の事を翁と署名し、また自分の家の者にも「お爺さん」と呼べと命令している。まあ、世捨人とでも言うべきものであろうか。しかし、世捨人だって、お金が少しでもあるから、世を捨てられるので、一文無しのその日暮しだったら、世を捨てようと思ったって、世の中のほうから追いかけて来て、とても捨て切れるものでない。この「お爺さん」も、いまはこんなささやかな草の庵を結んでいるが、もとをただせば大金持の三男坊で、父母の期待にそむいて、これという職業を持たず、ぼんやり晴耕雨読などという生活をしているうちに病気になったりして、このごろは、父母をはじめ親戚一同も、これを病弱の馬鹿の困り者と称してあきらめ、月々の暮しに困らぬ小額の金を仕送りしているというような状態なのである。さればこそ、こんな世捨人みたいな生活も可能なのである。いかに、草の庵とはいえ、まあ、結構な身分と申さざるを得ないであろう。そうして、そんな結構な身分の者に限って、あまりひとの役に立たぬものである。からだが弱いのは事実のようであるが、しかし、寝ているほどの病人ではないのだから、何か一つくらい積極的な仕事の出来ぬわけはないはずである。けれども、このお爺さんは何もしない。本だけは、ずいぶんたくさん読んでいるようだが、読み次第わすれて行くのか、自分の読んだ事を人に語って知らせるというわけでもない。ただ、ぼんやりしている。これだけでも、既に世間的価値がゼロに近いのに、さらにこのお爺さんには子供がない。結婚してもう十年以上にもなるのだが、未だ世継がないのである。これでもう完全に彼は、世間人としての義務を何一つ果していない、という事になる。こんな張合のない亭主に、よくもまあ十何年も連添うて来た細君というのは、どんな女か、多少の興をそそられる。しかし、その草庵の垣根越しに、そっと覗いてみた者は、なあんだ、とがっかりさせられる。実に何とも、つまらない女だ。色がまっくろで、眼はぎょろりとして、手は皺だらけで大きく、その手をだらりと前にさげて少し腰をかがめていそがしげに庭を歩いているさまを見ると、「お爺さん」よりも年上ではないかと思われるくらいである。しかし、今年三十三の厄年だという。このひとは、もと「お爺さん」の生家に召使われていたのであるが、病弱のお爺さんの世話を受持たされて、いつしかその生涯を受持つようになってしまったのである。無学である。

「さあ、下着類を皆、脱いでここへ出して下さい。洗います。」と強く命令するように言う。

「この次。」お爺さんは、机に頬杖をついて低く答える。お爺さんは、いつも、ひどく低い声で言う。しかも、言葉の後半は、口の中で澱んで、ああ、とか、うう、とかいうようにしか聞えない。連添うて十何年になるお婆さんにさえ、このお爺さんの言う事がよく聞きとれない。いわんや、他人においてをや。どうせ世捨人同然のひとなのだから、自分の言う事が他人にわかったって、わからなくたってどうだっていいようなものかも知れないが、定職にもつかず、読書はしても別段その知識でもって著述などしようとする気配も見えず、そうして結婚後十数年経過しているのに一人の子供ももうけず、そうして、その上、日常の会話においてさえ、はっきり言う手数を省いて、後半を口の中でむにゃむにゃ言ってすますとは、その骨惜しみと言おうか何と言おうか、とにかくその消極性は言語に絶するものがあるように思われる。

「早く出して下さいよ。ほら、襦袢の襟なんか、油光りしているじゃありませんか。」

「この次。」やはり半分は口の中で、ぼそりと言う。

「え？　何ですって？　わかるように言って下さい。」

「この次。」と頬杖をついたまま、にこりともせずお婆さんの顔を、まじまじと見つめながら、こんどはやや明瞭に言う。「きょうは寒い。」

「もう冬ですもの。きょうだけじゃなく、あしたもあさっても寒いにきまっていますす。」と子供を叱るような口調で言い、「そんな工合いに家の中で、じっと炉傍に坐っている人と、井戸端へ出て洗濯している人と、どっちが寒いか知っていますか。」

「わからない。」と幽《かす》かに笑って答える。「お前の井戸端は習慣になっているから。」

「冗談じゃありません。」とお婆さんは顔をしかめて、「私だって何も、洗濯をしに、この世に生れて来たわけじゃないんですよ。」

「そうかい。」と言って、すましている。

「さあ、早く脱いで寄こして下さいよ。代りの下着類はいっさいその押入の中にはいっていますから。」

「風邪をひく。」

「じゃあ、よござんす。」いまいましそうに言い切ってお婆さんは退却する。

ここは東北の仙台郊外、愛宕山《あたごやま》の麓、広瀬川の急流に臨んだ大竹藪の中である。仙台地方には昔から、雀が多かったのか、仙台笹とかいう紋所には、雀が二羽図案化されているし、また、芝居の先代萩には雀が千両役者以上の重要な役として登場するのは誰しもご存じの事と思う。また、昨年、私が仙台地方を旅行した時にも、その土地の一友人から仙台地方の古い童謡として次のような歌を紹介せられた。

カゴメ　カゴメ
カゴノナカノ　スズメ
イツ　イツ　デハル

この歌は、しかし、仙台地方に限らず、日本全国の子供の遊び歌になっているようで

あるが、

カゴノナカノ　スズメ

と言って、ことさらに籠の小鳥を雀と限定しているところ、また、デハルという東北の方言が何の不自然な感じもなく挿入せられている点など、やはりこれは仙台地方の民謡と称しても大過ないのではなかろうかと私には思われた。

このお爺さんの草庵の周囲の大竹藪にも、無数の雀が住んでいて、朝夕、耳を聾せんばかりに騒ぎ立てる。この年の秋の終り、大竹藪に霰《あられ》が爽やかな音を立てて走っている朝、庭の土の上に、脚をくじいて仰向にあがいている小雀をお爺さんは見つけ、黙って拾って、部屋の炉傍に置いて餌を与え、雀は脚の怪我がなおっても、お爺さんの部屋で遊んで、たまに庭先へ飛び降りてみる事もあるが、またすぐ縁にあがって来て、お爺さんの投げ与える餌を啄《ついば》み、糞をたれると、お婆さんは、

「あれ汚い。」と言って追い、お爺さんは無言で立って懐紙でその縁側の糞をていねいに拭き取る。日数の経つにつれて雀にも、甘えていい人と、そうでない人との見わけがついて来た様子で、家にお婆さんひとりしかいない時には、庭先や軒下に避難し、そうしてお爺さんがあらわれると、すぐ飛んで来て、お爺さんの頭の上にちょんと停ったり、

またお爺さんの机の上をはねまわり、硯《すずり》の水をのどを幽かに鳴らして飲んだり、筆立の中に隠れたり、いろいろに戯れてお爺さんの勉強の邪魔をする。けれども、お爺さんはたいてい知らぬ振りをしている。世にある愛禽家のように、わが愛禽にへんな気障ったらしい名前を附けて、

「ルミや、お前も淋しいかい。」などという事は言わない。雀がどこで何をしようと、全然無関心の様子を示している。そうして時々、黙ってお勝手から餌を一握り持って来て、ばらりと縁側に撒いてやる。

その雀が、いまお婆さんの退場後に、はたはたと軒下から飛んで来て、お爺さんの頬杖ついている机の端にちょんと停る。お爺さんは少しも表情を変えず、黙って雀を見ている。このへんから、そろそろこの小雀の身の上に悲劇がはじまる。

お爺さんは、しばらく経ってから一言、「そうか。」と言った。それから深い溜息をついて、机上に本をひろげた。その書物のペエジを一、二枚繰って、それからまた、頬杖をついてぼんやり前方を見ながら、「洗濯をするために生れて来たのではないと言いやがる。あれでも、まだ、色気があると見える。」と呟いて、幽かに苦笑する。

この時、突然、机上の小雀が人語を発した。

「あなたは、どうなの?」

お爺さんは格別おどろかず、

「おれか、おれは、そうさな、本当の事を言うために生れて来た。」

「でも、あなたは何も言いやしないじゃないの。」

「世の中の人は皆、嘘つきだから、話を交すのがいやになったのさ。みんな、嘘ばっかりついている。そうしてさらに恐ろしい事は、その自分の嘘にご自身お気附きになっていない。」

「それは怠け者の言いのがれよ。ちょっと学問なんかすると、誰でもそんな工合いに横着な気取り方をしてみたくなるものらしいのね。あなたは、なんにもしてやしないじゃないの。寝ていて人を起こすなかれ、という諺があったわよ。人の事など言えるがらじゃないわ。」

「それもそうだが、」とお爺さんはあわてず、「しかし、おれのような男もあっていいのだ。おれは何もしていないように見えるだろうが、まんざら、そうでもない。おれでなくちゃ出来ない事もある。おれの生きている間、おれの真価の発揮できる時機が来るかどうかわからぬが、しかし、その時が来たら、おれだって大いに働く。その時までは、まあ、沈黙して、読書だ。」

「どうだか。」と雀は小首を傾け、「意気地なしの陰弁慶に限って、よくそんな負け惜しみの気焔を挙げるものだわ。廃残の御隠居、とでもいうのかしら、あなたのようなよぼよぼの御老体は、かえらぬ昔の夢を、未来の希望と置きかえて、そうしてご自身を慰めているんだわ。お気の毒みたいなものよ。そんなのは気焔にさえなってやしない。変態の愚痴よ。だって、あなたは、何もいい事をしてやしないんだもの。」

「そう言えば、まあ、そんなものかも知れないが、」と老人はいよいよ落ちついて、「しかし、おれだって、いま立派に実行している事が一つある。それは何かって言えば、無慾という事だ。言うは易くして、行うは難いものだよ。うちのお婆さんなど、おれみたいな者ともう十何年も連添うて来たのだから、いい加減に世間の慾を捨てているかと思っていたら、どうもそうでもないらしい。まだあれで、何か色気があるらしいんだね。それが可笑《おか》しくて、ついひとりで噴き出したような次第だ。」

そこへ、ぬっとお婆さんが顔を出す。

「色気なんかありませんよ。おや？　あなたは、誰と話をしていたのです。誰か、若い娘さんの声がしていましたがね。あのお客さんは、どこへいらっしゃいました。」

「お客さんか。」お爺さんは、れいによって言葉を濁す。

「いいえ、あなたは今たしかに誰かと話をしていましたよ。それも私の悪口をね。まあ、どうでしょう、私にものを言う時には、いつも口ごもって聞きとれないような大儀そうな言い方ばかりする癖に、あの娘さんには、まるで人が変ったみたいにあんな若やいだ声を出して、たいへんごきげんそうに、おしゃべりしていらしたじゃないの。あなたこそ、まだ色気がありますよ。ありすぎて、べたべたです。」

「そうかな。」とお爺さんは、ぼんやり答えて、「しかし、誰もいやしない。」

「からかわないで下さい。」とお婆さんは本気に怒ってしまった様子で、どさんと縁先に腰をおろし、

「あなたはいったいこの私を、何だと思っていらっしゃるのです。私はずいぶん今までこらえて来ました。あなたはもう、てんで私を馬鹿にしてしまっているのですもの。そりゃもう私は、育ちもよくないし学問もないし、あなたのお話相手が出来ないかも知れませんが、でも、あんまりですわ。私だって、若い時からあなたのお家へ奉公にあがってあなたのお世話をさせてもらって、それがまあ、こんな事になって、あなたの親御さんも、あれならばなかなかしっかり者だし、せがれと一緒にさせても、――」

「嘘ばかり。」

「おや、どこが嘘なのです。私が、どんな嘘をつきました。だって、そうじゃありませんか。あの頃、あなたの気心を一ばんよく知っていたのは私じゃありませんか。私でなくちゃ駄目だったんです。だから私が、一生あなたのめんどうを見てあげる事になったんじゃありませんか。どこが、どんな工合いに嘘なのです。それを聞かして下さい。」

と顔色を変えてつめ寄る。

「みんな嘘さ。あの頃の、お前の色気ったらなかったぜ。それだけさ。」

「それは、いったい、どんな意味です。私には、わかりやしません。馬鹿にしないで下さい。私はあなたのためを思って、あなたと一緒になったのですよ。色気も何もありやしません。あなたもずいぶん下品な事を言いますね。ぜんたい私が、あなたのような人と一緒になったばかりに、朝夕どんなに淋しい思いをしているか、あなたはご存じないのです。たまには、優しい言葉の一つも掛けてくれるものです。他の夫婦をごらんなさい。どんなに貧乏をしていても、夕食の時などには楽しそうに世間話をして笑い合っているじゃありませんか。私は決して慾張り女ではないんです。あなたのためなら、どんな事でも忍んで見せます。ただ、時たま、あなたから優しい言葉の一つも掛けてもらえたら、私はそれで満足なのですよ。」

「つまらない事を言う。そらぞらしい。もういい加減あきらめているかと思ったら、まだ、そんなきまりきった泣き事を並べて、局面転換を計ろうとしている。だめですよ。お前の言う事なんざ、みんなごまかしだ。その時々の安易な気分本位だ。おれをこんな無口な男にさせたのは、お前です。夕食の時の世間話なんて、たいていは近所の人の品評じゃないか。悪口じゃないか。それも、れいの安易な気分本位で、やたらと人の陰口をきく。おれはいままで、お前が人をほめたのを聞いた事がない。おれだって、弱い心を持っている。お前にまきこまれて、つい人の品評をしたくなる。おれには、それがこわいのだ。だから、もう誰とも口をきくまいと思った。お前たちには、ひとの悪いところばかり眼について、自分自身のおそろしさにまるで気がついていないのだからな。おれは、ひとがこわい。」

「わかりました。あなたは、私にあきたのでしょう。こんな婆が、鼻について来たのでしょう。私には、わかっていますよ。さっきのお客さんは、どうしました。どこに隠れているのです。たしかに若い女の声でしたわね。あんな若いのが出来たら、私のような婆さんと話をするのがいやになるのも、もっともです。なんだい、無欲だの何だのと悟り顔なんかしていても、相手が若い女だと、すぐもうわくわくして、声まで変って、ぺちゃくちゃとお喋りをはじめるのだからいやになります。」

「それなら、それでよい。」

「よかありませんよ。あのお客さんは、どこにいるのです。私だって、挨拶を申さなければ、お客さんに失礼ですよ。こう見えても、私はこの家の主婦ですからね、挨拶をさせて下さいよ。あんまり私を蹈みつけにしては、だめです。」

「これだ。」とお爺さんは、机上で遊んでいる雀のほうを顎でしゃくって見せる。

「え？　冗談じゃない。雀がものを言いますか。」

「言う。しかも、なかなか気のきいた事を言う。」

「どこまでも、そんなに意地悪く私をからかうのですね。じゃあ、よござんす。」やにわに腕をのばして、机上の小雀をむずと摑み、「そんな気のきいた事を言わせないように、舌をむしり取ってしまいましょう。あなたは、ふだんからどうもこの雀を可愛がりすぎます。私には、それがいやらしくて仕様がなかったんですよ。ちょうどいい塩梅だ。あなたが、あの若い女のお客さんを逃がしてしまったのなら、身代りにこの雀の舌を抜きます。いい気味だ。」掌中の雀の嘴《くちばし》をこじあけて、小さい菜の花びらほどの舌をきゅっとむしり取った。
雀は、はたはたと空高く飛び去る。
お爺さんは、無言で雀の行方を眺めている。
そうして、その翌日から、お爺さんの大竹藪探索がはじまるわけである。

シタキリ　スズメ
オヤドハ　ドコダ
シタキリ　スズメ
オヤドハ　ドコダ

毎日毎日、雪が降り続ける。それでもお爺さんは何かに憑かれたみたいに、深い大竹藪の中を捜しまわる。藪の中には、雀は千も万もいる。その中から、舌を抜かれた小雀を捜し出すのは、至難の事のように思われるが、しかし、お爺さんは異様な熱心さを以て、毎日毎日探索する。

シタキリ　スズメ
オヤドハ　ドコダ
シタキリ　スズメ

オヤドハ　ドコダ

お爺さんにとって、こんな、がむしゃらな情熱を以て行動するのは、その生涯において、いちどもなかったように見受けられた。お爺さんの胸中に眠らされていた何物かが、この時はじめて頭をもたげたようにも見えるが、しかし、それは何であるか、筆者(太宰)にもわからない。自分の家にいながら、他人の家にいるような浮かない気分になっているひとが、ふっと自分の一ばん気楽な性格に遭い、これを追い求める、恋、と言ってしまえば、それっきりであるが、しかし、一般にあっさり言われている心、恋、という言葉によってあらわされる心理よりは、このお爺さんの気持は、はるかに侘しいものであるかも知れない。お爺さんは夢中で探した。生れてはじめての執拗な積極性である。

シタキリ　スズメ
オヤドハ　ドコダ
シタキリ　スズメ
オヤドハ　ドコダ

まさか、これを口に出して歌いながら捜し歩いていたわけではない。しかし、風が自分の耳元にそのようにひそひそ囁き、そうして、いつのまにやら自分の胸中においても、その変てこな歌ともお念仏ともつかぬ文句が一歩一歩竹藪の下の雪を蹈みわけて行くのと同時に湧いて出て、耳元の風の囁きと合致する、というような工合いなのである。

或る夜、この仙台地方でも珍らしいほどの大雪があり、次の日はからりと晴れて、まぶしいくらいの銀世界が現出し、お爺さんは、この朝早く、藁靴をはいて、相も変らず竹藪をさまよい歩き、

シタキリ　スズメ
オヤドハ　ドコダ
シタキリ　スズメ
オヤドハ　ドコダ

竹に積った大きい雪のかたまりが、突然、どさりとお爺さんの頭上に落下し、打ちどころが悪かったのかお爺さんは失神して雪の上に倒れる。夢幻の境のうちに、さまざまの声の囁きが聞えて来る。

「可愛そうに、とうとう死んでしまったじゃないの。」

「なに、死にやしない。気が遠くなっただけだよ。」

「でも、こうしていつまでも雪の上に倒れていると、こごえて死んでしまうわよ。」

「それはそうだ。どうにかしなくちゃいけない。困った事になった。こんな事にならないうちに、あの子が早く出て行ってやればよかったのに。いったい、あの子は、どうしたのだ。」

「お照さん？」

「そう、誰かにいたずらされて口に怪我をしたようだが、あれから、さっぱりこのへんに姿を見せんじゃないか。」

「寝ているのよ。舌を抜かれてしまったので、なんにも言えず、ただ、ぽろぽろ涙を流して泣いているわよ。」

「そうか、舌を抜かれてしまったのか。ひどい悪戯をするやつもあったものだなあ。」

「ええ、それはね、このひとのおかみさんよ。悪いおかみさんではないんだけれど、あの日は虫のいどころがへんだったのでしょう、いきなり、お照さんの舌をひきむしってしまったの。」

「お前、見てたのかい？」

「ええ、おそろしかったわ。人間って、あんな工合いに出し抜けにむごい事をするものなのね。」

「やきもちだろう。おれもこのひとの家の事はよく知っているけれど、どうもこのひとは、おかみさんを馬鹿にしすぎていたよ。おかみさんを可愛がりすぎるのも見ちゃおられないものだが、あんなに無愛想なのもよろしくない。それをまたお照さんはいいことにして、いやにこの旦那といちゃついていたからね。まあ、みんな悪い。ほっておけ。」

「あら、あなたこそ、やきもちを焼いているんじゃない？　あなたは、お照さんを好きだったのでしょう？　隠したってだめよ。この大竹藪で一ばんの美声家はお照さんだって、いつか溜息をついて言ってたじゃないの。」

「やきもちを焼くなんてそんな下品な事をするおれではない。が、しかし、少くともお前よりはお照のほうが声が佳くて、しかも美人だ。」

「ひどいわ。」

「喧嘩はおよし、つまらない。それよりも、このひとを、いったいどうするの？　ほっておいたら死にますよ。可哀想に。どんなにお照さんに逢いたいのか、毎日毎日この竹藪を捜して歩いて、そうしてとうとうこんな有様になってしまって、気の毒じゃないの。このひとは、きっと、実《じつ》のあるひとだわ。」

よ。」

「なに、ばかだよ。いいとしをして雀の子のあとを追い廻すなんて、呆れたばかだよ。」

「そんな事を言わないで、ね、逢わしてあげましょうよ。お照さんだって、このひとに逢いたがっているらしいわ。でも、もう舌を抜かれて口がきけないのだからねえ、このひとがお照さんを捜しているという事を言って聞かせてあげても、藪のあの奥で寝たまま、ぽろぽろ涙を流しているばかりなのよ。このひとも可哀想だけれども、お照さんだって、そりゃ可哀想よ。ね、あたしたちの力で何とかしてあげましょうよ。」

「おれは、いやだ。おれはどうも色恋の沙汰には同情を持てないたちでねえ。」

「色恋じゃないわ。あなたには、わからない。ね、みなさん、何とかして逢わせてあげたいものだわねえ。こんな事は、理窟じゃないんですもの。」

「そうとも、そうとも。おれが引受けた。なに、わけはない。神さまにたのむんだ。理窟抜きで、なんとかして他の者のために尽してやりたいと思った時には、神さまにたのむのが一ばんいいのだ。おれのおやじがいつかそう言って教えてくれた。そんな時には神さまは、どんな事でも叶えて下さるそうだ。まあ、みんな、ちょっとここで待っていてくれ。おれはこれから、鎮守の森の神さまにたのんで来るから。」

お爺さんが、ふっと眼の覚めたところは、竹の柱の小綺麗な座敷である。起き上って あたりを見廻していると、すっと襖があいて、身長二尺くらいのお人形さんが出て来て、

「あら、おめざめ？」

「ああ、」とお爺さんは鷹揚に笑い、「ここはどこだろう。」

「すずめのお宿。」とそのお人形さんみたいな可愛い女の子が、お爺さんの前にお行儀よく坐り、まんまるい眼をぱちくりさせて答える。

「そう。」とお爺さんは落ちついて首肯《うなず》き、「お前は、それでは、あの、舌切雀？」

「いいえ、お照さんは奥の間で寝ています。私は、お鈴。お照さんとは一ばんの仲良し。」

「そうか。それでは、あの、舌を抜かれた小雀の名は、お照というの？」

「ええ、とても優しい、いいかたよ。早く逢っておあげなさい。可哀想に口がきけなくなって、毎日ぽろぽろ涙を流して泣いています。」

「逢いましょう。」とお爺さんは立ち上り、「どこに寝ているのですか。」

「ご案内します。」お鈴さんは、はらりと長い袖を振って立ち、縁側に出る。

お爺さんは、青竹の狭い縁を滑らぬように、用心しながらそっと渡る。

「ここです、おはいり下さい。」

お鈴さんに連れられて、奥の一間にはいる。あかるい部屋だ。庭には小さい笹が一めんに生え繁り、その笹の間を浅い清水が素早く流れている。

お照さんは小さい赤い絹蒲団を掛けて寝ていた。お鈴さんよりも、さらに上品な美しいお人形さんで、少し顔色が青かった。大きい眼でお爺さんの顔をじっと見つめて、そうして、ぽろぽろと涙を流した。

お爺さんはその枕元にあぐらをかいて坐って、何も言わず、庭を走り流れる清水を見ている。お鈴さんは、そっと席をはずした。

何も言わなくてもよかった。お爺さんは、幽《かす》かに溜息をついた。憂鬱の溜息ではなかった。お爺さんは、生れてはじめて心の平安を経験したのだ。そのよろこびが、幽かな溜息となってあらわれたのである。

お鈴さんは静かにお酒とお肴を持ち運んで来て、

「ごゆっくり。」と言って立ち去る。

お爺さんはお酒をひとつ手酌で飲んで、また庭の清水を眺める。お爺さんは、いわゆるお酒飲みではない。一杯だけで、陶然と酔う。箸を持って、お膳のたけのこを一つだけつまんで食べる。素敵においしい。しかし、お爺さんは、大食いではない。それだけで箸を置く。

襖があいて、お鈴さんがお酒のおかわりと、別な肴を持って来る。お爺さんの前に坐って、

「いかが？」とお酒をすすめる。

「いや、もうたくさん。しかし、これは、よいお酒だ。」お世辞を言ったのではない。思わず、それが口に出たのだ。

「お気に召しましたか。笹の露です。」

「よすぎる。」

「え？」

「よすぎる。」

お爺さんとお鈴さんの会話を寝ながら聞いていて、お照さんは微笑んだ。

「あら、お照さんが笑っているわ。何か言いたいのでしょうけれど。」

お照さんは首を振った。

「言えなくたって、いいのさ。そうだね？」とお爺さんは、はじめてお照さんのほう

を向いて話かける。

お照さんは、眼をぱちぱちさせて、嬉しそうに二、三度うなずく。

「さ、それでは失礼しよう。また来る。」

お鈴さんは、このあっさりしすぎる訪問客には呆れた様子で、

「まあ、もうお帰りになるの？　こごえて死にそうになるまで、竹藪の中を捜し歩いていらして、やっときょう逢えたくせに、優しいお見舞いの言葉一つかけるではなし、――」

「優しい言葉だけは、ごめんだ。」とお爺さんは苦笑して、もう立ち上る。

「お照さん、いいの？　おかえししても。」とお鈴さんはあわててお照さんに尋ねる。

お照さんは笑って首肯《うなず》く。

「どっちも、どっちだわね。」とお鈴さんも笑い出して、「それじゃあ、またどうぞいらして下さいね。」

「来ます。」とまじめに答え、座敷から出ようとして、ふと立ちどまり、「ここは、どこだね。」

「竹藪の中です。」

「はて？　竹藪の中に、こんな妙な家があったかしら。」

「あるんです。」と言ってお鈴さんは、お照さんと顔を見合せて微笑み、「でも、普通のひとには見えないんです。竹藪のあの入口のところで、けさのように雪の上に俯伏《うつぶ》していらしたら、私たちは、いつでもここへご案内いたしますわ。」

「それは、ありがたい。」と思わずお世辞でなく言い、青竹の縁側に出る。

そうしてまた、お鈴さんに連れられて、もとの小綺麗な茶の間にかえると、そこには、大小さまざまの葛籠《つづら》が並べられてある。

「せっかくおいで下さっても、おもてなしも出来なくて恥かしゅう存じます。」とお鈴さんは口調を改めて言い、「せめて、雀の里のお土産《みやげ》のおしるしに、この葛籠のうちどれでもお気に召したものをお邪魔でございましょうが、お持ち帰り下さいまし。」

「要らないよ、そんなもの。」とお爺さんは不機嫌そうに呟き、そのたくさんの葛籠には目もくれず、「おれの履物はどこにあります。」

「困りますわ。どれか一つ持って帰って下さいよ。」とお鈴さんは泣き声になり、「あとで私は、お照さんに怒られます。」

「怒りやしない。あの子は、決して怒りやしない。おれは知っている。ところで、履物はどこにあります。きたない藁靴《わらぐつ》をはいて来たはずだが。」

「捨てちゃいました。はだしでお帰りになるといいわ。」

「それは、ひどい。」

「それじゃ、何か一つお土産を持ってお帰りになってよ。後生、お願い。」と小さい手を合せる。

お爺さんは苦笑して、座敷に並べられてある葛籠をちらと見て、

「みんな大きい。大きすぎる。おれは荷物を持って歩くのは、きらいです。ふところにはいるくらいの小さいお土産はありませんか。」

「そんなご無理をおっしゃったって、――」

「そんなら帰る。はだしでもかまわない。荷物はごめんだ。」と言ってお爺さんは、本当にはだしのままで、縁の外に飛び出そうとする気配を示した。

「ちょっと待って、ね、ちょっと。お照さんに聞いて来るわ。」

はたはたとお鈴さんは奥の間に飛んで行き、そうして、間もなく、稲の穂を口にくわえて帰って来た。

「はい、これは、お照さんの簪《かんざし》。お照さんを忘れないでね。またいらっしゃい。」

ふと、われにかえる。お爺さんは、竹藪の入口に俯伏して寝ていた。なんだ、夢か。しかし、右手には稲の穂が握られてある。真冬の稲の穂は珍らしい。そうして、薔薇の花のような、とてもよい薫りがする。お爺さんはそれを大事そうに家へ持って帰って、自分の机上の筆立に挿す。

「おや、それは何です。」お婆さんは、家で針仕事をしていたが、眼ざとくそれを見つけて問いただす。

「稲の穂。」とれいの口ごもったような調子で言う。

「稲の穂？　いまどき珍らしいじゃありませんか。どこから拾って来たのです。」

「拾って来たのじゃない。」と低く言って、お爺さんは書物を開いて黙読をはじめる。

「おかしいじゃありませんか。このごろ毎日、竹藪の中をうろついて、ぼんやり帰って来て、きょうはまた何だか、いやに嬉しそうな顔をしてそんなものを持ち帰り、もったい振って筆立に挿したりなんかして、あなたは、何か私に隠していますね。拾ったのでなければ、どうしたのです。ちゃんと教えて下さったっていいじゃありませんか。」

「雀の里から、もらって来た。」お爺さんは、うるさそうに、ぷつんと言う。

けれども、そんな事で、現実主義のお婆さんを満足させることはとても出来ない。お婆さんは、なおもしつこく次から次へと詰問する。嘘を言う事の出来ないお爺さんは、仕方なく自分の不思議な経験をありのままに答える。

「まあ、そんな事、本気であなたは言っているのですか。」とお婆さんは、最後に呆れて笑い出した。

お爺さんは、もう答えない。頬杖ついて、ぼんやり書物に眼をそそいでいる。

「そんな出鱈目を、この私が信じると思っておいでなのですか。嘘にきまっていますさ。私は知っていますよ。こないだから、そう、こないだ、ほら、あの、若い娘のお客さんが来た頃から、あなたはまるで違う人になってしまいました。妙にそわそわして、そうして溜息ばかりついて、まるでそれこそ恋のやっこみたいです。みっともない。いいとしをしてさ。隠したって駄目ですよ。私にはわかっているのですから。いったい、その娘は、どこに住んでいるのです。まさか、藪の中ではないでしょう。私はだまされませんよ。藪の中に、小さいお家があって、そこにお人形みたいな可愛い娘さんがいて、うっふ、そんな子供だましのような事を言って、ごまかそうたって駄目ですよ。もしそれが本当ならば、こんどいらした時にそのお土産の葛籠とかいうものでも一つ持って来て見せて下さいな。出来ないでしょう。どうせ、作りごとなんだから。その不思議な宿の大きい葛籠でも脊負って来て下さったら、それを証拠に、私だって本当にしないものでもないが、そんな稲の穂などを持って来て、そのお人形さんの簪だなんて、よくもまあそのような、ばからしい出鱈目が言えたもんだ。男らしく、あっさり白状なさいよ。私だって、わけのわからぬ女ではないつもりです。なんのお妾さんの一人や二人。」

「おれは、荷物はいやだ。」

「おや、そうですか。それでは、私が代りにまいりましょうか。どうですか。竹藪の入口で俯伏して居ればいいのでしょう？　私がまいりましょう。それでも、いいのですか。あなたは困りませんか。」

「行くがいい。」

「まあ、図々しい。嘘にきまっているのに、行くがいいなんて。それでは、本当に私は、やってみますよ。いいのですか。」と言って、お婆さんは意地悪そうに微笑む。

「どうやら、葛籠がほしいようだね。」

「ええ、そうですとも、そうですとも、私はどうせ、慾張りですからね。そのお土産がほしいのですよ。それではこれからちょっと出掛けて、お土産の葛籠の中でも一ばん重い大きいやつを貰って来ましょう。おほほ。ばからしいが、行って来ましょう。私はあなたのその取り澄したみたいな顔つきが憎らしくて仕様がないんです。いまにその贋聖者のつらの皮をひんむいてごらんにいれます。雪の上に俯伏して居れば雀のお宿に行けるなんて、あははは、馬鹿な事だが、でも、どれ、それではひとつお言葉に従って、ちょっと行ってまいりましょうか。あとで、あれは嘘だなどと言っても、ききませんよ。」

お婆さんは、乗りかかった舟、お針の道具を片づけて庭へ下り、積雪を踏みわけて竹藪の中へはいる。

それから、どのようなことになったか、筆者も知らない。

たそがれ時、重い大きい葛籠を脊負い、雪の上に俯伏したまま、お婆さんは冷たくなっていた。葛籠が重くて起き上れず、そのまま凍死したものと見える。そうして、葛籠の中には、燦然たる金貨が一ぱいつまっていたという。

この金貨のおかげかどうか、お爺さんは、のち間もなく仕官して、やがて一国の宰相の地位にまで昇ったという。世人はこれを、雀大臣と呼んで、この出世も、かれの往年の雀に対する愛情の結実であるという工合いに取沙汰したが、しかし、お爺さんは、そのようなお世辞を聞く度ごとに、幽かに苦笑して、「いや、女房のおかげです。あれには、苦労をかけました。」と言ったそうだ。

新釈諸国噺

凡　例

一、わたくしのさいかく、とても振仮名《ふりがな》を附けたい気持で、新釈諸国噺という題にしたのであるが、これは西鶴の現代訳というようなものでは決してない。古典の現代訳なんて、およそ、意味のないものである。作家の為すべき業ではない。三年ほど前に、私は聊斎志異の中の一つの物語を骨子として、大いに私の勝手な空想を按配し、「清貧譚」という短篇小説に仕上げて、この「新潮」の新年号に載せさせてもらった事があるけれども、だいたいあのような流儀で、いささか読者に珍味異香を進上しようと努めてみるつもりなのである。西鶴は、世界で一ばん偉い作家である。メリメ、モオパッサンの諸秀才も遠く及ばぬ。私のこのような仕事によって、西鶴のその偉さが、さらに深く皆に信用されるようになったら、私のまずしい仕事も無意義ではないと思われる。私は西鶴の全著作の中から、私の気にいりの小品を二十篇ほど選んで、それにまつわる私の空想を自由に書き綴り、「新釈諸国噺」という題で一本にまとめて上梓しようと計画しているのだが、まず手はじめに、武家義理物語の中の「我が物ゆゑに裸川」の題材を拝借して、私の小説を書き綴ってみたい。原文は、四百字詰の原稿用紙で、二、三枚くらいの小品であるが、私が書くとその十倍の二、三十枚になるのである。私はこの武家義理、それから、永代蔵、諸国噺、胸算用などが好きである。いわゆる、好色物は、好きでない。そんなにいいものだとも思えない。着想が陳腐だとさえ思われる。

一、右の文章は、ことしの「新潮」正月号に「裸川」を発表した時、はしがきとして用いたものである。その後、私は少しずつこの仕事をすすめて、はじめは二十篇くらいの予定であったが、十二篇書いたら、へたばった。読みかえしてみると、実に不満で、顔から火の発する思いであるが、でも、この辺が私の現在の能力の限度かも知れぬ。短篇十二は、長篇一つよりも、はるかに骨が折れる。

一、目次をごらんになれば、だいたいわかるようにしておいたが、題材を西鶴の全著作からかなりひろく求めた。変化の多い方が更に面白いだろうと思ったからである。物語の舞台も蝦夷、奥州、関東、関西、中国、四国、九州と諸地方にわたるよう工夫した。

一、けれども私は所詮、東北生れの作家である。西鶴ではなくて、東鶴北亀のおもむきのあるのは、まぬかれない。しかもこの東鶴あるいは北亀は、西鶴にくらべて甚だ青臭い。年齢というものは、どうにも仕様のないものらしい。

一、この仕事も、書きはじめてからもう、ほとんど一箇年になる。その期間、日本においては、実にいろいろな事があった。私の一身上においても、いついかなる事が起るか予測出来ない。この際、読者に日本の作家精神の伝統とでもいうべきものを、はっきり知っていただく事は、かなり重要な事のように思われて、私はこれを警戒警報の日にも書きつづけた。出来栄《できばえ》はもとより大いに不満であるが、この仕事を、昭和聖代の日本の作家に与えられた義務と信じ、むきになって書いた、とは言える。

昭和十九年晩秋、三鷹の草屋において

貧の意地（江戸）　諸国はなし、西鶴四十四歳刊行
大　力（讃岐）　本朝二十不孝、四十五歳
猿　塚（筑前）　懐硯、四十六歳
人魚の海（蝦夷）　武道伝来記、四十六歳
破　産（美作）　日本永代蔵、四十七歳
裸　川（相模）　武家義理物語、四十七歳
義　理（摂津）　武家義理物語、四十七歳
女　賊（陸前）　新可笑記、四十七歳
赤い太鼓（京）　本朝桜陰比事、四十八歳
粋　人（浪花）　世間胸算用、五十一歳
遊興戒（江戸）　西鶴置土産、五十二歳（歿）
吉野山（大和）　万の文反古、歿後三年刊行

貧の意地

むかし江戸品川、藤茶屋のあたり、見るかげもなき草の庵に、原田内助というおそろしく鬚《ひげ》の濃い、眼の血走った中年の大男が住んでいた。容貌おそろしげなる人は、その自身の顔の威厳にみずから恐縮して、かえって、へんに弱気になっているものであるが、この原田内助も、眉は太く眼はぎょろりとして、ただものでないような立派な顔をしていながら、いっこうに駄目な男で、剣術の折には眼を固くつぶって奇妙な声を挙げながらあらぬ方に向って突進し、壁につきあたって、まいった、と言い、いたずらに壁破りの異名を高め、蜆《しじみ》売りのずるい少年から、嘘の身上噺を聞いて、おいおい声を放って泣き、蜆を全部買いしめて、家へ持って帰って女房に叱られ、三日のあいだ朝昼晩、蜆ばかり食べさせられて胃痙攣を起して転輾し、論語をひらいて、学而《がくじ》第一、と読むと必ず睡魔に襲われるところとなり、毛虫がきらいで、それを見ると、きゃっと悲鳴を挙げて両手の指をひらいてのけぞり、人のおだてに乗って、狐にでも憑かれたみたいにおろおろして質屋へ走って行って金を作ってごちそうし、みそかには朝から酒を飲んで切腹の真似などして掛取《かけと》りをしりぞけ、草の庵も風流の心からではなく、ただおのずから、そのように落ちぶれたというだけの事で、花も実もない愚図の貧、親戚の持てあまし者の浪人であった。さいわい、親戚に富裕の者が二、三あったので、せっぱつまるとそのひとたちから合力《ごうりき》を得て、その大半は酒にして、春の桜も秋の紅葉も何が何やら、見えぬ聞えぬ無我夢中の極貧の火の車のその日暮しを続けていた。春の桜や秋の紅葉には面をそむけて生きても行かれるだろうが、年にいちどの大みそかを知らぬふりして過す事だけはむずかしい。いよいよことしも大みそかが近づくにつれて原田内助、眼つきをかえて、気違いの真似などして、用もない長刀《なぎなた》をいじくり、えへへ、と怪しく笑って掛取りを気味悪がらせ、あさっては正月というに天井の煤《すす》も払わず、鬚もそらず、煎餅蒲団《せんべいぶとん》は敷きっ放し、来るなら来い、などあわれな言葉を譫語《うわごと》の如く力なく呟《つぶや》き、またしても、えへへ、と笑うのである。まいどの事ながら、女房はうつつの地獄の思いに堪えかね、勝手口から走り出て、自身の兄の半井清庵《なからいせいあん》という神田明神の横町に住む医師の宅に駈け込み、涙ながらに窮状を訴え、助力を乞うた。清庵も、たびたびの迷惑、つくづく呆れながらも、こいつ洒落《しゃれ》た男で、「親戚にひとりくらい、そのような馬鹿がいるのも、浮世の味。」と笑って言って、小判十枚を紙に包み、その上書《うわがき》に「貧病の妙薬、金用丸《きんようがん》、よろずによし。」と記して、不幸の妹に手渡した。

女房からその貧病の妙薬を示されて、原田内助、よろこぶかと思いのほか、むずかしき顔をして、「この金は使われぬぞ。」とかすれた声で、へんな事を言い出した。女房は、こりゃ亭主もいよいよ本当に気が狂ったかと、ぎょっとした。狂ったのではない。駄目な男というものは、幸福を受取るに当ってさえ、下手くそを極めるものである。突然の幸福のお見舞いにへどもどして、てれてしまって、かえって奇妙な屁理窟を並べて怒ったりして、折角の幸福を追い払ったり何かするものである。

「このまま使っては、果報負けがして、わしは死ぬかも知れない。」と、内助は、もっともらしい顔で言い、「お前は、わしを殺すつもりか?」と、血走った眼で女房を睨み、それから、にやりと笑って、「まさか、そのような夜叉でもあるまい。飲もう。飲まなければ死ぬであろう。おお、雪が降って来た。久し振りで風流の友と語りたい。お前はこれから一走りして、近所の友人たちを呼んで来るがいい。山崎、熊井、宇津木、大竹、磯、月村、この六人を呼んで来い。いや、短慶坊主も加えて、七人。大急ぎで呼んで来い。帰りは酒屋に寄って、さかなは、まあ、有合せでよかろう。」なんの事はない。うれしさで、わくわくして、酒を飲みたくなっただけの事なのであった。

山崎、熊井、宇津木、大竹、磯、月村、短慶、いずれも、このあたりの長屋に住んでその日暮しの貧病に悩む浪人である。原田から雪見酒の使いを受けて、今宵だけでも大みそかの火宅《かたく》からのがれる事が出来ると地獄で仏の思い、紙衣《かみこ》の皺をのばして、傘はないか、足袋《たび》はないか、押入れに首をつっ込んで、がらくたを引出し、浴衣《ゆかた》に陣羽織という姿の者もあり、単衣《ひとえ》を五枚重ねて着て頸に古綿を巻きつけた風邪気味と称する者もあり、女房の小袖を裏返しに着て袖の形をごまかそうと腕まくりの姿の者もあり、半襦袢に馬乗袴《うまのりばかま》、それに縫紋の夏羽織という姿もあり、裾《すそ》から綿のはみ出たどてらを尻端折《しりばしより》して毛臑《けずね》丸出しという姿もあり、ひとりとしてまともな服装の者はなかったが、さすがに武士の附き合いは格別、原田の家に集って、互いの服装について笑ったりなんかする者はなく、いかめしく挨拶を交し、座が定ってから、浴衣に陣羽織の山崎老がやおら進み出て主人の原田に、今宵の客を代表して鷹揚《おうよう》に謝辞を述べ、原田も紙衣の破れた袖口を気にしながら、

「これは御一同、ようこそ。大みそかをよそにして雪見酒も一興かと存じ、ごぶさたのお詫びも兼ね、今夕お招き致しましたところ、さっそくおいで下さって、うれしく思

います。どうか、ごゆるり。」と言って、まずしいながら酒肴《しゆこう》を供した。

客の中には盃を手にして、わなわな震える者が出て来た。いかがなされた、と聞かれて、その者は涙を拭き、

「いや、おかまい下さるな。それがしは、貧のため、久しく酒に遠ざかり、お恥ずかしいが酒の飲み方を忘れ申した。」と言って、淋しそうに笑った。

「御同様、」と半孺絆に馬乗袴は膝をすすめ、「それがしも、ただいま、二、三杯つづけさまに飲み、まことに変な気持で、このさきどうすればよいのか、酒の酔い方を忘れてしまいました。」

みな似たような思いと見えて、一座しんみりして、遠慮しながら互いに小声で盃のやりとりをしていたが、そのうちに皆、酒の酔い方を思い出して来たと見えて、笑声も起り、次第に座敷が陽気になって来た頃、主人の原田はれいの小判十両の紙包を取出し、

「きょうは御一同に御披露したい珍物がございます。あなたがたは、御懐中の御都合のわるい時には、いさぎよくお酒を遠ざけ、つつましくお暮しなさるから、大みそかでお困りにはなっても、この原田ほどはお苦しみなさるまいが、わしはどうも、金に困るとなおさら酒を飲みたいたちで、そのために不義理の借金が山積して年の瀬を迎えるた

びに、さながら八大地獄を眼前に見るような心地が致す。ついには武士の意地も何も捨て、親戚に泣いて助けを求めるなどという不面目の振舞いに及び、こともとうとう、身寄りの者から、このとおり小判十両の合力を受け、どうやら人並の正月を迎える事が出来るようになりましたが、この仕合せをわしひとりで受けると果報負けがして死ぬかも知れませんので、きょうは御一同をお招きして、大いに飲んでいただこうと思い立った次第であります。」と上機嫌で言えば、一座の者は思い思いの溜息をつき、

「なあんだ、はじめからそうとわかって居れば、遠慮なんかしなかったのに。あとで会費をとられるんじゃないか、と心配しながら飲んで損をした。」と言う者もあり、

「そう承れば、このお酒をうんと飲み、その仕合せにあやかりたい。家へ帰ると、思わぬところから書留が来ているかも知れない。」と言う者もあり、

「よい親戚のある人は仕合せだ。それがしの親戚などは、あべこべにそれがしの懐をねらっているのだから、つまらない。」と言う者もあり、一座はいよいよ明るくにぎやかになり、原田は大恐悦で、鬚の端の酒の雫《しずく》を押し拭い、

「しかし、しばらく振りで小判十両、てのひらに載せてみると、これでなかなか重いものでございます。いかがです、順々にこれを、てのひらに載せてやって下さいません

か。お金と思えばいやしいが、これは、お金ではございません。これ、この包紙にちゃんと書いてあります。貧病の妙薬、金用丸、よろずによし、と書いてございます。その親戚の奴が、しゃれてこう書いて寄こしたのですが、さあ、どうぞ、お廻しになって御覧になって下さい。」と、小判十枚ならびに包紙を客に押しつけ、客はいちいちその小判の重さに驚き、また書附けの軽妙に感服して、順々に手渡し、一句浮びましたという者もあり、筆硯《ひっけん》を借りてその包紙の余白に、貧病の薬いただく雪あかり、と書きつけて興を添え、酒盃の献酬もさかんになり、小判は一まわりして主人の膝許にかえった頃に、年長者の山崎は坐り直し、

「や、おかげさまにてよい年忘れ、思わず長座を致しました。」と分別顔してお礼を言い、それでは、と古綿を頸に巻きつけた風邪気味が、胸を、そらして千秋楽をうたい出し、主客共に膝を軽くたたいて手拍子をとり、うたい終って、立つ鳥あとを濁さず、昔も今も武士のたしなみ、燗鍋《かんなべ》、重箱、塩辛壺など、それぞれ自分の周囲の器を勝手口に持ち出して女房に手渡し、れいの小判が主人の膝もとに散らばってあるのを、それも仕舞いなされ、と客にすすめられて、原田は無雑作に掻き集めて、はっと顔色をかえた。一枚足りないのである。けれども原田は、酒こそ飲むが、気の弱い男である。おそろし

い顔つきにも似ず、人の気持ばかり、おっかなびっくり、いたわっている男だ。どきりとしたが、素知らぬ振りを装い、仕舞い込もうとすると、一座の長老の山崎は、

「ちょっと、」と手を挙げて、「小判が一枚足りませんな。」と軽く言った。

「ああ、いや、これは、」と原田は、わが悪事を見破られた者の如く、ひどくまごつき、「これは、それ、御一同のお見えになる前に、わしが酒屋へ一両支払い、さきほどわしが持ち出した時には九両、何も不審はございません。」と言ったが、山崎は首を振り、

「いやいや、そうでない。」と老いの頑固、「それがしが、さきほど手のひらに載せたのは、たしかに十枚の小判。行燈《あんどん》のひかり薄しといえども、この山崎の眼光には狂いはない。」ときっぱり言い放てば、他の六人の客も口々に、たしかに十枚あったはずと言う。皆々総立ちになり、行燈を持ち廻って部屋の隅々まで捜したが、小判はどこにも落ちていない。

「この上は、それがし、まっぱだかになって身の潔白を立て申す。」と山崎は老いの一轍《いってつ》、貧の意地、痩せても枯れても武士のはしくれ、あらぬ疑いをこうむるは末代までの恥辱とばかりに憤然、陣羽織を脱いで打ちふるい、さらによれよれの浴衣を脱いで、ふんどし一つになって、投網《とあみ》でも打つような形で大袈裟に浴衣をふるい、

「おのおのがた、見とどけたか。」と顔を蒼くして言った。他の客も、そのままではすまされなくなり、次に大竹が立って縫紋の夏羽織をふるい、半襦袢を振って、それから馬乗袴を脱いで、ふんどしをしていない事を暴露し、けれどもにこりともせず、袴をさかさにしてふるって、部屋の雰囲気が次第に殺気立って物凄くなって来た。次にどてらを尻端折して毛臑丸出しの短慶坊が、立ち上りかけて、急に劇烈の腹痛にでも襲われたかのように嶮しく顔をしかめて、ううむと一声呻《うめ》き、

「時も時、つまらぬ俳句を作り申した。貧病の薬いただく雪あかり。おのおのがた、それがしの懐《ふところ》に小判一両たしかにあります。いまさら、着物を脱いで打ち振うまでもござらぬ。思いも寄らぬ災難。言い開きも、めめしい。ここで命を。」と言いも終らず、両肌《もろはだ》脱いで脇差しに手を掛ければ、主人はじめ皆々駈け寄って、その手を抑え、

「誰もそなたを疑ってはいない。そなたばかりでなく、自分らも皆、その日暮しのあさましい貧者ながら、時によって懐中に、一両くらいの金子《きんす》は持っている事もあるさ。貧者は貧者同志、死んで身の潔白を示そうというそなたの気持はわかるが、しかし、誰ひとりそなたを疑う人もないのに、切腹などは馬鹿らしいではないか。」と口々になだめると、短慶いよいよわが身の不運がうらめしく、なげきはつのり、歯ぎしりして、

「お言葉は有難いが、そのお情も冥途《めいど》への土産。一両詮議《せんぎ》の大事の時、生憎と一両ふところに持っているというこの間の悪さ。御一同が疑わずとも、このぶざまは消えませぬ。世の物笑い、一期の不覚。面目なくて生きて居られぬ。いかにも、この懐中の一両は、それがし昨日、かねて所持せし*徳乗《とくじょう》の小柄《こづか》を、坂下の唐物屋十左衛門方へ一両二分にて売って得た金子には相違なけれども、いまさらかかる愚痴めいた申開きも武士の恥辱。何も申さぬ。死なせ給え。不運の友を、いささか不憫と思召《おぼしめ》さば、わが自害の後に、坂下の唐物屋へ行き、その事たしかめ、かばねの恥を、たのむ！」と強く言い放ち、またも脇差し取直してあがいた途端、

「おや？」と主人の原田は叫び、「そこにあるよ。」

見ると、行燈の下にきらりと小判一枚。

「なんだ、そんなところにあったのか。」

「燈台もと暗しですね。」

「うせ物は、とかく、へんてつもないところから出る。それにつけても、平常の心掛けが大切。」これは山崎。

「いや、まったく人騒がせの小判だ。おかげで酔いがさめました。飲み直しましょ

う。」とこれは主人の原田。

口々に言って花やかに笑い崩れた時、勝手元に、

「あれ！」と女房の驚く声。すぐに、ばたばたと女房、座敷に走って来て、「小判はここに。」と言い、重箱の蓋を差し出した。そこにも、きらりと小判一枚。これはと一同顔を見合せ、女房は上気した顔のおくれ毛を掻きあげて間がわるそうに笑い、さいぜん私は重箱に山の芋の煮しめをつめて差し上げ、蓋は主人が無作法にも畳にべたりと置いたので、私が取って重箱の下に敷きましたが、あの折、蓋の裏の湯気に小判がくっついていたのでございましょう、それを知らずに私の不調法、そのままお下渡《さげわた》しになったのを、ただいま洗おうとしたら、まあどうでしょう、ちゃりんと小判が、と息せき切って語るのだが、主客ともに、けげんの面持ちで、やっぱり、ただ顔を見合せているばかりである。これでは、小判が十一両。

「いや、これも、あやかりもの。」と一座の長老の山崎は、しばらく経《た》って溜息と共に、ちっとも要領の得ない意見を吐いた。「めでたい。十両の小判が時によって十一両にならぬものでもない。よくある事だ。まずは、お収め。」すこし耄碌しているらしい。

他の客も、山崎の意見の滅茶苦茶なのに呆れながら、しかし、いまのこの場合、原田

にお収めを願うのは最も無難と思ったので、

「それがよい。ご親戚のお方は、はじめから十一両つつんで寄こしたのに違いない。」

「左様、なにせ洒落たお方のようだから、十両と見せかけ、その実は十一両といういたずらをなさったのでしょう。」

「なるほど、それも珍趣向。粋《いき》な思いつきです。とにかく、お収めを。」

てんでにいい加減な事を言って、無理矢理原田に押しつけようとしたが、この時、弱気で酒くらいの、駄目な男の原田内助、おそらくは生涯に一度の異様な頑張り方を示した。

「そんな事でわしを言いくるめようたって駄目です。馬鹿にしないで下さい。失礼ながら、みなさん一様に貧乏なのを、わしひとり十両の仕合せにめぐまれて、天道さまにも御一同にも相すまなく、心苦しくて落ちつかず、酒でも飲まなけりゃ、やり切れなくなって、今夕御一同を御招待して、わしの過分の仕合せの厄払いをしようとしたのに、さらにまた降ってわいた奇妙な災難、十両でさえ持てあましている男に、意地悪く、もう一両押しつけるとは、御一同も人が悪すぎますぞ。原田内助、貧なりといえども武士のはしくれ、お金も何も欲しくござらぬ。この一両のみならず、こちらの十両も、みなさんお持ち帰り下さい。」と、まことに、へんな怒り方をした。気の弱い男というものは、少しでも自分の得になる事においては、極度に恐縮し汗を流してまごつくものだが、自分の損になる場合は、人が変ったように偉そうな理窟を並べ、いよいよ自分に損が来るように努力し、人の言は一切容れず、ただ、ひたすら屁理窟を並べてねばるものである。極度に凹《へこ》むと、裏のほうがふくれて来る。つまり、あの自尊心の倒錯である。原田もここは必死、どもりどもり首を振って意見を開陳しやたらにねばる。

「馬鹿にしないで下さいよ。十両の金が、十一両に化けるなんて、そんな人の悪い冗談はやめて下さいよ。どなたかが、さっきこっそり、お出しになったのでしょう。それにきまっています。短慶どのの難儀を見るに見かね、その急場を救おうとして、どなたか、所持の一両を、そっとお出しになったのに違いない。つまらぬ小細工をしたものです。わしの小判は、重箱の蓋の裏についていたのです。行燈の傍に落ちていた金は、どなたかの情の一両にきまっています。その一両を、このわしに押しつけるとは、まるですじみちが立っていません。そんなにわしが金を欲しがっていると思召さるか。貧者には貧者の意地があります。くどく言うようだけれども、十両持っているのさえ、わしは心苦しく、世の中がいやになっていた折も折、さらに一両を押しつけられるとは、天道さまにも見放されたか、わしの武運もこれまで、腹かき切ってもこの恥は雪《そそ》がなければならぬ。わしは酒飲みの馬鹿ですが、御一同にだまされて、金が子を産んだと、やにさがるほど耄碌はしていません。さあ、この一両、お出しになった方は、あっさりと収めて下さい。」もともと、おそろしい顔の男であるから、坐り直して本気にものを言い出せば、なかなか凄い。一座の者は頸をすくめて、何も言わない。

「さあ、申し出て下さい。そのお方は、情の深い立派なお方だ。わしは一生その人の従僕になってもよい。一文の金でも惜しいこの大みそかに、よくぞ一両、そしらぬ振りして行燈の傍に落し、短慶どのの危急を救って下された。貧者は貧者同志、短慶どののつらい立場を見かねて、ご自分の大切な一両を黙って捨てたとは、天晴《あっぱ》れの御人格。原田内助、敬服いたしした。その御立派なお方が、この七人の中にたしかにいるのです。名乗って下さい。堂々と名乗って出て下さい。」

そんなにまで言われると、なおさら、その隠れた善行者は名乗りにくくなるであろう。こんなところは、やっぱり原田内助、だめな男である。七人の客は、いたずらに溜息をつき、もじもじしているばかりで、いっこうに埒《らち》があかない。せっかくの酒の酔いも既に醒め、一座は白け切って、原田ひとりは血走った眼をむき、名乗り給え、名乗り給え、

とあせって、そのうちに鶏鳴あかつきを告げ、原田はとうとう、しびれを切らし、

「ながくおひきとめも、無礼と存じます。どうしても、お名乗りがなければ、いたしかたがない。この一両は、この重箱の蓋に載せて、玄関の隅に置きます。おひとりずつ、お帰り下さい。そうして、この小判の主は、どうか黙って取ってお持ち帰り願います。そのような処置は、いかがでしょう。」

七人の客は、ほっとしたように顔を挙げて、それがよい、と一様に賛意を表した。実際、愚図の原田にしては、大出来の思いつきである。弱気な男というものは、自分の得《とく》にならぬ事をするに当っては、時たま、このような水際立った名案を思いつくものである。

原田は少し得意。皆の見ている前で、重箱の蓋に、一両の小判をきちんと載せ、玄関に置いて来て、

「式台の右の端、最も暗いところへ置いて来ましたから、小判の主でないお方には、あるかないか見定める事も出来ません。そのままお帰り下さい。小判の主だけ、手さぐりで受取って何気なくお帰りなさるよう。それでは、どうぞ、山崎老から。ああ、いや、襖《ふすま》はぴったりしめて行って下さい。そうして、山崎老が玄関を出て、その足音が全く聞

えなくなった時に、次のお方がお立ち下さい。」

七人の客は、言われたとおりに、静かに順々に辞し去った。あとで女房は、手燭をともして、玄関に出て見ると、小判はなかった。理由のわからぬ戦慄を感じて、

「どなたでしょうね。」と夫に聞いた。

原田は眠そうな顔をして、

「わからん。お酒はもうないか。」と言った。

落ちぶれても、武士はさすがに違うものだと、女房は可憐に緊張して勝手元へ行き、お酒の燗に取りかかる。

（諸国はなし、巻一の三、大晦日はあはぬ算用）

大　力

むかし讃岐《さぬき》の国、高松に丸亀屋とて両替屋を営み四国に名高い歴々の大長者、その一子に才兵衛とて生れ落ちた時から骨太く眼玉はぎょろりとしてただならぬ風貌の男児があったが、三歳にして手足の筋骨いやに節くれだち、無心に物差しを振り上げ飼猫の頭をこつんと打ったら、猫は声も立てずに絶命し、乳母《うば》は驚き猫の死骸を取上げて見たら、その頭の骨が微塵《みじん》に打ち砕かれているので、ぞっとして、おひまを乞い、六歳の時にはもう近所の子供たちの餓鬼大将で、裏の草原につながれてある子牛を抱きすくめて頭の上に載せその辺を歩きまわって見せて、遊び仲間を戦慄させ、それから毎日のように、その子牛をおもちゃにして遊んで、次第に牛は大きくなっても、はじめからかつぎ慣れているものだから何の仔細もなく四肢をつかまえて眼より高く差し上げ、いよいよ牛は大きくなり、才兵衛九つになった頃には、その牛も、ゆったりと車を引くほどの大黒牛になったが、それでも才兵衛はおそれず抱きかかえて、ひとりで大笑いすれば、遊び友達はいまは全く薄気味わるくなり、誰も才兵衛と遊ぶ者がなくなって、才兵衛はひとり裏山に登って杉の大木を引抜き、牛よりも大きい岩を崖の上から蹴落して、つまらなそうにして遊んでいた。十五、六の時にはもう頰に髯《ひげ》も生えて三十くらいに見え、へんに重々しく分別ありげな面構えをして、すこしも可愛いところがなく、その頃、讃岐に角力《すもう》がはやり、大関には天竺仁太夫《てんじくにだゆう》つづいて鬼石、黒駒、大浪、いかずち、白滝、青鮫など、いずれも一癖ありげな名前をつけて、里の牛飼、山家の柴男《しばおとこ》、または上方《かみがた》から落ちて来た本職の角力取りなど、四十八手に皮をすりむき骨を砕き、無用の大怪我ばかりして、またこの道にも特別の興ありと見えて、やめられず緞子《どんす》のまわしなどして時々ゆるんでまわしがずり落ちてもにこりとも笑わず、上手《うわて》がどうしたの下手《したて》がどうしたの足癖がどうしたのと、何の事やらこの世の大事の如く騒いで汗も拭かずやたらにもみ合って、稼業も忘れ、家へ帰ると、人一倍大めしをくらって死んだようにぐたりと寝てしまう。かねて力自慢の才兵衛、どうしてこれを傍観し得べき。緞子のまわしを締め込んで、土俵に躍り上って、さあ来い、と両手をひろげて立ちはだかれば、皆々、才兵衛の幼少の頃からの馬鹿力を知っているので、にわかに興覚めて、そそくさと着物を着て帰り仕度をする者もあり、若旦那、およしなさい、へへ、ご身分にかかわりますよ、とお世辞だか忠告だか非難だか、わけのわからぬ事を人の陰に顔をかくして小声で言う者もあり、その中に、上方からくだって来た鰐口《わにぐち》という本職の角力、上方では弱くて出世もできなかったが田舎へ来ればやはり永年たたき込んだ四十八手がものを言い在郷の若い衆の糞力を軽くあしらっている男、では一番、と平気で土俵にあがって、おのれと血相変えて飛び込んで来る才兵衛の足を払って、苦もなく捻じ伏せた。才兵衛は土俵のまんなかに死んだ蛙のように見っともなく這いつくばって夢のような気持、実に不思議な術もあるものだと首を振り、間抜けた顔で起き上って、どっと笑い囃《はや》す観衆をちょっと睨んで黙らせ、腹が痛い、とてれ隠しのつまらぬ嘘をついて家へ帰って来たが、くやしくてたまらぬ。鶏を一羽ひねりつぶして煮て骨ごとばりばり食って力をつけて、その夜のうちに鰐口の家へたずねて行き、さきほどは腹が痛かったので思わぬ不覚をとったが、今度は負けぬ、庭先で一番やって見よう、と申し出た。鰐口は晩酌の最中で、うるさいと思ったが、いやにしつこく挑んで来るので着物を脱いで庭先に飛び降り、突きかかって来る才兵衛の巨軀を右に泳がせ左に泳がせ、自由自在にあやつれば、才兵衛次第に目まいがして来て庭の松の木を鰐口と思い込み、よいしょと抱きつき、いきせき切って、この野郎と叫んで、苦もなく引き抜いた。

「おい、おい、無茶をするな。」鰐口もさすがに才兵衛の怪力に呆れて、こんなものを永く相手にしていると、どんな事になるかもわからぬと思い、縁側にあがってさっさと着物を着込んで、「小僧、酒でも飲んで行け。」と懐柔の策に出た。

才兵衛は松の木を引き抜いて目よりも高く差し上げ、ふと座敷の方を見ると、鰐口が座敷で笑いながらお酒を飲んでいるので、ぎょっとして、これは鬼神に違いないと幼く思い込み、松の木も何も投げ捨て庭先に平伏し、わあと大声を挙げて泣いて弟子にしてくれよと懇願した。

才兵衛は鰐口を神様の如くあがめて、その翌日から四十八手の伝授にあずかり、もともと無双の大力ゆえ、その進歩は目ざましく、教える鰐口にも張合いが出て来るし、それにもまして、才兵衛はただもう天にも昇る思いで、うれしくてたまらず、寝ても覚めても、四十八手、四十八手、あすはどの手で投げてやろうと寝返り打って寝言《ねごと》を言い、その熱心が摩利支天《まりしてん》にも通じたか、なかなかの角力上手になって、もはや師匠の鰐口も、もてあまし気味になり、弟子に投げられるのも恰好が悪く馬鹿馬鹿しいと思い、或る日もっともらしい顔をして、汝も、もう一人前の角力取りになった、その心掛けを忘れるな、とわけのわからぬ訓戒を垂れ、ついては汝に荒磯という名を与える、もう来るな、と言っていそいで敬遠してしまった。才兵衛は師匠から敬遠されたとも気附かず、わしもいよいよ一人前の角力取りになったか、ありがたいわい、きょうからわしは荒磯だ、すごい名前じゃないか、ああまことに師の恩は山よりも高い、と涙を流してよろこび、それからは、どこの土俵においても無敵の強さを発揮し、十九の時に讃岐の大関天竺仁太夫を、土俵の砂に埋めて半死半生にし、それほどまで手ひどく投げつけなくてもいいじゃないかと角力仲間の評判を悪くしたが、なあに、角力は勝ちゃいいんだ、と傲然とうそぶき、いよいよ皆に憎まれた。丸亀屋の親爺《おやじ》は、かねてよりわが子の才兵衛の力自慢をにがにがしく思い、何とか言おうとしても、才兵衛にぎょろりと睨まれると、わが子ながらも気味悪く、あの馬鹿力で手向いされたら親の威光も何もあったものでない、この老いの細い骨は木《こ》っ葉微塵《ぱみじん》、と震え上って分別し直し、しばらく静観と自重していたのだが、このごろは角力に凝って他人様《ひとさま》を怪我させて片輪にして、にくしみの的になっている有様を見るに見かねて、或る日、おっかなびっくり、

「才兵衛さんや、」とわが子にさんを附けて猫撫声で呼び、「人は神代から着物を着ていたのですよ。」遠慮しすぎて自分でも何だかわからないような事を言ってしまった。

「そうですか。」荒磯は、へんな顔をして親爺を見ている。親爺は、いよいよ困って、

「はだかになって五体あぶない勝負も、夏は涼しい事でしょうが、冬は寒くていけませんでしょうねえ。」と伏目になって膝をこすりながら言った。さすがの荒磯も噴き出して、

「角力をやめろと言うのでしょう？」と軽く問い返した。親爺はぎょっとして汗を拭き、

「いやいや、決してやめろとは言いませんが、同じ遊びでも、楊弓《ようきゅう》など、どうでしょうねえ。」

「あれは女子供の遊びです。大の男が、あんな小さい弓を、ふしくれ立った手でひねくりまわし、百発百中の腕前になってみたところで、どろぼうに襲われて射ようとしても、どろぼうが笑い出しますし、さかなを引く猫にあてても猫はかゆいとも思やしません。」

「そうだろうねえ。」と賛成し、「それでは、あの十種香《じしゅこう》とか言って、さまざまの香を嗅ぎわける遊びは？」

「あれもつまらん。香を嗅ぎわけるほどの鼻があったら、めしのこげるのを逸早《いちはや》く嗅ぎ出し、下女に釜の下の薪《まき》をひかせたら少しは家の仕末のたしになるでしょう。」

「なるほどね。では、あの蹴鞠《けまり》は?」

「足さばきがどうのこうのと言って稽古《けいこ》しているようですが、塀を跳び越えずに門をくぐって行ったって仔細はないし、闇夜には提灯《ちょうちん》をもって静かに歩けば溝へ落ちる心配もない。何もあんなに苦労して足を軽くする必要はありません。」

「いかにも、そのとおりだ。でも人間には何か愛嬌がなくちゃいけないんじゃないかねえ。茶番の狂言なんか稽古したらどうだろうねえ。家に寄り合いがあった時など、あれをやってみんなにお見せすると、――」

「冗談を言っちゃいけない。あれは子供の時こそ愛嬌もありますが、髭の生えた口から、まかり出でたるは太郎冠者も見る人が冷汗をかきますよ。お母さんだけが膝をすめて、うまい、なんてほめて近所のもの笑いの種になるくらいのものです。」

「それもそうだねえ。では、あの活花《いけばな》は?」

「ああ、もうよして下さい。あなたは耄碌しているんじゃないですか。あれは雲の上の奥深きお方々が、野辺に咲く四季の花をごらんになる事が少いので、深山の松かしわを、取り寄せて、生きてあるままの姿を御眼の前に眺めてお楽しみなさるためにはじめた事で、わしたち下々の者が庭の椿の枝をもぎ取り、鉢植えの梅をのこぎりで切って、床の間に飾ったって何の意味もないじゃないですか。花はそのままに眺めて楽しんでいるほうがいいのだ。」言う事がいちいち筋道がちゃんと立っているので親爺は閉口して、「やっぱり角力が一ばんいいかねえ。大いにおやり。お父さんも角力がきらいじゃないよ。若い時には、やったものです。」などと、どうにも馬鹿らしい結果になってしまった。お内儀は親爺の無能を軽蔑して、あたしならば、ああは言わない、と或る日、こっそり才兵衛を奥の間に呼び寄せ、まず華やかに、おほほと笑い、

「才兵衛や、まあここへお坐り。まあたいへん鬚が伸びているじゃないか、剃ったらどうだい。髪もそんなに蓬々《ほうほう》とさせて、どれ、ちょっと撫でつけてあげましょう。」

「かまわないで下さい。これは角力の乱れ髪と言って粋《いき》なものなんです。」

「おや、そうかい。それでも粋なんて言葉を知ってるだけたのもしいじゃないか。お前はことし、いくつだい。」

「知ってる癖に。」

「十九だったね。」と母は落ちついて、「あたしがこの家にお嫁に来たのは、お父さんが十九、お母さんが十五の時でしたが、お前のお父さんたら、もうその前から道楽の仕放題でねえ、十六の時から茶屋酒の味を覚えたとやらで、着物の着こなしでも何でも、

それこそ粋でねえ、あたしと一緒になってからも、しばしば上方へのぼり、いいひとをたくさんこしらえて、いまこそあんな、どっちを向いてるのだかわからないような変な顔だが、わかい時には、あれでなかなか綺麗《きれい》な顔で、ちょっとそんなに俯向《うつむ》いたところなど、いまのお前にそっくりですよ。お前も、お父さんに似てまつげが長いから、うつむいた時の顔に愁えがあって、きっと女には好かれますよ。上方へ行って島原などの別嬪さんを泣かせるなんてのは、男と生れて何よりの果報だろうじゃないか。」と言って、いやらしくにやりと笑った。

「なんだつまらない。女を泣かせるには殴るに限る。角力で言えば張手《はりて》というやつだ。こいつを二つ三つくらわせたら、泣かぬ女はありますまい。泣かせるのが、果報だったら、わしはこれからいよいよ角力の稽古をはげんで、世界中の女を殴って泣かせて見せます。」

「何を言うのです。まるで話が、ちがいますよ。才兵衛、お前は十九だよ。お前のお父さんは、十九の時にはもう茶屋遊びでも何でも一とおり修行をすましていたのですよ。まあ、お前も、花見がてらに上方へのぼって、島原へでも行って遊んで、千両二千両使ったって、へるような財産でなし、気に入った女でもあったら身請《みうけ》して、どこか景色のいい土地にしゃれた家でも建て、その女のひとと、しばらくままごと遊びなんかして見るのもいいじゃないか。お前の好きな土地に、お前の気ままの立派なお屋敷をこしらえてあげましょう。そうして、あたしのほうから、米、油、味噌、塩、醬油、薪炭、四季折々のお二人の着換え、何でもとどけて、お金だって、ほしいだけ送ってあげるし、その女のひと一人だけで淋しいならば、お妾を京からもう二、三人呼び寄せて、その他、振袖のわかい腰元三人、それから中居、茶の間、御物縫いの女、それから下働きのおさんどん二人、お小姓二人、小坊主一人、あんま取の座頭《ざとう》一人、御酒の相手に歌うたいの伝右衛門、御料理番一人、駕籠《かご》かき二人、御草履取《ぞうりとり》大小二人、手代一人、まあざっと、これくらいつけてあげるつもりですから、悪い事は言わない、まあ花見がてらに、――」と懸命に説けば、

「上方へは、いちど行ってみたいと思っていました。」と気軽に言うので、母はよろこび膝をすすめ、

「お前さえその気になってくれたら、あとはもう、立派なお屋敷をつくって、お妾でも腰元でも、あんま取の座頭でも、――」

「そんなのはつまらない。上方には黒獅子という強い大関がいるそうです。なんとか

してその黒獅子を土俵の砂に埋めて、——」

「ま、なんて情ない事を考えているのです。好きな女と立派なお屋敷に暮して、酒席のなぐさみには伝右衛門を、——」

「その屋敷には、土俵がありますか。」

母は泣き出した。

襖《ふすま》越しに番頭、手代たちが盗み聞きして、互いに顔を見合せて溜息をつき、

「おれならば、お内儀さまのおっしゃるとおりにするんだが。」

「当り前さ。蝦夷が島の端でもいい、立派なお屋敷で、そんな栄華のくらしを三日でもいい、あとは死んでもいい。」

「声が高い。若旦那に聞えると、あの、張手とかいう凄いのを、二つ三つお見舞いされるぞ。」

「そいつは、ごめんだ。」

みな顔色を変え、こそこそと退出する。

その後、才兵衛に意見をしようとする者もなく、才兵衛いよいよ増長して、讃岐一国を狭しとして阿波の徳島、伊予の松山、土佐の高知などの夜宮《よみや》角力にも出かけて、情容

赦もなく相手を突きとばし張り倒し、多くの怪我人を出して、角力は勝ちゃいいんだ、と憎々しげにせせら笑って悠然と引き上げ、朝昼晩、牛馬羊の生肉を食って力をつけ、顔は鬼の如く赤く大きく、路傍で遊んでいる子はそれを見て、きゃっと叫んで病気になり、大人は三丁さきから風をくらって疾走し、丸亀屋の荒磯と言えば、讃岐はおろか四国全体、誰知らぬものとてない有様となった。才兵衛はおろかにもそれを自身の出世と考え、わしの今日あるは摩利支天のお恵みもさる事ながら、第一は恩師鰐口様のおかげ、めったに鰐口様のほうへは足を向けて寝られぬ、などと言うものだから、鰐口は町内の者に合わす顔がなく、いたたまらず、ついに出家しなければならなくなった。そのような騒ぎをいつまでも捨てておく事も出来ず、丸亀屋の身内の者全部ひそかに打寄って相談して、これはとにかく嫁をもらってやるに限る、横町の小平太の詰将棋《つめしょうぎ》も坂下の与茂七の尺八も嫁をもらったらぱったりやんだ、才兵衛さんも綺麗なお嫁さんから人間の情愛というものを教えられたら、あんな乱暴なむごい勝負がいやになるに違いない、これは何でも嫁をもらってやる事です、と鳩首《きゅうしゅ》して眼を光らせてうなずき合い、四方に手廻しして同じ讃岐の国の大地主の長女、ことし十六のお人形のように美しい花嫁をもらってやったが、才兵衛は祝言《しゅうげん》の日にも角力の乱れ髪のままで、きょうは何かあるのですか、大勢あつまっていやがる、と本当に知らないのかどうか、法事ですか、など情ない事を言い、父母をはじめ親戚一同、拝むようにして紋服を着せ、花嫁の傍に坐らせてとにかく盃事をすませて、ほっとした途端に、才兵衛はぷいと立ち上って紋服を脱ぎ捨て、こんなつまらぬ事をしていては腕の力が抜けると言い、庭に飛び降り庭石を相手によいしょ、よいしょとすさまじい角力の稽古。父母は嫁の里の者たちに面目なく脊中にびっしょり冷汗をかいて、

「まだ子供です。ごらんのとおりの子供です。お見のがしを。」と言うのだが、見たところ、どうしてなかなか子供ではない。四十くらいの親爺に見える。嫁の里の者たちは、あっけにとられて、

「でも、あんな髭をはやして分別顔でりきんでいるさまは、石川五右衛門の釜うでを思い出させます。」と率直な感想を述べ、とんでもない男に娘をやったと顔を見合せて溜息をついた。

才兵衛はその夜お嫁を隣室に追いやり、間の襖に念入りに固くしんばり棒をして、花嫁がしくしく泣き出すと大声で、

「うるさい！」と呶鳴《どな》り、「お師匠の鰐口様がいつかおっしゃった。夫婦が仲良くする

と、あたら男盛りも、腕の力が抜ける、とおっしゃった。お前も角力取の女房ではないか。それくらいの事を知らないでどうする。わしは女ぎらいだ。摩利支天に願掛けて、わしは一生、女に近寄らないつもりなのだ。馬鹿者め。めそめそしてないで、早くそっちへ蒲団敷いて寝ろ！」

花嫁は恐怖のあまり失神して、家中が上を下への大騒ぎになり、嫁の里の者たちはその夜のうちに、鬼が来た鬼が来たと半狂乱で泣き叫ぶ娘を駕籠《かご》に乗せて、里へ連れ戻った。

このような不首尾のために才兵衛の悪評はいよいよ高く、いまは出家遁世して心静かに山奥の庵で念仏三昧の月日を送っている師匠の鰐口の耳にもはいり、師匠にとって弟子の悪評ほどつらいものはなく、あけくれ気に病み、ついには念仏の障りにもなって、或る夜、決意して身を百姓姿にかえて山を下り、里の夜宮*に行って相変らずさかんな夜宮角力を、頬被《ほおかぶ》りして眺めて、そのうちにれいの荒磯が、のっしのっしと土俵にあがり、今夜もわしの相手はなしか、尻ごみしないでかかって来い、と嗄《しわが》れた声で言ってぎょろりとあたりを見廻せば、お宮の松籟《しょうらい》も、しんと静まり、人々は無言で帰り仕度をはじめ、その時、鰐口和尚は着物を脱ぎ、頬被りをしたままで、おう、と叫んで土俵に上った。

荒磯は片手で和尚の肩を鷲《わし》づかみにして、この命知らずめが、とせせら笑い、和尚は肩の骨がいまにも砕けはせぬかと気が気でなく、

「よせ、よせ。」と言っても、荒磯は、いよいよ笑って和尚の肩をゆすぶるので、どうにも痛くてたまらなくなり、

「おい、おい。おれだ、おれだよ。」と囁いて頬被りを取ったら、

「あ、お師匠。おなつかしゅう。」などと言ってる間に和尚は、上手投げという派手な手を使って、ものの見事に荒磯の巨体を宙に一廻転させて、ずでんどうと土俵のまん中に仰向けに倒した。その時の荒磯の形のみっともなかった事、大鯰《なまず》が瓢簞《ひょうたん》からすべり落ち、猪が梯子《はしご》からころげ落ちたみたいの言語に絶したぶざまな恰好であったと後々の里の人たちの笑い草にもなったほどで、和尚はすばやく人ごみにまぎれて素知らぬふりで山の庵に帰り、さっぱりした気持で念仏を称《とな》え、荒磯はあばら骨を三本折って、戸板に乗せられて死んだようになって家へ帰り、師匠、あんまりだ、うらみます、とうわごとを言い、その後さまざま養生してもはかどらず、看護の者を足で蹴飛ばしたりするので、次第にお見舞いをする者もなくなり、ついには、もったいなくも生みの父母に大小便の世話をさせて、さしもの大兵肥満も骨と皮ばかりになって消えるように息を引きとり、

本朝二十不孝の番附の大横綱になったという。

(本朝二十不孝、巻五の三、無用の力自慢)

猿　塚

むかし筑前の国、太宰府の町に、白坂徳右衛門とて代々酒屋を営み太宰府一の長者、その息女お蘭の美形ならびなく、七つ八つの頃から見る人すべて瞠若《どうじゃく》し、おのれの鼻垂れの娘の顔を思い出してやけ酒を飲み、町内は明るく浮き浮きして、ことし十に六つ七つ余り、骨細く振袖も重げに、春光ほのかに身辺をつつみ、生みの母親もわが娘に話かけて、ふと口を噤《つぐ》んで見とれ、名花の誉《ほまれ》は国中にかぐわしく、見ぬ人も見ぬ恋に沈むという有様であった。ここに桑盛次郎右衛門とて、隣町の裕福な質屋の若旦那、醜男《ぶおとこ》ではないけれども、鼻が大きく目尻の垂れ下った何のへんてつもない律儀そうな鬚男《ひげおとこ》、歯の綺麗なのが取柄で笑顔にちょっと愛嬌のあるところがよかったのか、或る日の雨宿りが縁になって、人は見かけによらぬもの、縁は異なもの、馬鹿らしいもの、お蘭に慕われるという飛んでもない大果報を得たというのがこの物語の発端である。両方の親は知らず、次郎右衛門ひそかに、出入のさかなやの伝六に頼み、徳右衛門方に縁組の内相談を持ちかけさせた。伝六はかねがねこの質屋に一かたならず面倒をかけている事とて、次郎右衛門の言いにくそうな頼みを聞いて、向うは酒屋、うまく橋渡しが出来たら思うぞんぶん飲めるであろう、かつはこちらの質の利息払いの期限をのばしてもらうのはこの時と勇み立ち、あつかましくも質流れの紋服で身を飾り、知らぬ人が見たらどなたさまかと思うほどの分別ありげの様子をして徳右衛門方に乗り込み、えへへと笑い扇子《せんす》を鳴らして庭の石を褒め、相手は薄気味悪く、何か御用でも、と言い、伝六あわてず、いや何、と言い、やがてそれとなく次郎右衛門の希望を匂わせ、こちらさまは酒屋、向うさまは質屋、まんざら縁のない御商売ではございませぬ、酒屋へ走る前には必ず質屋へ立寄り、質屋を出てからは必ず酒屋へ立寄るもので、謂わば坊主とお医者の如くこの二つが親戚だったら、鬼に金棒で、町内の者が皆殺されてしまいます、などとけしからぬ事まで口走り、一世一代のない智慧を絞って懸命に取りなせば、徳右衛門も少し心が動き、

「桑盛様の御総領ならば、私のほうでも不足はございませんが、時に、桑盛さまの御宗旨は？」

「ええと、それは、」意外の質問なので、伝六はぐっとつまり、「はっきりは、わかりませぬが、たしか浄土宗で。」

「それならば、お断り申します。」と口を曲げて憎々しげに言い渡した。「私の家では代々の法華宗《ほっけしゅう》で、殊《こと》にも私の代になりましてから、深く日蓮様に帰依仕《つかまつ》って、朝夕南無妙法蓮華経のお題目を怠らず、娘にもそのように仕込んでありますので、いまさら他宗へ嫁にやるわけには行きません。あなたも縁談の橋渡しをしようというほどの男なら、それくらいの事を調べてからおいでになったらどうです。」

「いや、あの、私は、」と冷汗を流し、「私は代々の法華宗の日蓮様で、朝夕、南無妙法蓮華経と。」

「何を言っているのです。あなたに嫁をやるわけじゃあるまいし、桑盛様が浄土宗ならば、いかほど金銀を積んでも、またその御総領が御発明で男振りがよくっても、私は、いやと申します。日蓮様に相すみません。あんな陰気くさい浄土宗など、どこがいいのです。よくもこの代々の法華宗の家へ、娘がほしいなんて申込めたものだ。あなたの顔を見てさえ胸くそが悪い。お帰り下さい。」

さんざんの不首尾で伝六は退散し、しょげ切ってこの由を次郎右衛門に告げた。次郎右衛門は気軽に、なんだ、そんな事は何でもない、こちらの宗旨を変えたらいい、家は代々不信心だから浄土宗だって法華宗だってかまわないんだ、と言って、にわかに総《ふさ》の長い珠数に持ちかえ、父母にもすすめて、朝夕お題目をあげて、父母は何の事かわからぬが子供に甘い親なので、とにかく次郎右衛門の言いつけどおりに、わきを見てあくびをしながら南無妙法蓮華経と称《とな》え、ふたたび伝六は、徳右衛門方におもむき、いまは桑盛様も一家中、日蓮様を信心してお題目をあげていますと得意満面で申し述べたが、徳右衛門はむずかしい男で、いやいや根抜きの法華でなければ信心が薄い、お蘭ほしさの改宗は見えすいて浅間《あさま》し、日蓮さまだっていい顔をなさるまい、ちょっと考えてもわかりそうな事だ、娘は或る知合いの法華の家へ嫁にやるようにきまっています、というむごい返事、次郎右衛門は聞いて仰天して、取敢えずお蘭に、伝六なんの役にも立たざる事、ならびに、お前がよその法華へ嫁ぐそうだが、畜生め、私はお前のために好きでもないお題目を称えて太鼓をたたき手に豆をこしらえたのだぞ、思えば私の次郎右衛門という名は、あずまの佐野の次郎左衛門*に似ていて、かねてから気になっていたのだが、やはり東西左右の振られ男であった、私もこうなれば、刀を振りまわして百人斬りをするかも知れぬ、男の一念、馬鹿にするな、と涙を流して書き送れば、すぐに折り返しお蘭の便り、あなたのお手紙何が何やら合点が行かず、とにかく刀を振りまわすなど危い事はよして下さい、百人斬りはおろか一人も斬らぬうちにあなたが斬られてしまいます、あなたの身にもしもの事があったなら、私はどうしたらいいのでしょう、あまりおどかさないで下さい、よその縁談の事など、本当に私には初耳です、あなたはいつもお鼻や目尻の事を気にして自信がなく、何のかのと言って私を疑うので困ってしまいます、私が今更どこへ行くものですか、安心していらっしゃい、もしもお父さんが私をよそへやるようだったら私はこの家から逃げてもあなたのところへ行くつもり、女の一念、覚えていらっしゃい、という事なので次郎右衛門すこし笑い、しかし、まだまだ安心はならぬと無理に顔をしかめて、とにかくお題目と今は本気に日蓮様におすがりしたくなって、南無妙法蓮華経と大声でわめいて滅多矢鱈《めったやたら》に太鼓をたたく。

お蘭はその翌《あく》る日、徳右衛門の居間に呼ばれて、本町紙屋彦作様と縁談ととのった、これも日蓮様のおみちびき、有難くとこしなえの祝言《しゅうげん》を結べ、とおごそかに言い渡せば、お蘭はぎょっとしたが色に出さず、つつしんで一礼して部屋から出て、それから飛ぶようにして二階に駈け上り、一筆しめしまいらせ候、来たわよ、いよいよ決行の日が来たわよ、私は逃げるつもりです、今宵のうちに迎えたのむ、拝む、としどろもどろに書き散らし、丁稚《でっち》に言いつけて隣町へ走らせ、次郎右衛門はその手紙をざっと一読してがたがた震え、台所へ行って水を飲み、ここが思案のしどころと座敷のまん中に大あぐらをかいてみたが、別に何の思案も浮ばず、立ち上って着物を着換え、帳場へ行ってあちこちの引出しを掻きまわし、番頭に見とがめられて、いやちょっと、と言い、何がしの金《きん》子《す》をそくさと袂《たもと》にほうり込んで、もう眼に物が見えぬ気持で、片ちんばの下駄をはいて出て途中で気がついて、家へ引返すのもおそろしく、はきもの屋に立ち寄って、もうこれだけしかお金がないのだと思うと、けちになって一ばん安い草履《ぞうり》を買い、その薄っぺらな草履をはいて歩くとぺたぺたと裸足《はだし》で地べたを歩いているような感じで心細く、歩きながら男泣きに泣いて、ようやく隣町の徳右衛門の家の裏口にたどりつくと、矢のようにお蘭は走り出て、ものも言わず次郎右衛門の手を取りさっさと自分からさきに歩き出し、次郎右衛門はあんまの如く手をひかれて、ぺたぺたと歩いて、またも大泣きに泣くのである。ここまでは、分別浅い愚かな男女の、取るにも足らぬふざけた話であるが、もちろん物語はここで終らぬ。世の中の厳粛な労苦は、このさきにあるようだ。

二人は、その夜のうちに七里歩み、左方に博多《はかた》の海が青く展開するのを夢のように眺めて、なおも飲まず食わず、背後に人の足音を聞くたびに追手かと胆《きも》をひやし、生きた心地もなくただ歩きに歩いて蹌踉《そうろう》とたどりついたところはその名も盛者必衰、是生滅法《ぜしょうめっぽう》の鐘が崎、この鐘が崎の山添の野をわけて次郎右衛門のほのかな知合いの家をたずね、案の如く薄情のあしらいを受けて、けれどもそれも無理のない事と我慢して、ぶしつけながら、とお金を紙に包んで差し出し、その日は、納屋に休ませてもらい、浅間しき身のなりゆきと今はじめて思い当って青く窶《やつ》れた顔を見合せて溜息をつき、お蘭は、手飼いの猿の吉兵衛の脊を撫でながら、やたらに鼻をすすり上げた。この吉兵衛という名の猿は、小猿の頃からお蘭に可愛がられて育ち、娘が男と一緒にひたすら夜道を急ぐ後を慕ってついて来て、一里あまり過ぎた頃、お蘭が見つけて叱って追っても、石を投げて追ってもひょこひょこついて来て、次郎右衛門は不憫に思い、せっかく慕って来たのだから仲間にいれておやり、と言い、お蘭は、おいで、と手招きすれば、うれしそうに駈け寄って来て、お蘭に抱かれて眼をぱちぱちさせて二人の顔を気の毒そうに眺める。いまはもう二人の忠義な下僕になりすまして、納屋へ食事を持ちはこぶやら、蠅を追うやら、櫛でお蘭のおくれ毛を掻き上げてやるやら、何かと要らないお手伝いをして、二人の淋しさを慰めてやろうと畜生ながら努めている。いかに世を忍ぶ身とは言え、いつまでも狭い納屋に隠れて暮しているわけにも行かず、次郎右衛門はさらに所持のお金の大半を出してその薄情の知合いの者にたのみ、すぐ近くの空地に見すぼらしい庵を作ってもらい、夫婦と猿の下僕はそこに住み、わずかな土地を耕して、食膳に供するに足るくらいの野菜を作り、ひまひまに亭主は煙草《たばこ》を刻み、お蘭は木綿の*枷《かせ》というものを繰って細々と渡世し、好きもきらいも若い一時の阿呆らしい夢、親にそむいて家を飛び出し連添ってみても、何の事はない、いまはただありふれた貧乏世帯の、とと、かか、顔を見合せて、おかしくもなく、台所がかたりと鳴れば、鼠《ねずみ》か、小豆《あずき》に糞されてはたまらぬ、と二人血相をかえて立ち上り、秋の紅葉も春の菫《すみれ》も、何の面白い事もなく、猿の吉兵衛は主人の恩に報いるはこの時と、近くの山に出かけては柏の枯枝や松の落葉を掻き集め、家に持ち帰って竈《かまど》の下にしゃがみ、松葉の煙に顔をそむけながら渋団扇《しぶうちわ》をやたらにばたばた鳴らし、やがてぬるいお茶を一服、夫婦にすすめて可笑《おか》しき中にも、しおらしく、ものこそ言わね貧乏世帯に気を遣い、夕食も遠慮して少量たべると満足の態でころりと寝て、次郎右衛門の食事がすむと駈け寄って次郎右衛門の肩をもむやら足腰をさするやら、それがすむと台所へ行きお蘭の後片附のお手伝いをして皿をこわしたりして実に面目なさそうな顔つきをして、夫婦は、せめてこの吉兵衛を唯一のなぐさみにして身の上の憂《う》きを忘れ、そのとしも過ぎて翌年の秋、一子菊之助をもうけ、久し振りに草の庵から夫婦の楽しそうな笑声が漏れ聞え、夫婦は急に生きる事にも張合いが出て来て、それめめをさました、あくびをしたと騒ぎ立てると、吉兵衛もはねまわって喜び、山から木の実を取って来て、赤ん坊の手に握らせて、お蘭に叱られ、それでも吉兵衛には子供が珍らしくてたまらぬ様子で、傍を離れず寝顔を覗き込み、泣き出すと驚いてお蘭の許に飛んで行き裾《すそ》を引いて連れて来て、乳を呑ませよ、と身振で教え、赤子の乳を呑むさまを、きちんと膝を折って坐って神妙に眺め、よい子守が出来たと夫婦は笑い、それにつけても、この菊之助も不憫なもの、もう一年さきに古里の桑盛の家で生れたら、絹の蒲団に寝かせて、乳母を二人も三人もつけて、お祝いの産衣《うぶぎ》が四方から山ほど集り、蚤一匹も寄せつけず玉の肌のままで立派に育て上げる事も出来たのに、一年おくれたばかりに、雨風も防ぎかねる草の庵に寝かされて、木の実のおもちゃなど持たされ、猿が子守とは、と自分たちの無分別な恋より起ったという事も忘れて、ひたすら子供をいとおしく思い、よし、よし、いまはこのようにみじめだが、この子の物心地のつくまでは、何とか一財産つくって古里の親たちを見かえしてやらなければならぬ、と次郎右衛門も、子への愛から発奮して、近所の者に、この頃のよろしき商売は何、などと尋ね、草の庵も去年にかわって活気を呈し、一子の菊之助もまるまると太ってよく笑い、母親のお蘭に似て輝くばかりの器量よし、猿の吉兵衛は野の秋草を手折って来て菊之助の顔ちかく差しのべて上手にあやし、夫婦は何の心配もなく共に裏の畑に出て大根を掘り、ことしの秋は、何かいい事でもあるか、と夫婦は幸福の予感にぬくまっていた。その頃、近所のお百姓から耳よりのもうけ話ありという事を聞き、夫婦は勇んで、或る秋晴れの日、二人そろってその者の家へ行ってくわしく話の内容を尋ね問いなどしている留守に、猿の吉兵衛、そろそろお坊ちゃんの入浴の時刻と心得顔で立ち上り、かねて奥様の仕方を見覚えていたとおりに、まず竈の下を焚きつけてお湯をわかし、湯玉の沸き立つを見て、その熱湯を盥《たらい》にちょうど一ぱいとり、何の加減も見るまでもなく、子供を丸裸にして仔細らしく抱き上げ、奥様の真似して子供の顔をのぞき込んでやさしく、二、三度うなずき、いきなりずぶりと盥に入れた。

喚《わっ》という声ばかりに菊之助の息絶え、異様の叫びを聞いて夫婦は顔を見合せて家に駈け戻れば、吉兵衛うろうろ、子供は盥の中に沈んで、取り上げて見ればはや茹海老《ゆでえび》の如く、二目と見られぬむざんの死骸、お蘭はこけまろびて、わが身に代えても今一度もとの可愛い面影を見たしと狂ったように泣き叫ぶも道理、呆然たる猿を捕えて、とかく汝は我が子の敵《かたき》、いま打殺すと女だてらに薪を振上げ、次郎右衛門も胸つぶれ涙とどまらぬながら、ここは男の度量、よしこれも因果の生れ合せと観念して、お蘭の手から薪を取上げ、吉兵衛を打ち殺したく思うも尤もながら、もはや返らぬ事に殺生するは、かえって菊之助が菩提《ぼだい》のため悪し、吉兵衛もあさましや我等への奉公と思いてしたるべけれども、さすが畜生の智慧浅きは詮方《せんかた》なし、と泣き泣き諭せば、猿の吉兵衛も部屋の隅で涙を流して手を合せ、夫婦はその様を見るにつけいよいよつらく、いかなる前生の悪業ありてかかる憂目に遭うかと生きる望も消えて、菊之助を葬った後には共にわずらい寝たきりになって、猿の吉兵衛は夜も眠らずまめまめしく二人を看護し、また七日七日にお坊ちゃんの墓所へ参り、折々の草花を手折って供え、夫婦すこしく恢復せし百日に当る朝、吉兵衛しょんぼりお墓に参って水心静かに手向け、竹の鉾《ほこ》にてみずから喉笛《のどぶえ》を突き通して相果てた。夫婦、猿の姿の見当らぬを怪しみ、杖にすがってまず菊之助の墓所へ行き、猿のあわれな姿をひとめ見て一切を察し、菊之助なき後は、せめてこの吉兵衛だけが世の慰めとたのんでいたのに、と恨み嘆き、ねんごろに葬い、菊之助の墓の隣に猿塚を建て、その場において二人出家し、（と書いて作者は途方にくれた。お念仏かお題目か。原文には、かの庵に絶えず題目唱えて、法華読誦の声やまず、とある。徳右衛門の頑固な法華の主張がこんなところに顔を出しては、この哀話も、ぶちこわしになりそうだ。困った事になったものである。）ふたたび、庵に住むも物憂く、秋草をわけていずこへともなく二人旅立つ。

（懐硯、巻四の四、人真似は猿の行水）

人魚の海

後深草天皇宝治《ほうじ》元年三月二十日、津軽の大浦というところに人魚はじめて流れ寄り、その形は、かしらに細き海草の如き緑の髪ゆたかに、面《おもて》は美女の愁えを含み、くれないの小さき鶏冠《とさか》その眉間《みけん》にあり、上半身は水晶の如く透明にして幽《かす》かに青く、胸に南天の赤き実を二つ並べ附けたるが如き乳あり、下半身は、魚の形さながらにして金色の花びらとも見まごうこまかき鱗《うろこ》すきまなく並び、尾鰭《おひれ》は黄色くすきとおりて大いなる銀杏《いちょう》の葉の如く、その声は雲雀笛《ひばりぶえ》の歌に似て澄みて爽やかなり、と世の珍らしきためしに語り伝えられているが、とかく、北の果の海には、このような不思議の魚も少からず棲息しているようである。むかし、松前《まつまえ》の国の浦奉行、中堂金内《ちゅうどうこんない》とて勇あり胆あり、しかも生れつき実直の中年の武士、或るとしの冬、お役目にて松前の浦々を見廻り、夕暮ちかく鮭川《さけがわ》という入海のほとりにたどりつき、そこから便船を求め、きょうのうちに次の港まで行くつもりで相客五、六人と北国の冬には珍らしく空もよく晴れ静かな海を船出して、汀《みぎわ》から八丁ほど離れた頃、風もないのに海がにわかに荒れ出して、船は木の葉の如く飜弄せられ、客は恐怖のために土色の顔になって、思う女の名を叫び出し、さらばよ、さらばよ、といやらしく悶えて見せる者もあり、笈《おい》の中より観音経を取出し、さかさとも知らず押しいただき、そのまま開いておろおろ読み上げる者もあり、瓢簞《ひょうたん》を引き寄せ中に満たされてある酒を大急ぎで口呑みして、これを飲みのこしては死んでも死にきれぬ、からになった瓢簞は浮袋になります、と五寸にも足りぬその小さいひさごを、しさいらしい顔つきで皆に見せびらかす者もあり、なんの意味か、しきりに指先で額《ひたい》に唾をなすりつけている者もあり、いそがしげに財布を出して金勘定、一両足りぬと呟いてあたりの客をいやな眼つきで睨む者もあり、いのちの瀬戸際にも、足がさわったとやらで無用の口論をはじめる者もあり人さまざまに騒ぎ立て、波はいよいよ高く、船は上下に荒く震動し、いまは騒ぐ力も尽き、船頭がまず船底にたおれ伏し、おゆるしなされ、と呻《うめ》いて死んだようにぐたりとなれば、船中の客、総泣きに泣き伏して、いずれも正体を失い、中堂金内ただひとり、はじめから舷《ふなばた》を脊にしてあぐらを搔き、黙って腕組して前方を見つめていたが、やがて眼のさきの海水が金色に変り、五色の水玉噴き散ると見えしと同時に、白波二つにわれて、人魚、かねて物語に聞いていたのと同じ姿であらわれ、頭を振って緑の髪をうしろに払いのけ、水晶の腕で海水を一掻き二掻きするすると蛇の如く素早く金内の船に近づき、小さく赤い口をあけて一声爽やかな笛の音。おのれ船路のさまたげと、金内怒って荷物の中より半弓を取出し、神に念じてひょうと射れば、あやまたずかの人魚の肩先に当り、人魚は声もなく波間に沈み、激浪たちまち収まって海面はもとのように静かになり、斜陽おだやかに船中にさし込み、船頭は間抜け面で起き上り、なんだ夢か、と言った。金内は、おのれの手柄をやたらに吹聴するような軽薄な武士でない。黙って微笑《ほほえ》み、また前のように腕組みして舷によりかかって坐っている。船客もそろそろ土色の顔を挙げ、てれ隠しにけたたましく笑う者あり、せっかくの酒を何の興もなく飲んでしまって、後の楽しみをなくした、と五寸ばかりのひさごをさかさに振って、それぱかり愚痴っている者もあり、あるいはまた、さいぜん留守宅の若いお妾の名を叫んで身悶えしていた八十歳の隠居は、さてもおそろしや、とおもむろに衣紋《えもん》を取りつくろい、これすなわち登竜《のぼりりゅう》に違いござらぬ、と断じ、そもそもこの登竜は越中越後《えっちゅうえちご》の海中に多く見受けられるものにして、夏日に最もしばしばこの事あり、一群の黒雲虚空より下り来れば海水それに吸われるが如く応じて逆巻のぼり黒雲潮水一柱になり、まなこをこらしてその凄じき柱を見れば、はたせるかな、竜の尾頭その中に歴々たりとものの本にござった、また別の一書には、或る人、江戸より船にてのぼりしに東海道の興津《おきつ》の沖を過ぎる時に一むらの黒雲虚空よりかの船をさして飛来る、船頭大いに驚き、これは竜のこの舟を巻上げんとするなり、急に髪を切って焼くべしとて船中の人々のこらず頭髪を切って火にくべしに臭気ふんぷんと空にのぼりしかば、かの黒雲たちまちに散り失せたりとござったが、愚老もし若かったら、さいぜんただちに頭髪を切るべきに生憎、と言って禿げた頭を真面目な顔して静かに撫でた。へえ、そうですか、と観音経は、馬鹿にし切ったような顔で、そっぽを向いて相槌を打ち、何もかも観音のお力にきまっていますさ、と小声で呟き、殊勝げに瞑目して南無観世音大菩薩と称えれば、やあ、ぜにはあった！　と自分の懐の中から足りない一両を見つけて狂喜する者もあり、金内は、ただにこにこして、やがて船はゆらゆら港へはいり、人々やれ命拾いと大恩人の目前にあるも知らず、互いに無邪気に慶祝し合って上陸した。

中堂金内は、ほどなく松前城に帰着し、上役の野田武蔵《のだむさし》に、このたびの浦々巡視の結果をつぶさに報告して、それからくつろぎ、よもやまの旅の土産話のついでに、れいの人魚の一件を、少しも誇張するところなく、ありのままに淡々と語れば、武蔵かねて金内の実直の性格を悉知《しっち》しているゆえ、その人魚の不思議をも疑わず素直に信じ、膝を打って、それは近頃めずらしい話、殊《こと》にもそなたの沈着勇武、さっそくこの義を殿の御前において御披露申し上げよう、と言うと、金内は顔を赤らめ、いやいや、それほどの事でも、と言いかけるのにかぶせて、そうではない、古来ためしなき大手柄、家中の若い者どものはげみにもなります、と強く言い切って、まごつく金内をせき立て、共に殿の御前にまかり出ると、折よく御前には家中の重役の面々も居合せ、野田武蔵は大いに勢い附いて、おのおの方もお聞きなされ、世にもめずらしき手柄話、と金内の旅の奇談を逐一語れば、殿をはじめ一座の者、膝をすすめて耳を傾ける中にひとり、青崎百右衛門《ひやくえもん》とて、父親の百之丞《ひやくのじよう》が松前の家老として忠勤をはげんだお蔭で、親の歿後も、その禄高をそっくりいただき何の働きもないくせに重役のひとりに加えられ、育ちのよいのを鼻にかけて同輩をさげすみ、なりあがり者の娘などはこの青崎の家に迎え容れられぬと言って妻をめとらず道楽三昧の月日を送って、ことし四十一歳、このごろは欲しいと言ったって誰も娘をやろうとはせぬ有様、みずからの高慢のむくいではあるが、さすがに世の中が面白くなく、何かにつけて家中の者たちにいや味を言い、身のたけ六尺に近く極度に痩せて、両手の指は筆の軸のように細く長く、落ち窪んだ小さい眼はいやらしく青く光って、鼻は大きな鷲鼻、頬はこけて口はへの字型、さながら地獄の青鬼の如き風貌をしていて、一家中のきらわれ者、この百右衛門が、武蔵の物語を半分も聞かぬうちに、ふふん、と笑い、のう玄斎、と末座に丸くかしこまっている茶坊主の玄斎に勝手に話掛け、

「そなたは、どう思うか。こんな馬鹿らしい話を、わざわざ殿へ言上するなんて、ちと不謹慎だとは思わぬか。世に化物なし、不思議なし、猿の面《つら》は赤し、犬の足は四本にきまっている。人魚だなんて、子供のお伽噺《とぎばなし》ではあるまいし、いいとしをしたお歴々が、額《ひたい》にはくれないの鶏冠《とさか》も呆れるじゃないか。」と次第に傍若無人の高声になって、「のう、玄斎、よしその人魚とやらの怪しい魚類が北海に住んでいたとしてもさ、そんな古来ためしのない妖怪を射とめるには、こちらにも神通力がなくてはかなわぬ。なまなかの腕では退治が出来まい。鳥に羽あり魚に鰭《ひれ》ありさ。なかなかどうして、飛ぶ小鳥、泳ぐ金魚を射とめるのも容易の事じゃないのに、そんな上半身水晶とやらの化物を退治するのには、まず*弓矢八幡大菩薩、*頼光《らいこう》、綱、八郎、田原藤太《たわらとうた》、みんなのお力をたばにしたくらいの腕前でもなければ、間に合いますまい。いや、論より証拠、それがしの泉水の金魚、な、そなたも知っているだろう、わずかの浅水をたのしみにひらひら泳ぎまわってござるが、せんだって退屈のあまり雀の小弓で二百本ばかり射かけてみたが、これにさ

え当らぬもの、金内殿も、おおかた海上でにわかの旋風に遭い、動転して、流れ寄る腐木にはっしと射込んだのでなければ、さいわいだがのう。」と、当惑し切ってもじもじしている茶坊主をつかまえて、殿へも聞えよがしの雑言《ぞうごん》。たまりかねて野田武蔵、ぐいと百右衛門の方に向き直り、

「それは貴殿の無学のせいだ。」と日頃の百右衛門の思い上った横着ぶりに対する鬱憤もあり、噛みつくような口調で言って、「とかく生半可の物識りに限って世に不思議なし、化物なし、と実《み》もふたもないような言い方をして澄し込んでいるものですが、そもそもこの日本の国は神国なり、日常の道理を越えたる不思議の真実、炳《へい》として存す。貴殿のお屋敷の浅い泉水とくらべられては困ります。神国三千年、山海万里のうちにはおのずから異風奇態の生類《しょうるい》あるまじき事に非ず、古代にも、仁徳天皇の御時、飛騨《ひだ》に一身両面の人出ずる、天武天皇の御宇に丹波《たんば》の山家より十二角の牛出ずる、文武天皇の御時、慶雲四年六月十五日に、たけ八丈よこ一丈二尺一頭三面の鬼、異国より来る、かかる事ども有るなれば、このたびの人魚、何か疑うべき事に非ず。」と名調子でもって一気にまくし立てると、百右衛門、蒼い顔をさらに蒼くして、にやりと笑い、

「それこそ生半可の物識り。それがしは、議論を好まぬ。議論は軽輩、功をあせって

いる者同志のやる事です。子供じゃあるまいし。青筋たてて空論をたたかわしても、お互い自説を更に深く固執するような結果になるだけのものさ。議論は、つまらぬ。それがしは何も、人魚はこの世にないと言っているのではござらぬ。見た事がないと言っているだけの事だ。金内殿もお手柄ついでにその人魚とやらを、御前に御持参になればよかったのに。」と憎らしくうそぶく。武蔵たけり立って膝をすすめ、

「武士には、信の一字が大事ですぞ。手にとって見なければ信ぜられぬとは、さてさて、あわれむべき御心魂。それ心に信なくば、この世に何の実体かあらん。手に取って見れども信ぜずば、見ざるもひとしき仮寝の夢。実体の承認は信より発す。然して信は、心の情愛を根源とす。貴殿の御心底には一片の情愛なし、信義なし。見られよ、金内殿は貴殿の毒舌に遭い、先刻より身をふるわし、血涙をしぼって泣いてござるわ。金内殿は、貴殿とは違って、うそなど言う仁ではござらぬ。日頃の金内殿の実直を、貴殿はよもや知らぬとは申されますまい。」と詰め寄ったが、百右衛門は相手にせず、

「それ、殿がお立ちだ。御不興と見える。」といかめしい口調で言い、御奥へ引上げる城主に向って平伏し、

「やれやれ、馬鹿どもには迷惑いたす。」と小声で呟いて立ち上り、「頭の血のめぐり

の悪い事を実直と申すのかも知れぬが、夢や迷信をまことしやかに言い伝え、世をまどわすのは、この実直者に限る。」と言い捨て、猫の如く足音もなく退出する。他の重役たちも、あるいは百右衛門の意地悪を憎み、あるいは武蔵の名調子を気障《きざ》なりとしてどっちもどっちだと思い、あるいは居眠りをして何の議論やらわけがわからず呆然として立ち上って、一人去り二人去り、あとには武蔵と金内だけが残されて、武蔵くやしく歯がみをして、

「おのれ、よくも、ほざいた。金内殿、お察し申す。そなたも武士、すでに御覚悟もあろうが、いついかなる場合も、この武蔵はそなたの味方です。いかにしても、きゃつを、このままでは。」と力めば、金内は、そう言われてなおの事、悲しくうらめしく、しばらくは一言の言葉も出ず、声もなく慟哭していた。不仕合せな人は、他人からかばわれ同情されると、うれしいよりは、いっそうわが身がつらく不仕合せに思われて来るものである。東西を失い男泣きに泣いて、いまはわが身の終りと観念し、涙をこぶしで拭いて顔を挙げ、なおも泣きじゃくりながら、

「かたじけなく存じます。さきほどの百右衛門のかずかずの悪口、聞き捨てになりがたく、金内軽輩ながら、おのれ、まっぷたつと思いながらも、殿の御前なり、忍ぶべか

らざるを忍んで、ただ、くやし涙にむせていましたが、もはや覚悟のほどが極《きま》りました。ただいまこれより追い駈けて、かの百右衛門を一刀のもとに切り捨てるのは最も易い事ですが、それでは家中の人たちは、金内は百右衛門のために嘘を見破られて、くやしさの余り刃傷《にんじょう》に及んだと言い、それがしの人魚の話もいよいようろんの事になって、御貴殿にも御迷惑をおかけする結果に相成りますから、どうせもう、すたりものになったこの身、死におくれついでに今すこし命ながらえ、鮭川の入海を詮議して、弓矢八幡お見捨てなく、かの人魚の死骸を見つけた時は、金内の武運もいまだ尽きざる証拠、これを持参して一家中に見せ、しかるのち、百右衛門を心置きなく存分に打ち据え、この身もうれしく切腹の覚悟。」と申せば武蔵は、いじらしさに、もらい泣きして、

「武蔵が無用の出しゃばりして、そなたの手柄を殿に御披露したのが、わるかった。わけもない人魚の論などはじめて、あたら男を死なせねばならぬ。ゆるせ金内、来世は武士に生れぬ事じゃのう。」顔をそむけて立ち上り、「留守は心配ないぞ。」と強く言って広間から退出した。

金内の私宅には、八重ということし十六になる色白く目鼻立ち鮮やかな大柄な娘と、鞠《まり》という小柄で怜悧な二十一歳の召使いと二人住んでいるだけで、金内の妻は、その六

年前にすでに病歿していた。金内はその日努めて晴れやかな顔をして私宅へ帰り、父はまたすぐ旅に出かける、こんどの旅は少し永いかも知れぬから留守に気を附けよ、とだけ言って、貯えの金子《きんす》ほとんど全部をふところにねじ込み、逃げるようにして家を出た。

「お父さまは、へんね。」と八重は、父を送り出してから、鞠に言った。

「さようでございます。」鞠は落ちついて同意した。金内は、ひとをあざむく事は、下手である。いくら陽気に笑ってみせても、だめなのである。十六の娘にも、また召使いにも、看破されている。

「お金を、たくさん持って出たじゃないの。」お金の事まで看破されている。

鞠は、うなずいて、

「容易ならぬ事と存じます。」と、分別顔をして呟いた。

「胸騒ぎがする。」と言って、八重は両袖で胸を覆った。

「どのような事が起るかわかりませぬ。見苦しい事のないように、これからすぐに家の内外を綺麗に掃除いたしましょう。」と鞠は素早く襷《たすき》をかけた。

その時、重役の野田武蔵がお供も連れず、平服で忍ぶようにやって来て、

「金内殿は、出かけられましたか。」と八重に小声で尋ねた。

「はい。お金をたくさん持って出かけました。」

武蔵は苦笑して、

「永い旅になるかも知れぬ。留守中、お困りの事があったら、少しも遠慮なくこの武蔵のところへ相談にいらっしゃい。これは、当座のお小遣い。」と言って、かなりの金子を置いて立ち去る。

これはいよいよ父の身の上に何か起ったと合点して、八重も武士の娘、その夜から懐剣を固く抱いて帯もとかずに丸くなって寝る。

一方、人魚をさがしに旅立った中堂金内、鮭川の入海のほとりにたどり着き、村の漁師をことごとく集めて、所持の金子を残らず与え、役目を以てそちたちに申しつけるのではない、中堂金内一身上の大事、内々の折入っての頼みだ、と物堅く公私の別をあきらかにして、それから少し口ごもり、頬を赤らめ、ほろ苦く笑って、そちたちはあるいは信じないかも知れないが、と気弱く前置きして、過ぎし日の人魚の一件を物語り、金内がいのちに代えての頼みだ、あの人魚の死骸を是非ともこの入海の底から捜し出し、或る男に見せてやらなければこの金内の武士の一分《いちぶん》が立たぬのだ、この寒空に気の毒だが、そちたちの全力を挙げてあの怪魚の死骸を見つけ出しておくれ、と折から雪の霏々《ひひ》と舞い狂う荒磯で声をからして懇願すれば、漁師の古老たちは深く信じて同情し、若い衆たちは、人魚だなんて本当かなあと疑いながら、それでも少し好奇心にそそられ、とにかく大網を打って、入海の底をさぐって見たけれども、網にはいって来るものは、にしん、たら、かに、いわし、かれいなど、見なれた姿のさかなばかりで、かの怪魚らしいものは更に見当らず、翌る日も、またその翌る日も、村中総出で入海に船を浮べ、寒風に吹きさらされて、網を打ったりもぐったり、さまざま難儀して捜査したが、いずれも徒労に終り、若い衆たちは、はや不平を言い出し、あのさむらいの眼つきを見よ、どうしたって普通でない、気違いだよ、気違いの言う事をまに受けて、この寒空に海にもぐるのは馬鹿馬鹿しい、おれはもう、やめた、あてもない海の人魚を捜すよりは、村の人魚にあたためられたほうが気がきいている、と磯の焚火に立ちはだかり下品な冗談を大声で言ってどっと笑い囃し、金内はひとり悲しく、聞えぬふりして、一心に竜神に祈念し、あの人魚の鱗一枚、髪一筋でもいまこの入海から出たならば、それがしの面目はもとより武蔵殿も名誉、共に思うさま百右衛門をののしり、信義の一太刀覚えたか、とまっこうみじんに天誅を加え、この胸のうらみをからりと晴らす事が出来るものを、と首を伸ばして入海を見渡す姿のいじらしさに、漁師の古老は思わず涙ぐんで傍に寄り、

「なあに、大丈夫だ。若い衆たちは、あんな事を言っているけれど、おれたちは、たしかにこの海に、おさむらいの射とめた人魚が沈んでいると見込んでいるだ。このあたりの海には、な、昔からいろいろな不思議なさかながいまして、若い衆たちには、わからねえ事だ。おれたちの子供の頃にも、な、この沖に、おきなという大魚があらわれて、偉い騒ぎをしました。嘘でも何でもない、その大きさは二、三里、いや、もっと大きいかも知れねえ。誰もその全身を見たものがねえのです。そのさかなが現われる時には、海の底が雷のように鳴って風もねえのに大波が起って、鯨なんてやつも東西に逃げ走って、漁の船も、やあれ、おきなが来たぞう、と叫び合って早々に浜に漕ぎ戻り、やがて、おきなが海の上に浮んで、そのさまは、大きな島がにわかに沖にいくつも出来たみたいで、これは、おきなの脊中や鰭《ひれ》が少しずつ見えたのでして、全体の大きさは、とてもとても、そんなもんじゃありやしねえ。はかり知る事が出来ねえのだ。このおきなは、小さなさかなには見むきもしねえで、もっぱら鯨ばかりたべて生きているのだそうでして、二十尋《ひろ》三十尋の鯨をたばにして呑み込んで、その有様は、鯨が鰯を呑むみたいだってんだから凄いじゃねえか。だから鯨は、海の底が鳴れば、さあ大変と東西に散って逃げますだ。おっかないさかなもあったものさ。蝦夷《えぞ》の海には昔から、こんな化物みたいなさかなが、いろいろあっただ。おさむらいの人魚の話だって、おれたちは、ちっとも驚きやしねえ。それはきっと、この入海にいやがったに違いねえのだ。なんの不思議もねえ事だ。二里三里のおきなが泳ぎ廻っていた海だもの、な、いまにおれたちは、きっとその人魚の死骸を見つけて、おさむらいの一分とやらを立てさせてあげますぞ。」と木訥の口調で懸命になぐさめ、金内の肩に積った粉雪を払ってやったりするのだが、金内は、そのように優しくされると尚さら心細くなり、ああ、自分もとうとうこんな老爺《ろうや》の慈悲を受けるようなはかない身の上の男になったか、この老爺のいたわりの言葉の底には、何だかもう絶望してあきらめているような気配が感ぜられる、とひがみ心さえ起って来て、荒々しく立ち上り、

「たのむ！　それがしは、たしかにこの入海で怪しい魚を射とめたのだ。弓矢八幡、誓言する。たのむ。なお一そう精出して、あの人魚の鱗一枚、髪一筋でも捜し当てておくれ。」と言い捨て、積雪を蹴って汀《みぎわ》まで走って行き、そろそろ帰り支度をはじめている漁師たちの腕をつかんで、たのむ、もういちど、と眼つきをかえて歎願する。漁師たちは、お金をさきに受け取ってしまっているし、もういい加減に熱意を失いかけている。ほんの申しわけみたいに、岸ちかくの浅いところへ、ざぶりと網を打ったりなどして、

そうして、一人二人、姿を消し、いつのまにか磯には犬ころ一匹もいなくなり、日が暮れてあたりが薄暗くなるといよいよ朔風《さくふう》が強く吹きつけ、眼をあいていられないくらいの猛吹雪《ふぶき》になっても、金内は、*鬼界ケ島の流人《るにん》俊寛みたいに浪打際《なみうちぎわ》を足ずりしてうろつき廻り、夜がふけても村へは帰らず、寝床は、はじめから水際近くの舟小屋の中と定めていて、その小屋の中で少しまどろんでは、また、夜の明けぬうちに、汀に飛び出し、流れ寄る藻屑《もくず》をそれかと驚喜し、すぐにがっかりして泣きべそをかいて、岸ちかくに漂う腐木を、もしやと疑いざぶざぶ海にはいって行って、むなしく引返し、ここへ来てから、ろくろくものも食べずに、ただ、人魚出て来い、出て来いと念じて、次第に心魂朦朧として怪しくなり、自分は本当に人魚を見たのかしら、射とめたなんて嘘だろう、夢じゃないか、と無人の白皚々《はくがいがい》の磯に立ってひとり高笑いしてみたり、ああ、あの時、自分も船の相客たちと同様にたわいなく気を失い、人魚の姿を見なければよかった、なまなかに気魂が強くて、この世の不思議を眼前に見てしまったからこんな難儀に遭うのだ、何も見もせず知りもせず、そうしてもっともらしい顔でそれぞれ独り合点して暮している世の俗人たちがうらやましい、あるのだ、世の中にはあの人たちの思いも及ばぬ不思議な美しいものが、あるのだ、けれども、それを一目見たものは、たちまち自分のようにこんな地獄に落ちるのだ、自分には前世から、何か気味悪い宿業のようなものがあったのかも知れない、このうえ生きて甲斐ない命かも知れぬ、悲惨に死ぬより他はない星の下に生れたのだろう、いっそこの荒磯に身を投じ、来世は人魚に生れ変って、などと、うなだれて汀をふらつき、どうやら死神にとりつかれた様子で、けれども、やはり人魚の事は思い切れず、しらじらと明けはなれて行く海を横目で見て、ああ、せめてあの老漁師の物語ったおきなとかいう大魚ならば、詮議もひどく容易なのになあ、と真顔でくやしがって溜息をつき、あたら勇士も、しどろもどろ、既に正気を失い命のほどもここ一両日中とさえ見えた。

留守宅においては娘の八重、あけくれ神仏に祈って、父の無事を願っていたが、三日経ち四日経ち、茶碗はわれる、草履の鼻緒は切れる、少しの雪に庭の松の枝が折れる、縁起の悪い事ばかり続いて、とても家の中にじっとして居られなくなり、一夜こっそり武蔵の家をたずねて、父は鮭川の入海のほとりにいるという事を聞いて、その夜のうちに身支度をして召使いの鞠と二人、夜道の雪あかりをたよりに、父の後を追って発足した。あるいは民家の軒下に休み、あるいは海岸の岩穴に女の主従がひたと寄り添って浪の音を聞きつつ仮寝して、八重のゆたかな頰も痩せ、つらい雪道をまたもはげまし合っていそいでも、女の足は、はかどらず、ようやく三日目の暮方、よろめいて鮭川の入海のほとりにたどり着いた時には、南無三宝《なむさんぽう》、父は荒蓆《あらむしろ》の上にあさましい冷いからだを横たえていた。その日の朝、この金内の屍《むくろ》が、入海の岸ちかくに漂っていたという。頭には海草が一ぱいへばりついて、かの金内が見たという人魚の姿に似ていたという。女の主従は左右より屍に取りつき、言葉もなくただ武者振りついて慟哭して、さすがの荒くれた漁師たちも興覚める思いで眼をそむけた。母に先立たれ、いままた父に捨てられ、八重は人心地もなく泣きに泣いて、やがて覚悟を極め、青い顔を挙げて一言、

「鞠、死のう。」

「はい。」

と答えて二人、しずかに立ち上った時、戛々《かつかつ》たる馬蹄の響きが聞えて、

「待て、待てぇ！」と野田武蔵のたのもしい蛮声。

馬から降りて金内の屍に頭を垂れ、

「えい、つまらない事になった。ようし、こうなったら、人魚の論もくそもない。武蔵は怒った。本当に怒った。怒った時の武蔵には理窟も何もないのだ。道理にはずれていようが何であろうが、そんな事はかまわない。人魚なんて問題じゃない。そんなもの

はあったってなくったって同じ事だ。いまはただ憎い奴を一刀両断に切り捨てるまでだ。こら、漁師、馬を貸せ。この二人の娘さんが乗るのだ。早く捜して来い！」と八つ当りに呶鳴《どな》り散らし、勢いあまって、八重と鞠を、はったと睨み、

「その泣き顔が気に食わぬ。かたきのいるのが、わからんか。これからすぐ馬で城下に引返し、百右衛門の屋敷に躍り込み、首級《しるし》を挙げて、金内殿にお見せしないと武士の娘とは言わせぬぞ。めそめそするな！」

「百右衛門殿というと、」召使いの鞠は、ひそかにうなずき進み出て、「あの青崎、百右衛門殿の事でしょうか。」

「そうよ、あいつにきまっている。」

「思い当る事がございます。」と鞠は落ちつき、「かねてあの青崎百右衛門殿は、いいとしをしながらお嬢様に懸想して、うるさく縁組を申し入れ、お嬢様は、あのような鷲鼻のお嫁になるくらいなら死んだほうがいいとおっしゃるし、それで、旦那様も、

――」

「そうか、それで事情が、はっきりわかった。きゃつめ、一生独身主義だの、女ぎらいだのと抜かしていながら、蔭では、なあんだ、振られた男じゃないか、だらしがない。

いよいよ見下げ果てたやつだ。かなわぬ恋の仕返しに金内殿をいじめるとは、憎さが余って笑止千万！」と早くも朗らかに凱歌を挙げた。

その夜、武蔵を先登《せんとう》に女ふたり長刀《なぎなた》を持ち、百右衛門の屋敷に駈け込み、奥の座敷でお妾を相手に酒を飲んでいる百右衛門の痩せた右腕を武蔵まず切り落し、百右衛門すこしもひるまず左手で抜き合わすを鞠は踏み込んで両足を払えば百右衛門立膝《たてひざ》になってもさらに弱るところなく、八重をめがけて烈しく切りつけ、武蔵ひやりとして左の肩に切り込めば、百右衛門たまらず仰向けに倒れたが、一向に死なず、蛇の如く身をくねらせて手裏剣《しゅりけん》を鋭く八重に投げつけ、八重はひょいと身をかがめて危く避けたが、そのあまりの執念深さに、思わず武蔵と顔を見合せたほどであった。

めでたく首級を挙げて、八重、鞠の両人は父の眠っている鮭川の磯に急ぎ、武蔵はおのれの屋敷に引き上げて、このたびの刃傷の始中終を事こまかに書き認め、殿の御許しもなく百右衛門を誅した大罪を詫び、この責すべてわれにありと書き結び、あしたすぐ殿へこの書状を差上げよと家来に言いつけ、何のためらうところもなく見事に割腹して相果てたとはなかなか小気味よき武士である。女二人は、金内の屍に百右衛門の首級を手向け、ねんごろに父の葬いをすませて、私宅へ帰り、門を閉じて殿の御裁きを待ち受け、女ながらも白無垢《しろむく》の衣服に着かえて切腹の覚悟、城中においては重役打寄り評議の結果、百右衛門こそ世にめずらしき悪人、武蔵すでに自決の上は、この私闘おかまいなしと定め、殿もそのまま許認し、女ふたりは、天晴《あっぱ》れ父の仇《かたき》、主の仇を打ったけなげの者と、かえって殿のおほめにあずかり、八重には、重役の伊村作右衛門末子作之助の入縁仰せつけられて中堂の名跡《みょうせき》をつがせ、召使いの鞠事は、歩行目付《かちめつけ》の戸井市左衛門とて美男の若侍に嫁がせ、それより百日ほど過ぎて、北浦春日明神の磯より深夜城中に注進あり、不思議の骨格が汀に打ち寄せられています、肉は腐って洗い去られ骨組だけでございますが、上半身はほとんど人間に近く、下半身は魚に違《たが》わず、いかにも無気味のものゆえ、取り敢えず御急報申しあげますとの事、さっそく奉行をつかわし検分させたところが、その奇態の骨の肩先にまぎれもなく、中堂金内の誉《ほま》れの矢の根、八重の家にはその名の如く春が重ったという、この段、信ずる力の勝利を説く。

（武道伝来記、巻二の四、命とらるる人魚の海）

破　産

むかし美作《みまさか》の国に、蔵合《ぞうごう》という名の大長者があって、広い屋敷には立派な蔵が九つも立ち並び、蔵の中の金銀、夜な夜な呻き出して四隣の国々にも隠れなく、美作の国の人たちは自分の金でもないのに、蔵合のその大財産を自慢し、薄暗い居酒屋でわずかの濁《にごり》酒《ざけ》に酔っては、

蔵合さまには及びもないが、せめて成りたや万屋《よろずや》に、

という卑屈の唄をあわれなふしで口ずさんで淋しそうに笑い合うのである。この唄に出て来る万屋というのは、美作の国で蔵合につづく大金持、当主一代のうちに溜め込んだ金銀、何万両、何千貫とも見当つかず、しかも蔵合の如く堂々たる城郭を構える事なく、近隣の左官屋、炭屋、紙屋の家と少しも変らず軒の低い古ぼけた住居で、あるじは毎朝早く家の前の道路を掃除して馬糞や紐や板切れを拾い集めてむだには捨てず、世には何染《なにぞめ》、何縞《なにじま》がはやろうと着物は無地の手織木綿一つと定め、元日にも聟入《むこいり》の時に仕立

てた麻袴《あさばかま》を五十年このかた着用して礼廻りに歩き、夏にはふんどし一つの姿で浴衣《ゆかた》を大事そうに首に巻いて近所へもらい風呂に出かけ、初生《はつなり》の茄子《なす》一つは二文、二つは三文と近在の百姓が売りに来れば、初物《はつもの》食って七十五日の永生きと皆々三文出して二つ買うのを、あるじの分別はさすがに非凡で、二文を出して一つ買い、これを食べて七十五日の永生きを願って、あとの一文にて、茄子の出盛りを待ちもっと大きいのをたくさん買いましょうという抜け目のない算用、金銀は殖えるばかりで、まさに、それこそ「暗闇に鬼」の如き根強き身代、きらいなものは酒色の二つ、「下戸《げこ》ならぬこそ」とか「色好まざらむ男は」とか書き残した法師を憎む事しきりにて、おのれ、いま生きていたら、訴訟をしても、ただは置かぬ、と十三歳の息子の読みかけの徒然草《つれづれぐさ》を取り上げてばりばり破り、捨てずに紙の皺をのばして細長く切り、紙小縒《こより》を作って五十組の羽織紐を素早く器用に編んで引出しに仕舞い、これは一家の者以後十年間の普段の羽織紐、息子の名は吉太郎というが、かねてその色白くなよなよしたからだつきが気にくわず、十四歳の時、やわらかい鼻紙を懐《ふところ》に入れているのを見て、末の見込みなしと即座に勘当を言い渡し、播州には那波屋《なばや》殿という倹約の大長者がいるから、よそながらそれを見ならって性根をかえよ、と一滴の涙もなく憎々しく言い切って、播州の網干《あぼし》というところにいるその子の乳母の家に追い遣り、その後、あるじの妹の一子を家にいれて二十五、六まで手代同様にしてこき使い、ひそかにその働きぶりを見るに、その仕末のよろしき事、すりきれた草履《ぞうり》の藁は、畑のこやしになるとて手許《てもと》にたくわえ、ついでの人にたのんで田舎の親元へ送ってやるほどの珍らしい心掛けの若者であったから、大いに気にいり、これを養子にして家を渡し、さて、嫁はどんなのがいいかと聞かれて、その養子の答えるには、嫁をもらっても、私だとて木石ではなし、三十、四十になってからふっと浮気をするかも知れない、いや、人間その方面の事はわからぬものです、その時、女房が亭主に気弱く負けていたら、この道楽はやめがたい、私はそんな時の用心に、気違いみたいなやきもち焼きの女房をもらっておきたい、亭主が浮気をしたら出刃《でば》庖丁でも振りまわすくらいの悋気《りんき》の強い女房ならば、私の生涯も安全、この万屋の財産も万歳だろうと思います、という事だったので、あるじは膝を打ち眼を細くして喜び、早速四方に手をまわして、その父親が九十の祖母とすこし長話をしても、いやらし、やめよ、と顔色を変え眼を吊り上げ立ちはだかってわめき散らすという願ったり叶《かな》ったりの十六のへんな娘を見つけて、これを養子の嫁に迎え、自分ら夫婦は隠居して、家の金銀のこらず養子に心置きなくゆずり渡した。この養子、世に珍らしく仕末の生れつきながら、量り知られぬおびただしき金銀をにわかにわがものにして、さすがに上気し、四十はおろか三十にもならぬうちに、つき合いと称して少し茶屋酒をたしなみ、がらにもなく髪を撫でつけ、足袋《たび》、草履など吟味しはじめたので、女房たちまち顔色を変え眼を吊り上げ、向う三軒両隣りの家の障子が破れるほどの大声を挙げ、

「あれあれ、いやらし。男のくせに、そんなちぢれ髪に油なんか附けて、鏡を覗き込んで、きゅっと口をひきしめたり、にっこり笑ったり、いやいやをして見たり、馬鹿げたひとり芝居をして、いったいそれは何の稽古《けいこ》のつもりです、どだいあなたは正気ですか、わかっていますよ、あさましい。あたしの田舎の父は、男というものは野良《のら》姿のままで、手足の爪の先には泥をつめて、眼脂《めやに》も拭かず肥桶《こえおけ》をかついでお茶屋へ遊びに行くのが自慢だ、それが出来ない男は、みんな茶屋女の男めかけになりたくて行くやつだ、とおっしゃっていたわよ、そんなちぢれ髪を撫でつけて、あなたはそれで茶屋の婆芸者の男めかけにでもなる気なのでしょう、わかっていますよ、けちんぼのあなたの事ですから、なるべくお金を使わず、婆芸者にでも泣きついて男めかけにしてもらって、あわよくば向うからお小遣いをせしめてやろうという、いいえ、わかっていますよ、くやしかったら肥桶をかついでお出掛けなさい、出来ないでしょう、なんだいそんな裏だか表

だかわからないような顔をして、鏡をのぞき込んでにっこり笑ったりして、ああ、きたない、そんな事をするひまがあったら鼻毛でも剪《つ》んだらどう？　伸びていますよ、くやしかったら肥桶をかついで、」とうるさい事、うるさい事。かねて、こんな時にこそ焼きもちを焼いてもらうために望んでめとった女房ではあったが、さて、実際こんな工合いに騒がしく悋気を起されてみると、あまりいい気持のものでない。養父母の気にいられようと思って、悋気の強い女房こそ所望でございます、などと分別顔して言い出したばかりに、これは、とんでもない事になった、と今はひそかに後悔した。ぶん殴ってやろうかとも思うのだが、隠居座敷の老夫婦は、嫁の悋気がはじまるともう嬉しくてたまらないらしく、老夫婦とも母屋《おもや》まで這い出して来て、うふふと笑いながら、まあまあ、などといい加減な仲裁をして、そうして惚れ惚れと嫁の顔を眺める仕末なので、ぶん殴るわけにもいかず、さりとて、肥桶をかついで遊びに出掛けるのも馬鹿馬鹿しく思われ、腹いせに銭湯に出かけて、眼まいがするほど永く湯槽《ゆぶね》にひたって、よろめいて出て、世の中にお湯銭くらい安いものはない、今夜あそびに出掛けたら、どうしたって一両失う、お湯に酔うのも茶屋酒に酔うのも結局は同じ事さ、とわけのわからぬ負け惜しみの屁理《へり》窟《くつ》をつけて痩我慢《やせがまん》の胸をさすり、家へ帰って一合の晩酌を女房の顔を見ないようにしてうつむいて飲み、どうにも面白くないので、やけくそに大めしをくらって、ごろりと寝ころび、出入りの植木屋の太吉爺を呼んで、美作の国の七不思議を語らせ、それはもう五十ぺんも聞いているので、腕まくらしてきょろきょろと天井板を眺めて別の事を考え、不意に思いついたように小間使いを呼んで足をもませ、女房の顔を見ると、むらむらっとして来て、おい、茶を持って来い、とつっけんどんに言いつけ、女房に茶碗をささげ持たせたまま、自分はやはり寝ながら頭を少しもたげ、手も出さずにごくごく飲んで、熱い、とこごとを言い、八つ当りしても、大将が夜遊びさえしなければ家の中は丸くおさまり、隠居はくすくす笑いながら宵《よい》から楽寝、召使いの者たちも、将軍内にいらっしゃるとて緊張して、ちょっと叔母のところへと怪しい外出をする丁稚《でっち》もなく、裏の井戸端で誰を待つやらうろうろする女中もない。番頭は帳場で神妙を装い、やたらに大福帳をめくって意味もなく算盤《そろばん》をぱちぱちやって、はじめは出鱈目《でたらめ》でも、そのうちに少しの不審を見つけ、本気になって勘定をし直し、長松は傍に行儀よく坐ってあくびを嚙み殺しながら反古紙《ほごがみ》の皺をのばし、手習帳をつくって、どうにも眠くてかなわなくなれば、急ぎ読本を取出し、奥に聞えよがしの大声で、＊徳は孤ならず必ず隣あり、と読み上げ、下男の九助は、破れた菰《こも》をほどいて銭差《ぜにさし》を綯《な》えば、下女のお竹は、いまのうちに朝のおみおつけの実でも、と重い尻をよいしょとあげ、穴倉へはいって青菜を捜し、お針のお六は行燈《あんどん》の陰で脊中を丸くしてほどきものに余念がなさそうな振りをしていて、猫さえ油断なく眼を光らせ、台所にかたりと幽《かす》かな音がしても、にゃあと鳴き、いよいよ財産は殖えるばかりで、この家安泰無事長久の有様ではあったが、若大将ひとり怏々《おうおう》として楽しまず、女房の毎夜の寝物語は味噌漬がどうしたの塩鮭の骨がどうしたのと呆れるほど興覚めな事だけで、せっかくお金が唸《うな》るほどありながら悋気の女房をもらったばかりに眼まいするほど長湯して、そうして味噌漬の話や塩鮭の話を拝聴していなければならぬ、おのれ、いまに隠居が死んだら、とけしからぬ事を考え、うわべは何気なさそうに立ち働き、内心ひそかによろしき時機をねらっていた。やがて隠居夫婦も寄る年波、紙小縒《こより》の羽織紐がまだ六本引出しの中に残ってあると言い遺して老父まず往生すれば、老母はその引出しに羽織紐が四本しかないのを気に病み、これも程なく後を追い、もはやこの家に気兼ねの者はなく、名実共に若大将の天下、まず悋気の女房を連れて伊勢参宮、ついでに京大阪を廻り、都のしゃれた風俗を見せ、野暮《やぼ》な女房を持ったばかりに亭主は人殺しをして牢へはいるという筋の芝居を見せて、女房の悋気のつつしむべき所以《ゆえん》を無言の裡《うち》に教訓し、都のはやりの派手な着物や帯をどっさり買ってやったら女房は、女心のあさましく、国へ帰ってからも都の人に負けじと美しく装い茶の湯、活花《いけばな》など神妙らしく稽古して、寝物語に米味噌の事を言い出すのは野暮とたしなみ、肥桶をかついで茶屋遊びする人はないものだという事もわかり、殊にも悋気はあさましいものと深く恥じ、「あたしだって、悋気をいい事だとは思っていなかったのですけれど、お父さんやお母さんがお喜びになるので、ついあんな大声を挙げてわるかったわね。」と言葉までさばけた口調になって、「浮気は男の働きと言いますものねえ。」

「そうとも、そうとも。」男はここぞと強く相槌を打ち、「それについて、」ともっともらしい顔つきになり、「このごろ、どうも、養父養母が続いて死に、わしも、何だか心細くて、からだ工合いが変になった。俗に三十は男の厄年《やくどし》というからね、」そんな厄年はない。「ひとつ、上方《かみがた》へのぼって、ゆっくり気保養でもして来ようと思うよ。」とんでもない「それについて」である。

「あいあい、」と女房は春風駘蕩《しゅんぷうたいとう》たる面持で、「一年でも二年でも、ゆっくり御養生しておいでなさい。まだお若いのですものねえ。いまから分別顔して、けちくさく暮していたら、永生き出来ませんよ。男のかたは、五十くらいから、けちになるといいのですよ。三十のけちんぼうは、早すぎます。見っともないわ。そんなのは、芝居では悪役ですよ。若い時には思いきり派手に遊んだほうがいいの。あたしも遊ぶつもりよ。かまわないでしょう？」と過激な事まで口走る。

亭主はいよいよ浮かれて、

「いいとも、いいとも。わしたちが、いくら遊んだって、ぐらつく財産じゃない。蔵の金銀にも、すこし日のめを見せてやらなくちゃ可哀想だ。それでは、お言葉に甘えて一年ばかり、京大阪で気保養をして来ますからね。留守中は、せいぜい朝寝でもして、おいしいものを食べていなさい。上方のはやりの着物や帯を、どんどん送ってよこしますからね。」といやに優しい言葉遣いをして腹に一物《いちもつ》、あたふたと上方へのぼる。

留守中は女房、昼頃起きて近所のおかみたちを集めてわいわい騒ぎ、ごちそうを山ほど振舞っておかみたちの見え透いたお世辞に酔い、毎日着物を下着から全部取かえて着て、立ってくにゃりとからだを曲げて一座の称讃を浴びれば、番頭はどさくさまぎれに、おのれの妻子の宅にせっせと主人の金を持ち運び、長松は朝から晩まで台所をうろつき、戸棚に首を突込んでつまみ食い、九助は納屋《なや》にとじこもって濁酒を飲んで眼をどろんとさせて何やらお念仏に似た唄を口ずさみ、お竹は、鏡に向って両肌《もろはだ》を脱ぎ角力《すもう》取りが狐《きつね》*拳《けん》でもしているような恰好でやっさもっさおしろいをぬたくって、化物のようになり、われとわが顔にあいそをつかしてめそめそ泣き出し、お針のお六は、奥方の古着を自分の行李《こうり》につめ込んで、ぎょろりとあたりを見廻し、きせるを取り出して煙草《たばこ》を吸い、立膝になってぶっと鼻から強く二本の煙を噴出させ、懐手《ふところで》して裏口から出て、それっきり夜おそくまで帰らず、猫は鼠を取る事をたいぎがって、寝たまま炉傍に糞をたれ、家は蜘蛛の巣だらけ庭は草蓬々《ぼうぼう》、以前の秩序は見る影もなくこわされて、旦那はまた、上方においいて、はじめは田舎者らしくおっかなびっくり茶屋にあがって、けちくさい遊びをたのしんでいたが、お世辞を言うために生れて来た茶屋の者たちに取りまかれて、ほんに旦那のようなお客ばかりだと私たちの商売ほど楽なものはございません、男振りがようて若うて静かで優しくて思《おも》いやりがあって上品で、口数が少くて鷹揚《おうよう》で喧嘩が強そうでたのもしくてお召物が粋《いき》で、何でもよくお気がついて、はたらきがありそうで、その上、おほほほ、お金があってあっさりして、と残りくまなくほめられてさすがに思慮分別を失い、天下のお大尽《だいじん》とは私の事かも知れないと思い込み、次第に大胆になって豪遊を試み、金というものは使うためにあるものだ、使ってしまえ、と観念して、ばらりばらりと金を投げ捨て、さらにまた国元から莫大の金銀を取寄せ、こうなると遊びは気保養にも何もならず、都の粋客に負けたくないという苦しい意地だけになって、眼つきは変り、顔も青く痩せて、いたたまらぬ思いで、ただ金を使い、一年経たぬうちに、底知れぬ財力も枯渇して、国元からの使いが、もはやこれだけと旦那の耳元に囁けば、旦那は愕然《がくぜん》として、まだ百分の一も使わぬはずだが、ああ、小判には羽が生えているのか、なくなる時には早いものだ、ようし、これからが、わしの働きの見せどころだ、養父からゆずられた財産で威張っているなんて卑怯な事だ、男はやっぱり裸一貫からたたき上げなければいけないものだ、なくなってかえって気がせいせいしたわい、などと負け惜しみを言って、空虚な笑声を発し、さあ今晩は飲みおさめと異様にはしゃいで見せたが、廓《くるわ》の者たちは不人情、しんとなって、そのうちに一人立ち二人立ち、座敷の蠟燭《ろうそく》を消して行く者もあり、あたりが急に暗くなって心細くなり、酒だ酒だ、と叫んで手をたたいても誰も来ず、やがて婆が廊下に立ったままで、きょうはお役人のお見廻りの日ですからお静かに、と他人にものを言うようなあらたまった口調で言い、旦那は呆れて、さすがは都だ、薄情すぎて、むしろ小気味がいい、見事だ、と婆をほめて立ち上り、もとよりこの男もただものでない、あの万屋のけちな大旦那に見込まれたほどの男である、なあに、金なんてものは、その気にさえなれあ、いくらでも、もうけられるものだ、これから国元へ帰って身を粉にして働き以前にまさる大財産をこしらえ、再び都へ来て、きょうの不人情のあだを打って見せる、婆、その時まで死なずに待って居れ、と心の内で棄台詞《すてぜりふ》を残して、足音荒く馴染《なじみ》の茶屋から引上げた。

男は国へ帰ってまず番頭を呼び、お金がもうこの家にないというけれども、それは間違い、必ずそのような軽はずみの事を言ってはならぬ、暗闇に鬼と言われた万屋の財産が、一年か二年でぐらつく事はない、お前は何も知らぬ、きょうから、わしが帳場に坐る、まあ、見ているがよい、と言って、ただちに店のつくりを改造して両替屋を営み、何もかも自分ひとりで夜も眠らず奔走すれば、さすがに万屋の信用は世間に重く、いまは一文無しとも知らず安心してここに金銀をあずける者が多く、あずかった金銀は右から左へ流用して、四方八方に手をまわし、内証を見すかされる事なく次第に大きい取引きをはじめて、三年後には、表むきだけではあるがとにかく、むかしの万屋の身代と変らぬくらいの勢いを取りもどし、来年こそは上方へのぼって、あの不人情の廓の者たちを思うさま恥ずかしめて無念をはらしてやりたいといさみ立って、その年の暮、取引きの支払いを首尾よく全部すませて、あとには一文の金も残らぬが、ここがかしこい商人の腕さ、商人は表向きの信用が第一、右から左と埒《らち》をあけて、内蔵はからっぽでも、この年の瀬さえしっぽを出さずに、やりくりをすませば、また来年から金銀のあずけ入れが呼ばなくってもさきを争って殺到します、長者とはこんなやりくりの上手な男の事です、と女房と番頭を前にして得意満面で言って、正月の飾り物を一つ三文で売りに来れば、そんな安い飾り物は小店に売りに行くものだよ、家を間違ったか、と大笑いして追い帰して、三文はおろか、わが家には現金一文もないのをいまさらの如く思い知って内心ぞっとして、早く除夜の鐘が、と待つ間ほどなく、ごうん、と除夜の鐘、万金の重みで鳴り響き、思わずにっこりえびす顔になり、さあ、これでよし、女房、来年はまた上方へ連れて行くぞ、この二、三年、お前にも肩身の狭い思いをさせたが、どうだい、男の働きを見たか、惚れ直せ、下戸の建てたる蔵はないと唄にもあるが、ま、心祝いに一ぱいやろうか、と除夜の鐘を聞きながら、ほっとして女房に酒の支度を言いつけた時、

「ごめん。」と門に人の声。

眼のするどい痩せこけた浪人が、ずかずかはいって来て、あるじに向い、

「さいぜん、そなたの店から受け取ったお金の中に一粒、贋の銀貨がまじっていた。取かえていただきたい。」と小粒銀一つ投げ出す。

「は。」と言って立ち上ったが、銀一粒どころか、一文だってない。「それはどうも相すみませんでしたが、もう店をしまいましたから、来年にしていただけませんか。」と

明るく微笑んで何気なさそうに言う。

「いや、待つ事は出来ぬ。まだ除夜の鐘のさいちゅうだ。拙者も、この金でことしの支払いをしなければならぬ。借金取りが表に待っている。」

「困りましたなあ。もう店をしまって、お金はみな蔵の中に。」

「ふざけるな！」と浪人は大声を挙げて、「百両千両のかねではない。たかが銀一粒だ。これほどの家で、手許《てもと》に銀一粒の替《かえ》がないなど冗談を言ってはいけない。おや、その顔つきは、どうした。ないのか。本当にないのか。何もないのか。」と近隣に響きわたるほどの高声でわめけば、店の表に待っている借金取りは、はてな？といぶかり、両隣りの左官屋、炭屋も、耳をすまし、悪事千里、たちまち人々の囁きは四方にひろがり、人の運不運は知れぬもの、除夜の鐘を聞きながら身代あらわれ、せっかくの三年の苦心も水の泡、さすがの智者も矢弾《やだま》つづかず、わずか銀一粒で大長者の万屋ぐゎらりと破産。

(日本永代蔵、巻五の五、三匁五分曙《あけぼの》のかね)

裸川

鎌倉山の秋の夕ぐれをいそぎ、青砥左衛門尉藤綱《あおとさえもんのじょうふじつな》、駒をあゆませて滑川《なめりがわ》を渡り、川の真中において、いささか用の事ありて腰の火打袋を取出し、袋の口をあけた途端に袋の中の銭十文ばかり、ちゃぼりと川浪にこぼれ落ちた。青砥、はっと顔色を変え、駒をとどめて猫脊になり、川底までも射透さんと稲妻の如く眼を光らせて川の面を凝視したが、潺湲《せんかん》たる清流は夕陽を受けて照りかがやき、瞬時も休むことなく動き騒ぎ躍り、とても川底まで見透す事は出来なかった。青砥左衛門尉藤綱は、馬上において身悶えした。川を渡る時には、いかなる用があろうとも火打袋の口をあけてはならぬと子々孫々に伝えて家憲にしようと思った。どうにも諦め切れぬのである。いったい、何文落したのだろう。けさ家を出る時に、いつものとおり小銭四十文、二度くりかえして数えてたしかめ、この火打袋に入れて、それから役所で三文使った。それゆえ、いまこの火打袋には三十七文残っていなければならぬはずだが、こぼれ落ちたのは十文くらいであろうか。

とにかく、火打袋の中の残金を調べてみるとわかるのだが、川の真中で銭の勘定は禁物である。向う岸に渡ってから、調べてみる事にしよう。青砥は惨めにしょげかえり、深い溜息をつき、うなだれて駒をすすめた。岸に着いて馬より降り、河原の上に大あぐらをかき、火打袋の口を明けて、ざらざらと残金を膝の間にぶちまけ、脊中を丸くして、ひいふうみい、と小声で言って数えはじめた。二十六文残っていた。うむ、さすれば川へ落したのは、十一文にきわまった、惜しい、いかにも、惜しい、十一文といえども国土の重宝、もしもこのまま捨て置かば、かの十一文はいたずらに川底に朽ちるばかりだ、もったいなし、おそるべし、とてもこのままここを立ち去るわけにはいかぬいかぬ、たとえ地を裂き、地軸を破り、竜宮《りゅうぐう》までも是非にたずねて取返さん、とひどい決意を固めてしまった。

けれども青砥は、決して卑しい守銭奴ではない。質素倹約、清廉潔白の官吏である。一汁一菜、しかも、日に三度などは食べない。一日に一度たべるだけである。それでもからだは丈夫である。衣服は着たきりの一枚。着物のよごれが見えぬように、濃茶の色に染めさせている。真黒い着物は、かえって、よごれが目立つものだそうである。濃茶の色の、何だかひどく厚ぼったい布地の着物だ。一生その着物いちまいで過した。刀の鞘《さや》には漆《うるし》を塗らぬ。墨をまだらに塗ってある。主人の北条時頼*も、見るに見かねて、「おい、青砥。少し給料をましてやろうか。お前の給料をもっとよくするようにと夢のお告げがありました。」と言ったら、青砥はふくれて、

「夢のお告げなんて、あてになるものじゃありません。そのうちに、藤綱の首を斬れというお告げがあったら、あなたはどうします。きっと私を斬る気でしょう。」と妙な理窟を言って、加俸を断った。慾のない人である。給料があまったら、それを近所の貧乏な人たちに全部わけてやってしまう。だから近所の貧乏人たちは、なまけてばかりいて、鯛の塩焼などを食べているくらいであった。決して吝嗇な人ではないのである。国のために質素倹約を率先躬行していたわけなのである。主人の時頼というひともまた、その母の松下禅尼《まつしたぜんに》*から障子の切り張りを教えられて育っただけの事はあって、酒のさかなは味噌ときめているほど、なかなか、しまつのいいひとであったから、この主従二人は気が合った。そもそもこの青砥左衛門尉藤綱を抜擢《ばってき》して引付衆《ひきつけしゅう》にしてやったのは、時頼である。青砥が浪々の身で、牛を呶鳴《どな》り、その逸事が時頼の耳にはいり、それは面白い男だという事になって引付衆にぬきんでられたのである。すなわち、川の中で小便をしている牛を見て青砥は怒り、

「さてさて、たわけた牛ではある。川に小便をするとは、もったいない。むだである。畑にしたなら、よい肥料になるものを。」と地団駄踏《じだんだ》んで叫喚したという。

真面目な人なのである。銭十一文を川に落して竜宮までもと力むのも、無理のない事である。残りの二十六文を火打袋におさめて袋の口の紐を固く結び、立ち上って、里人をまねき、懐中より別の財布を取出し、三両出しかけて一両ひっこめ、少し考えて、うむと首肯《うなず》き、またその一両を出して、やっぱり三両を里人に手渡し、この金で、早く人足十人ばかりをかり集めて来るように言いつけ、自分は河原に馬をつなぎ、悠然と威儀をとりつくろって大きな岩に腰をおろした。すでに薄暮である。明日にのばしたらどういうものか。けれども、それは出来ない事だ。捜査を明日にのばしたならば、今夜のうちにもあの十一文は川の水に押し流され、所在不分明となって国土の重宝を永遠に失うというおそろしい結果になるやも知れぬ。銭十一文のちりぢりにならぬうち、一刻も早く拾い集めなければならぬ。夜を徹したってかまわぬ。暗い河原にひとり坐って、青砥は身じろぎもしなかった。

やがて集って来た人足どもに青砥は下知《げち》して、まず河原に火を焚かせ、それから人足ひとりひとりに松明《たいまつ》を持たせ冷たい水にはいらせて銭十一文の捜査をはじめさせた。松明の光に映えて秋の流れは夜の錦と見え、人の足手は、しがらみとなって瀬々を立ち切るという壮観であった。それ、そこだ、いや、もっと右、いや、いや、もっと左、つっこめ、などと声をからして青砥は下知するものの、暗さは暗し、落した場所もどこであったか青砥自身にさえ心細い有様で、たとえ地を裂き、地軸を破り、竜宮までもと青砥ひとりは足ずりしてあせっていても、人足たちの指先には一文の銭も当らず、川風寒く皮膚を刺して、人足すべて凍え死なんばかりに苦しみ、ようようあちこちから不平の呟《つぶや》き声が起って来た。何の因果で、このような難儀に遭うか、と水底をさぐりながら、めそめそ泣き出す人足まで出て来たのである。

この時、人足の中に浅田小五郎という三十四、五歳のばくち打《うち》がいた。人間、三十四、五の頃は最も自惚《うぬぼ》れの強いものだそうであるが、それでなくともこの浅田は、氏育ち少しくまされるを鼻にかけ、いまは落ちぶれて人足仲間にはいっていても、傲岸不遜にして長上をあなどり、仕事をなまけ、いささかの奇智を弄して悪銭を得ては、若年の者どもに酒をふるまい、兄貴は気前がよいと言われて、そうでもないが、と答えてまんざらでもないような大馬鹿者のひとりであった。かれはこの時、人足たちと共に片手に松明を持ち片手で川底をさぐっているような恰好だけはしていたが、もとより本気に捜すつもりはない。いい加減につき合って手間賃の分配にあずかろうとしていただけであったのだが、青砥は岸に焚火《たきび》して赤鬼の如く顔をほてらし、眼をむいて人足どもを監視し、それ左、それ右、とわめき散らすので、どうにも、うるさくてかなわない。ちぇ、けちな野郎だ、十一文がそんなに惜しいかよ、血相かえて騒いでいやがる、貧乏役人は、これだからいやだ、銭がそんなに欲しかったら、こっちからくれてやらあ、なんだい、たかが十文か十一文、とむらむら、れいの気前のよいところを見せびらかしたくなって来て、自分の腹掛けから三文ばかりつかみ出し、

「あった!」と叫んだ。

「なに、あった? 銭はあったか。」岸では青砥が浅田の叫びを聞いて狂喜し、「銭はあったか。たしかに、あったか。」と脊伸びしてくどく尋ねた。

浅田は、ばかばかしい思いで、

「へえ、ございました。三文ございました。おとどけ致します。」と言って岸に向って歩きかけたら、青砥は声をはげまし、

「動くな、動くな。その場を捜せ。たしかにそこだ。私はその場に落したのだ。いま思い出した。たしかにそこだ。さらに八文あるはずだ。落したものは、落した場所にあ

るにきまっている。それ！　皆の者、銭は三文見つかったぞ。さらに精出して、そこな下郎の周囲を捜せ。」とたいへんな騒ぎ方である。

人足たちはぞろぞろと浅田の身のまわりに集り、

「兄貴はやっぱり勘がいいな。何か、秘伝でもあるのかね。教えてくれよ。おれはもう凍えて死にそうだ。どうしたら、そんなにうまく捜し出せるのか。」と口々に尋ねた。

浅田はもっともらしい顔をして、

「なあに、秘伝というほどの事でもないが、問題は足の指だよ。」

「足の指？」

「そうさ。おまえたちは、手でさぐるからいけない。おれのように、ほうら、こんな工合に足の指先でさぐると見つかる。」と言いながら妙な腰つきで川底の砂利を踏みにじり、皆がその足元を見つめているすきを狙ってまたも自分の腹掛けから二文ばかり取り出して、

「おや？」と呟き、その銭を握った片手を水中に入れて、

「あった！」と叫んだ。

「なに、あったか。」と打てば響く青砥の蛮声。「銭は、あったか。」

「へえ、ございました。二文ばかり。」と浅田は片手を高く挙げて答えた。

「動くな。動くな。その場を捜せ。それ！　皆の者、そこな下郎は殊勝であるぞ。負けず劣らず、はげめ、つっこめ。」と体を震わせて更にはげしく下知するのである。

人足たちは皆一様に、妙な腰つきをして、川底の砂利を踏みにじった。しゃがまなくてもいいのだから、ひどくからだが楽である。皆は大喜びで松明片手に舞いをはじめた。岸の青砥は、げせぬ顔をして、ふざけてはいかぬと叱ったが、そのような恰好をすれば銭が見つかるという返事だったので、浮かぬ気持で、その舞いを眺めているより他はなかった。やがて浅田は、さらに三文、一文と皆の眼をごまかして、腹掛けから取り出しては、

「あった。」

「やあ、あった！」

と真顔で叫んで、とうとう十一文、自分ひとりで拾い集めた振りをした。

岸の青砥は喜ぶ事かぎりなく、浅田から受け取った十一文を三度も勘定し直して、うむ、たしかに十一文、と深く首肯き、火打袋にちゃりんとおさめて、にやりと笑い、

「さて、浅田とやら、このたびの働きは、見事であったのう。そちのお蔭で国土の重

宝はよみがえった。さらに一両の褒美をとらせる。川に落ちた銭は、いたずらに朽ちるばかりであるが、人の手から手へ渡った金は、いつまでも生きて世にとどまりて人のまわり持ち。」としんみり言って、一両の褒美をつかわし、ひらりと馬に乗り、戞々《かつかつ》と立ち去ったが、人足たちは後を見送り、馬鹿な人だと言った。智慧の浅瀬を渡る下々の心には、青砥の深慮が解しかね、一文惜しみの百知らず、と笑いののしったとは、いつの世も小人はあさましく、救い難いものである。

とにかくに、手間賃の三両、思いがけないもうけなれば、今宵は一つこれから酒でも飲んで陽気に騒ごうではないかと、下人の意地汚なさ、青砥が倹約のいましめも忘れて、いさみ立ち、浅田はれいの気前のよいところを見せて褒美の一両をあっさりと皆に寄附したので一同いよいよのぼせ上り、生れてはじめての贅沢な大宴会をひらいた。浅田は何といっても一座の花形である。兄貴のおかげで今宵の極楽、と言われて浅田、よせばよいのに、

「さればさ、あの青砥はとんだ間抜けだ。おれの腹掛けから取り出した銭とも知らないで。」と口をまげてせせら笑った。一座あっと驚き、膝を打ち、さすがは兄貴の発明おそれいった、世が世ならお前は青砥の上にも立つべき器量人だ、とあさはかなお世辞

を言い、酒宴は一そう派手に物狂わしくなって行くばかりであったが、真面目な人はどこにでもいる。突如、宴席の片隅から、浅田の馬鹿野郎！　という怒号が起った。小さい男が顔を蒼くして浅田をにらみ、

「さいぜん汝の青砥をだました自慢話を聞き、胸くそが悪くなり、酒を飲む気もしなくなった。浅田、お前はひどい男だ。つねから、お前の悧巧ぶった馬面《うまづら》が癪《しゃく》にさわっていたのだが、これほど、ふざけた奴とは知らなかった。程度があるぞ、馬鹿野郎。青砥のせっかくの高潔な志も、お前の無智な小細工で、泥棒に追銭みたいなばからしい事になってしまった。人をたぶらかすのは、泥棒よりもなお悪い事だ。恥かしくないか。天命のほどもおそろしい。世の中を、そんなになめると、いまにとんでもない事になるにきまっているのだ。おれはもう、お前たちとの附合いはごめんこうむる。きょうよりのちは赤の他人と思っていただきたい。おれは、これから親孝行をするんだ。笑っちゃいけねえ。おれは、こんな世の中のあさましい実相を見ると、なぜだか、ふっと親孝行をしたくなって来るのだ。これまでも、ちょいちょいそんな事はあったが、もうもう、きょうというきょうは、あいそが尽きた。さっぱりと足を洗って、親孝行をするんだ。人間は、親に孝行しなければ、犬畜生と同じわけのものになるんだ。笑っちゃいけねえ。

父上、母上、きょうまでの不孝の罪はゆるして下さい。」などと、議論は意外のところまで発展して、そうしてその小男は声を放って泣いて、泣きながら家へ帰り、翌《あく》る朝は未明に起き柴刈り縄ない草鞋《わらじ》を作り両親の手助けをして、あっぱれ孝子の誉《ほま》れを得て、時頼公に召出され、めでたく家運隆昌に向ったという、これは後の話。

さて、浅田の狡智にだまされた青砥左衛門尉藤綱は、その夜たいへんの御機嫌《ごきげん》で帰宅し、女房子供を一室に集めて、きょうこの父が滑川を渡りし時、火打袋をあけた途端に銭十一文を川に落し、国土の重宝永遠に川底に朽ちなん事の口惜しさに、人足どもを集めて手間賃三両を与え、地獄の底までも捜せよと下知したところが、ひとりの発明らしき顔をした人足が、足の指先を以て川底をさぐり、たちまち銭十一文のこらず捜し出し、この者には特に一両の褒美をとらせた、たった十一文の銭を捜すために四両の金を使ったこの父の心底がわかるか、と莞爾《かんじ》と笑い一座を見渡した。一座の者はもじもじして、ただあいまいに首肯した。

「わかるであろう。」と青砥は得意満面、「川底に朽ちたる銭は国のまる損。人の手に渡りし金は、世のまわり持ち。」とさっき河原で人足どもに言い聞かせた教訓を、再びいい気持で繰り返して説いた。

「お父さま、」と悧発《りはつ》そうな八つの娘が、眼をぱちくりさせて尋ねた。「落したお金が十一文だという事がどうしてわかりました。」

「おお、その事か。お律は、ませた子だの。よい事をたずねる。父は毎朝小銭を四十文ずつ火打袋にいれてお役所に行くのです。きょうはお役所で三文使い、火打袋には三十七文残っていなければならぬはずのところ、二十六文しか残っていませんでしたから、それ、落したのは、いくらになるであろうか。」

「でも、お父さまは、けさ、お役所へいらっしゃる途中、お寺の前であたしと逢い、非人に施せといって二文あたしに下さいました。」

「うん、そうであった。忘れていた。」

青砥は愕然とした。落した銭は九文でなければならぬはずであった。九文落して、十一文川底から出て来るとは、奇怪である。青砥だって馬鹿ではない。ひょっとしたら、これはあの浅田とやらいうのっぺりした顔の人足が、何かたくらんだのかも知れぬ、と感附いた。考えてみると、手でさぐるよりも足でさぐったほうが早く見つかるなどというのもふざけた話だ。とにかく明朝、あの浅田とやらいう人足を役所に呼び出し、きびしく糺明してやろうと、頗《すこぶ》る面白くない気持でその夜は寝た。

詐術はかならず露顕するもののようである。さすがの浅田も九文落したのに十一文拾った事について、どうにも弁明の仕様がなかった。青砥は烈火の如く怒り、お上をいつわる不届者め、八つ裂きにも致したいところなれども、川に落した九文の銭の行末も気がかりゆえ、まずあれをお前ひとりで十年でも二十年でも一生かかって捜し出せ、ふたたびあさはかな猿智慧を用い、腹掛けなどから銭を取出す事のないように、丸裸になって捜し出せ、銭九文のこらず捜し出すまでは雨の日も風の日も一日も休む事なく河原におもむき、下役人の監視のもとに川床を残りくまなく掘り返せ、と万雷一時に落ちるが如き大声で言い渡した。真面目な人が怒ると、こわいものである。

その日から浅田は、下役人の厳重な監視のもとに丸裸となって川を捜した。十日目に一文、二十日経《た》って一文、川の柳の葉は一枚残らず散り落ち、川の水は枯れて蕭々《しょうしょう》たる冬の河原となり、浅田は黙々として鍬《くわ》をふるって砂利を掘り起し、出て来るものは銭にはあらで、割れ鍋、古釘、欠け茶碗、それら廃品がむなしく河原に山と積まれ、心得顔した婆がよちよち河原へ降りて来て、わしはいつぞやこの辺に、かんざしを一つ落したが、それはまだ出て来ませんか、と監視の下役人に尋ね、いつごろ落したのだと聞かれて、はっきりしませんが、わしがお嫁入りして間もなくの事だったから、六、七十年にもなりましょうか、と言って役人に叱られ、滑川もいつしか人に裸川と呼ばれて鎌倉名物の一つに数え上げられるようになった頃、すなわち九十七日目に、川筋三百間、鍬打ち込まぬ方寸の土もなくものの見事に掘り返し、やっと銭九文を拾い集めて青砥と再び対面した。

「下郎、思い知ったか。」

と言われて浅田は、おそるるところなく、こうべを挙げて、

「せんだって、あなたに差し上げた銭十一文は、私の腹掛けから取り出したものでございますから、あれは私に返して下さい。」と言ったとやら、ひかれ者の小唄とはこれであろうかと、のちのち人の笑い話の種になった。

（武家義理物語、巻一の一、我が物ゆゑに裸川）

義理

義理のために死を致す事、これ弓馬の家のならい、むかし摂州伊丹《いたみ》に神崎式部という筋目正しき武士がいた。伊丹の城主、*荒木村重《あらきむらしげ》につかえて横目役《よこめやく》を勤め、年久しく主家を泰山の安きに置いた。主家の御次男、村丸という若殿、御総領の重丸のよろず大人びて気立やさしきに似ず、まことに手にあまる腕白者にて、神崎はじめ重臣一同の苦労の種であったが、城主荒木は、優雅な御総領よりも、かえってこの乱暴者の御次男を贔屓《ひいき》してその我儘《わがまま》を笑ってお許しになるので、いよいよ増長し、ついに或る時、蝦夷《えぞ》とはどのような国か、その風景をひとめ見たい、と途方もない事を言い出し、家来たちがなだめると尚更、図に乗って駄々をこね、蝦夷を見ぬうちはめしを食わぬと言ってお膳を蹴飛ばす仕末であった。かねて村丸贔屓の城主荒木は、このたびもまた笑って、よろしい、蝦夷一覧もよかろう、行っておいで、若い頃の長旅は一生の薬、と言って事もなげにその我儘の願いを聞き容れてやった。御供は神崎式部はじめ、家中粒選《かちゅうつぶよ》りの武士三十人。

そのお供の人数の中に、二人の少年が、御次男のお話相手として差加えられていた。一人は神崎勝太郎とて十五歳、式部の秘蔵のひとり息子で容貌華麗、立居振舞い神妙の天晴《あっぱ》れ父の名を恥かしめぬ秀才の若武者、いまひとりは式部の同役森岡丹後の三人の男の子の中の末子丹三郎とて十六歳、勝太郎に較べて何から何まで見劣りして色は白いが眼尻《めじり》は垂れ下り、唇厚く真赤で猪八戒《ちょはっかい》に似ているくせになかなかのおしゃれで、額の面皰《にきび》を気にして毎朝ひそかに軽石でこすり、それがために額は紫色に異様にてかてか光っている。でっぷりと太って大きく、一挙手一投足のろくさく、武芸はきらい、色情はさかん、いぎたなく横坐りに坐って、何を思い出しているのか時々、にやりと笑ったりして、いやらしいったらない子であった。けれどもこの子は、どういうものか若殿村丸のお気にいりで、蛸《たこ》よ蛸よと呼ばれて、いつもお傍ちかく侍《はべ》って若殿にけしからぬ事を御指南申したりして、若殿と共にげらげら下品に笑い合っているのである。もとより式部はこの丹三郎を好かなかった。このたびの蝦夷見物のお供にもこの子を加えたくなかったのだが、自分の一子勝太郎が城主の言いつけでお供の一人に差加えられているし、同役の森岡丹後の子を無下にしりぞける事は出来なかった。同役への義理である。森岡丹後も親の慾目から末子の丹三郎をそれほど劣った子とは思っていないらしく、

「神崎どの、このたびは運悪く私が留守番にまわりましたが、私のかわりに末子の丹三郎が仕合せとお供の端に加えられましたから、まあ、あれの土産話でも、たのしみにして待っている事に致しましょう。それにつけてもあれも初旅、なりばかり大きくてもまだほんの子供ゆえ、諸事よろしくたのみますぞ。」と親の真情、ぴたりと畳に両手をついてお辞儀をしたのだ。いや、あの子はどうも、とは言われない。その上、若殿から蛸もぜひとの内命があったのだから、どうしても蛸をお供の人数に差加えないわけにはゆかぬ。しぶしぶ丹三郎を連れて国元を出発したが、京を過ぎて東路《あずまじ》をくだり、草津《くさつ》の宿に着いた頃には、そろそろ丹三郎、皆の足手まといになっていた。だいいち、ひどく朝寝坊だ。若殿と二人で夜おそくまで、宿の女中にたわむれて賭事《かけごと》やら狐拳《きつねけん》やら双六《すごろく》やら、いやらしく忍び笑いして打興じて、式部はさすがに見るに見兼ね、

「あすは早朝の出発ゆえ、もはや、おやすみなさるよう。」と思い切って隣室から強く言っても、若殿は平気で、

「遊山の旅だ。かまわぬ。のう、蛸め。」

「はあ。」と蛸は答えて、にやにや笑っている。そうして、翌朝、蛸は若殿よりもおそく起きる。この丹三郎ひとりの朝寝坊のために、一行の宿からの出発が、いつもおくれ

る。若殿は、のんきに、

「捨て置け。あとから追いつく。」と言い、蛸ひとりを宿に置いてさっさと発足しようとなさるが、神崎式部は丹三郎の親の丹後から、あの子をよろしくと、一言たのまれているのだ。捨て置いて発足するわけには行かぬ。わが子の勝太郎に言いつけて、丹三郎を起させる。勝太郎は丹三郎よりも一つ年下である。それゆえすこし遠慮の言葉使いで丹三郎を起す。

「もし、もし。御出発でございます。」

「へえ？　ばかに早いな。」

「若殿も、とうにお仕度がお出来になりました。」

「若殿は、あれから、ぐっすりお休みになられたらしいからな。おれは、あれから、いろいろな事を考えて、なかなか眠られなかった。それに、お前の親爺のいびきがうるさくてな。」

「おそれいります。」

「忠義もつらいよ。おれだって、毎夜、若殿の遊び相手をやらされて、へとへとなんだよ。」

「お察し申して居ります。」

「うん、まったくやり切れないんだ。たまには、お前が代ってくれてもよさそうなものだ。」

「は、お相手を申したく心掛けて居りますが、私は狐拳など出来ませんので。」

「お前たちは野暮《やぼ》だからな。固いばかりが忠義じゃない。狐拳くらい覚えておけよ。」

「はあ、」と気弱く笑って、「それにしても、もう皆様が御出発でございますから。」

「何が、それにしても、だ。お前たちは、おれを馬鹿にしているんだ。ゆうべも、その事を考えて、くやしくて眠れなかったんだ。おれも親爺と一緒に来ればよかった。親から離れて旅に出ると、どんなに皆に気がねをしなけりゃならぬものか、お前にはわかるまい。おれは国元を出発してこのかた、肩身のせまい思いばかりしている。人間って薄情なものだ。親の眼のとどかないところでは、どんなにでもその子を邪険に扱うんだからな。いや、お前たちの事を言っているんじゃない。お前たち親子は立派なものさ。立派すぎて、おつりが来らあ。このたびの蝦夷見物がすんだなら、おれはお前たち親子の事を逐一、国元の殿様と親爺にお知らせするつもりだ。おれには、なんでもわかっているんだ。お前の親爺は、ずいぶんお前を可愛がっているらしいじゃないか。隠さなくたっていい。ゆうべこの宿に着いた時、お前の親爺は、これ勝太郎、足の豆には焼酎《しょうちゅう》でも吹いておけ、と言ったのをおれは聞いたぞ。おれには、あんな事は言わない。皆の見ている前では、いやにおれに親切にしてみせるが、ヘン、おれにはちゃんとわかっているんだ。実の親子の情は、さすがに争われないものだ。焼酎でも吹いておけ、か。あとでその残りの焼酎を、親子二人で仲良く飲み合ったろう、どうだ。おれには一滴も酒を飲ませないばかりか、狐拳さえやめさせようとしやがるんだから面白くないよ。ゆうべは、つくづく考えた。ごめんこうむっておれはもう少し寝るよ。」

襖越しに神崎式部はこれを聞いていた。よっぽどこのまま捨てておいて発足しようかと思った。本当に、うっちゃって行ったほうがよかったのだ。そうすれば、のちのさまざまの不幸が起らずにすんだのかも知れない。けれども、式部は義理を重んずる武士であった。諸事よろしくたのむ、とぴたりと畳に両手をついて頼んだ丹後の声が、姿が、忘れられぬ。式部はその日も黙って、丹三郎の起床を待った。

丹三郎の不仕鱈《ふしだら》には限りがなかった。草津、水口《みなくち》、土山《つちやま》を過ぎ、鈴鹿峠《すずかとうげ》にさしかかった時には、もう歩けぬとわめき出した。もとから乗馬は不得手で、さりとてその自分の不得手を人に看破されるのも口惜しく無理して馬に乗ってはみたが、どうにもお尻が痛くてたまらなくなって、やっぱり旅は徒歩に限る、どうせ気散じの遊山旅だ、馬上の旅は固苦しい、野暮である、と言って自分だけでは体裁が悪いので勝太郎にも徒歩をすすめて馬を捨てさせ、共に若殿の駕籠の左右に附添ってここまで歩いて来たのだが、峠にさしかかって急に、こんどは徒歩も野暮だと言いはじめた。

「こうして、てくてく歩いているのも気のきかない話じゃないか。」蛸は駕籠に乗って峠を越したかったのである。

「やっぱり、馬のほうがいいでしょうか。」勝太郎には、どっちだってかまわない。

「なに、馬?」馬は閉口だ。とんでもない。「馬も悪くはないが、しかし、まあ一長一短というところだろうな。」あいまいに誤魔化《ごまか》した。

「本当に、」と勝太郎は素直に首肯《うなず》いて、「人間も鳥のように空を飛ぶ事が出来たらいいと思う事がありますね。」

「馬鹿な事を言っている。」丹三郎はせせら笑い、「空を飛ぶ必要はないが、」駕籠に乗りたいのだ。けれどもそれをあからさまに言う事はさすがに少しはばかられた。「空を飛ぶ必要はないが、」とまた繰返して言い、「眠りながら歩く、という事は出来ないものかね。」と遠廻しに謎をかけた。

「それは、むずかしいでしょうね。」勝太郎には、丹三郎の底意がわからぬ。無邪気に答える。「馬の上なら、眠りながら歩くという事も出来ますけれど。」

「うん、あれは、」あれは、あぶない。蛸には、馬上で眠るなんて芸当は出来ない。眠ったら最後、落馬だ。「あれは、また、野暮なものだ。眼が覚めて、ここはどこか、と聞いても、馬は答えてくれないからね。」駕籠だと、駕籠かきが、へえ、もうそろそろ桑名です、と答えてくれる。ああ、駕籠に乗りたい。

「うまい事をおっしゃる。」勝太郎には、蛸の謎が通じない。ただ無心に笑っている。

丹三郎はいまいましげに勝太郎を横目で睨んで、

「お前もまた、野暮な男だ。思いやりというものがない。」とあらたまった口調で言った。

「はあ？」と勝太郎はきょとんとしている。

「見ればわかるじゃないか。おれはもう、歩けなくなっているのだ。おれはこんなに太っているから股ずれが出来て、人に知られぬ苦労をして歩いているのだ。見れば、わかりそうなものだ。」と言って急に顔を苦しげにしかめ片足をひきずって歩きはじめた。

「肩を貸してやれ。」とお駕籠の後に扈従《こじゅう》していた神崎式部は、その時、苦笑して勝太郎に言いつけた。

「はい。」と言って勝太郎は、丹三郎の傍に走り寄り、蛸の右手を執ったら、蛸は怒って、

「ごめんこうむる。こう見えても森岡丹後の子だ。お前のような年少の者の肩にしなだれかかって峠を越えたという風聞がもし国元に達したならば、父や兄たちの面目が丸つぶれじゃないか。お前たち親子はぐるになって、森岡の一家を嘲弄する気なのであろう。」とやけくそみたいに、わめき立てた。神崎親子は、顔色を変えた。

「式部、」と駕籠の中から若殿が呼んで、「蛸にも駕籠をやれ。」と察しのいいところを見せた。

「は、ただいま。」と式部は平伏する。蛸は得意だ。

それから、関、亀山、四日市《よっかいち》、桑名、宮、岡崎、赤坂、御油《ごゆ》、吉田、蛸は大威張りで駕籠にゆられて居眠りしながら旅をつづけた。宿に着けば相変らず夜ふかしと朝寝である。この丹三郎ひとりのために、国元を発足した時の旅の予定より十日ちかくもおくれて、卯月《うづき》のすえ、ようようきょうの旅泊りは駿河《するが》の国、島田の宿と、いそぎ掛川《かけがわ》を立ち、小夜《さよ》の中山にさしかかった頃から豪雨となって途中の菊川も氾濫し濁流は橋をゆるがし

道を越え、しかも風さえ加って松籟《しょうらい》ものすごく、一行の者の袖合羽《そでがっぱ》の裾《すそ》吹きかえされて千切《ちぎ》れんばかり、這うようにして金谷《かなや》の宿にたどりつき、ここにて人数をあらため一行無事なるを喜び、さて、これから名高い難所の大井川を越えて島田の宿に渡らなければならぬのだが、式部は大井川の岸に立って川の気色を見渡し、

「水かさ刻一刻とつのる様子なれば、きょうはこの金谷の宿に一泊。」とお供の者どもに言いつけた。

けれども、乱暴者の若殿には、式部のこの用心深い処置が気にいらなかった。川を眺めてせせら笑い、

「なんだ、これがあの有名な大井川か。淀川の半分もないじゃないか。国元の猪名川《いながわ》よりも武庫川《むこがわ》よりも小さいじゃないか。のう、蛸。これしきの川が渡れぬなんて、式部も耄碌したようだ。」

「いかにも、」と蛸は神崎親子を横目で見てにやりと笑い、「私などは国元の猪名川を幼少の頃より毎日のように馬で渡ってなれて居りますので、こんな小さい川が、たといどんなに水を増してもおそろしいとは思いませぬが、しかし、生れつき水癲癇《みずてんかん》と申して、どのように弓馬の武芸に達していても、この水を見るとおそろしくぶるぶる震えるとい

う奇病があって、しかもこれは親から子へ遺伝するものだそうで。」

若殿は笑って、

「奇妙な病気もあるものだ。まさか式部は、その水癲癇とやらいう病気でもあるまいが、どうだ、蛸め、われら二人抜け駈けてこの濁流に駒をすすめ、かの宇治川《うじがわ》先陣、佐々木と梶原の如く、相競って共に向う岸に渡って見せたら、臆病の式部はじめ供の者たちも仕方なく後からついて来るだろう。なんとしてもきょうのうちに、この大井川を渡って島田の宿に着かなければ、西国武士の名折れだぞ。蛸め、つづけ。」と駒に打ち乗り、濁流めがけて飛び込もうとするので式部もここは必死、篠《しの》つく雨の中を蓑《みの》も笠もほうり投げて若殿の駒の轡《くつわ》に取り縋《すが》り、

「おやめなさい、おやめなさい。式部かねて承るに大井川の川底の形状変転常なく、その瀬その淵の深浅は、川越しの人夫さえ踏違《たが》えることしばしばありとの事、いわんや他国のわれら、抜山《ばつざん》の勇ありといえども、血気だけでは、この川渡ることむずかしく、式部はきょう一日、その水癲癇とやら奇病にでも何にでも相成りますから、どうか式部の奇病をあわれに思召して、川を越える事はあすになさって下さい。」と涙を流して懇願した。

まことの臆病者の丹三郎は、口ではあんな偉そうな事を言ったものの、蛸め、つづけ！　と若殿に言われた時には、くらくらと眩暈《めまい》がして、こりゃもうどうしようと、うろうろしたが、式部が若殿をいさめてくれたので、ほっとして、真青な顔に奇妙な笑いを無理に浮べ、

「ちぇ、残念。」と言った。

それがいけなかった。その出鱈目《でたらめ》の言葉が若殿の気持をいっそう猛《たけ》り立たせた。

「蛸め。式部は卑怯だ。かまわぬ、つづけ！」と式部の手のゆるんだすきを見て駒に一鞭あて、暴虎馮河《ぼうこひょうが》、ざんぶと濁流に身をおどらせた。式部もいまはこれまでと観念し、「それ！　若殿につづけ。」とお供の者たちに烈しく下知《げち》した。いずれも屈強の供の武士三十人、なんの躊躇もなくつぎつぎと駒を濁流に乗り入れ、大浪をわけて若殿のあとを追った。

岸には、丹三郎と跡見役の式部親子とが残った。丹三郎は、ぶるぶる震えながら勝太郎の手を固く握り、

「若殿は野暮だ。思いやりも何もない。おれは実は馬は何よりも苦手なのだ。何もかも目茶苦茶だ。」と泣くような声で訴えた。

式部は静かにあたりを見廻し、跡に遺漏《いろう》のもののなきを見とどけ、さて、丹三郎に向い、

「これも皆、あなたの言葉から起った難儀です。でもまあいまは、そんな事を言っていたって仕様がありません。すぐに若殿の後を追いましょう。わしたちは果して生きて向う岸に行き着けるかどうか、この大水では、心もとない。けれども、わしは国元を出る時、あなたの親御の丹後どのから、丹三郎儀はまだほんの子供、しかも初旅の事ゆえ、諸事よろしくたのむと言われました。その一言が忘れかね、わしはきょうまで我慢に我慢を重ねて、あなたの世話を見て来ました。いまこの濁流を渡って、あなたの身にもしもの事があったなら、きょうまでのわしの苦労もそれこそ水の泡になります。馬は一ばん元気のいいのを、あなたのために取って置きました。せがれの勝太郎を先に立て、瀬踏みをさせますから、あなたは何でもただ馬の首にしがみついて勝太郎の後について行くといい。すぐあとに、わしがついて守って行きますから、心配せず、大浪をかぶってもあわてず、馬の首から手を離したりせぬように。」とおだやかに言われてさすがの馬鹿も人間らしい心にかえったか、

「すみません。」と言って、わっと手放しで泣き出した。

諸事頼むとの一言、ここの事なりと我が子の勝太郎を先に立て、次に丹三郎を特に吟味して選び置きし馬に乗せて渡らせ、わが身はすぐ後にひたと寄添ってすすみ渦巻く激流を乗り切って、難儀の末にようやく岸ちかくなり少しく安堵せし折も折、丹三郎いさかの横浪をかぶって馬の鞍《くら》覆えり、あなやの小さい声を残してはるか流れて浮き沈み、騒ぐ間もなくはや行方しれずになってしまった。

式部、呆然たるうちに岸に着き、見れば若殿は安泰、また我が子の勝太郎も仔細なく岸に上って若殿のお傍に侍っている。

世に武家の義理ほどかなしきはなし。式部、覚悟を極めて勝太郎を手招き、

「そちに頼みがある。」

「はい。」と答えて澄んだ眼で父の顔を仰ぎ見ている。家中随一の美童である。

「流れに飛び込んで死んでおくれ。丹三郎はわしの苦労の甲斐もなく、横浪をかぶって鞍がくつがえり流れに呑まれて死にました。そもそもあの丹三郎儀は、かの親の丹後どのより預り来れる義理のある子です。丹三郎ひとりが溺れ死んで、お前が助かったとあれば、丹後どのの手前、この式部の武士の一分《いちぶん》が立ちがたい。ここを聞きわけておくれ。時刻をうつさずいますぐ川に飛び込み死んでおくれ。」と面を剛《こわ》くして言い切れば、

勝太郎さすがは武士の子、あ、と答えて少しもためらうところなく、立つ川浪に身を躍らせて相果てた。

式部うつむき涙を流し、まことに武家の義理ほどかなしき物はなし、ふるさとを出でし時、人も多きに我を択《えら》びて頼むとの一言、そのままに捨てがたく、万事に劣れる子ながらも大事に目をかけここまで来て不慮の災難、丹後どのに顔向けなりがたく、何の罪とがもなき勝太郎をむざむざ目前において死なせたる苦しさ、さりとては、うらめしの世、丹後どのには他の男の子ふたりあれば、歎きのうちにもまぎれる事もありなんに、それがしには勝太郎ひとり。国元の母のなげきもいかばかり、われも寄る年波、勝太郎を死なせていまは何か願いの楽しみなし、出家、と観念して、表面は何気なく若殿に仕えて、首尾よく蝦夷見物の大役を果し、その後、城主にお暇を乞い、老妻と共に出家して播州の清水の山深くかくれたのを、丹後その経緯を聞き伝えて志に感じ、これもにわかにお暇を乞い請け、妻子とも四人いまさらこの世に生きて居られず、みな出家して勝太郎の菩提をとむらったとは、いつの世も武家の義理ほど、あわれにして美しきはなしと。

（武家義理物語、巻一の五、死なば同じ浪枕とや）

女　賊

後柏原《ごかしわばら》天皇大永年間、陸奥《みちのく》一円にかくれなき瀬越の何がしという大賊、仙台名取川《なとりがわ》の上流、笹谷峠《ささやとうげ》の附近に住み、往来の旅人をあやめて金銀荷物押領し、その上、山賊にはめずらしく吝嗇《りんしょく》の男で、むだ使いは一切つつしみ、三十歳を少し出たばかりの若さながら、しこたまためて底知れぬ大長者になり、立派な口髭《くちひげ》を生やして挙措動作も重々しく、山賊には附き物の熊の毛皮などは着ないで、紬《つむぎ》の着物に紋附きのお羽織をひっかけ、謡曲なども少したしなみ、そのせいか言葉つきも東北の方言と違っていて、何々にて候《そうろう》、などといかめしく言い、女ぎらいか未だに独身、酒は飲むが、女はてんで眼中にない様子で、かつて一度も好色の素振りを見せた事はなく、たまに手下の者が里から女をさらって来たりすると眉をひそめ、いやしき女にたわむれるは男子の恥辱に候、と言い、ただちに女を里に返させ、手下の者たちが、親分の女ぎらいは玉に疵《きず》だ、と無遠慮に批評するのを聞いてにやりと笑い、仙台には美人が少く候、と呟いて何やら溜息をつき、山賊に似合わぬ高邁の趣味を持っている男のようにも見えた。この男、或る年の春、容貌見にくからぬ手下五人に命じて熊の毛皮をぬがせ頰被《ほおかぶ》りを禁じて紋服を着せ仙台平《せんだいひら》の袴をはかせ、これを引連れて都にのぼり、自分は東《あずま》の田舎大尽の如くすべて鷹揚に最上等の宿舎に泊り、毎日のんきに京の見物、日頃けちくさくため込んだのも今日この日のためらしく、惜しげもなく金銀をまき散らし、やがてもの言わぬ花にも厭《あ》きて、島原に繰り込み、京で評判の名妓《めいぎ》をきら星の如く大勢ならべて眺め、好色の手下の一人は、うむと呻《うめ》いて口に泡を噴きどうとうしろに倒れてそれお水それお薬、お袴をおぬぎなさったら、などと大騒ぎになったのも無理からぬほど、まばゆく見事な景趣ではあったが、大尽は物憂そうな顔して溜息をつき、都にも美人は少く候、と呟く。広い都も、人の噂のために狭く、この山賊の奢《おご》りは逸早《いちはや》く京中に拡まり、髭そうろうの大尽と言われて、路で逢う人ことごとくがこの男に会釈するようになったが、この男一向に浮かぬ顔して、やがて島原の遊びにもどうやら厭きた様子で、毎日ぶらりぶらりと手下を引連れて都大路を歩きまわり、或る日、古い大きな家の崩れかかった土塀のわれ目から、ちらと見えた女の姿に足をとどめ、手にしていた扇子《せんす》をはたと落して、小山の動くみたいに肩で烈しく溜息をつき、シばらスい、と思わず東北訛をまる出しにして呻き、なおもその、花盛りの梨の木の下でその弟とも見える上品な男の子と手鞠《てまり》をついて遊んでいる若い娘の姿に、阿呆《あほう》の如く口をあいて見とれていた。翌《あく》る日、髭そうろうの大尽は、かの五人の手下に言いふくめて、金銀綾錦《あやにしき》のたぐいの重宝をおびただしく持参させ、かの土塀の家に遣し、お姫様を是非とも貰い受けたしと頗《すこぶ》る唐突ながら強硬の談判を開始させた。その家の老主人は、いささか由緒のある公卿《くげ》の血筋を受けて、むかしはなかなか羽振りのよかった人であるが、名誉心が強すぎて、なおその上の出世を望み、附合いを派手にして日夜顕官に饗応し、かえって馬鹿にされておまけに財産をことごとく失い、何もかも駄目になり、いまは崩れる土塀を支える力もなく中風の気味さえ現われて来て、わななく手でさてもこの世は夢まぼろしなどとへたくその和歌を鼻紙の表裏に書きしたためて、その日その日の憂さを晴らしている有様だったので、この突然の申込みにははじめは少からず面くらったものの、さて、眼前に山と積まれた金銀財宝を眺めて、これだけあれば、ふたたび大官に饗応し、華やかに世に浮び上る事が出来るぞと、れいの虚栄心がむらむらと起り、髭そうろうの大尽といえば、いまこの京でも評判の男、なんでも遠いあずまの大金持ちの若旦那だとかいう話だ、田舎者だって何だって金持ちなら結構、この縁談は悪くない、と貧すれば貪《どん》すの例にもれず少からず心が動いて、その日はお使者に大いに愛嬌を振りまき、確答は後日という事にして、とにかくきょうのお土産の御礼にそちらの御主人の宿舎へ明日参上致します、という返辞。手下たちは、しめた、あの工合いではもう大丈夫、と帰る途々《みちみち》首肯《うなず》き合い、主人にその様子を言上すれば、山賊の統領はにやりと凄く笑い、案外もろく候、と言った。その翌る日、土塀の老主人は、烏帽子《えぼし》などかぶってひどくもったいぶった服装で山賊の京の宿舎を訪ね、それこそほんものの候言葉で、昨日のお礼を申し、統領の鷹揚な挙措や立派な口髭に一目で惚れ込み、お礼だけ言うはずのところを、つい、ふつつかな娘ながら、とこちらのほうから言い出して、山賊の統領もさすがに都の人の軽薄に苦笑して、それでもその日の饗応は山の如く、お土産も前日にまさる多額のもので、土塀のあるじはただもう雲中を歩む思いで烏帽子を置き忘れて帰宅し、娘を呼んで、女三界に家なし、ここはお前の家ではない、お前の弟がこの家を継ぐのだからお前はこの家には不要である、女三界に家なしとはここのところだ、とひどい乱暴な説教をして娘を泣かせ、何を泣くか、お父さんはお前のために立派な婿《むこ》を見つけて来てあげたのに、めそめそ泣くとは大不孝、と中風の気味で震える腕を振りあげて娘を打つ真似をして、都の人は色は白いが貧乏でいけない、あずまの人は毛深くて間の抜けた顔をしているが女にはあまいようだ、行きなさい、すぐに山奥へでもどこへでも行きなさい、死んだお母さんもよろこぶだろう、お父さんの事は心配するな、わしはこれからまた一旗挙げるのだ、承知か、おお、承知してくれるか、女三界に家なし、どこにいたって駄目なものだよ、などと変な事まで口走り、婿の氏素性《うじすじよう》をろくに調べもせず、とにかくいま都で名高い髭そうろうの大尽だから間違いなしと軽率にひとり合点して有頂天のうちにこの縁談をとりきめ、十七の娘は遠いあずまのそれも蝦夷の土地と聞く陸奥《みちのく》へ嫁がなければならぬ身の因果を歎き、生きた心地もなくただ泣きに泣いて駕籠に乗せられ、父親ひとりは浅間《あさま》しく大はしゃぎで、あやうい腰つきで馬に乗り都のはずれまで見送り、ひたすら自分の今後の立身出世を胸中に思い描いてわくわくして、さらば、さらば、とわかれの挨拶も上の空で言い、家へ帰って五日目に心臓痲痺を起して頓死したとやら、ひとの行末は知れぬもの。一方、十七の娘は、父のあわれな急死も知らず駕籠にゆられて東路をくだり、花婿の髭をつくづく見ては言いようのない恐怖におそわれて泣き、手下の乱暴な東北言葉に胆《きも》をつぶして泣き、江戸を過ぎてようよう仙台ちかくなって春とはいえ未だ山には雪が残っているのを見て泣き、山賊たちをひどく手こずらせて、古巣の山寨《さんさい》にたどり着いた頃には、眼を泣きはらして猿の顔のようになり、手下の山賊たちは興覚めたが、統領はやさしくみずから看護して、その眼のなおった頃には娘も、統領に少しなついて落ちつき、東北言葉もだんだんわかるようになって、山賊の手下たちの無智な冗談に思わず微笑《ほほえ》み、やがて夫の悪い渡世を知るに及んで、ぎくりとしたものの、女三界に家なし、ここをのがれても都の空の方角さえ見当つかず、女はこうなると度胸がよい、ままよと観念して、夫には優しくされ手下の者たちには姐御《あねご》などと言われてかしずかれると、まんざら悪い気もせず、いつとはなしに悪にそまり、亭主のする事なす事なんでも馬鹿らしく見えて仕様のない女房もあり、また、亭主の行為がいちいち素晴らしい英雄的なものに見えてたまらない女房もあり、いずれも悪妻、この京育ちの美女は後者に属しているらしく、夫の憎むべき所業も見馴れるに随い何だか勇しくたのもしく思われて来て、亭主が一仕事して帰るといそいそ足など洗ってやり、きょうの獲物は何、と笑って尋ね、旅人から奪って来た小袖をひろげて、これは私には少し派手よ、こんどはも少し地味なのをたのむわ、と言ってけろりとして、手下どものむごい手柄話を眼を細めて聞いてよろこび、後には自分も草鞋《わらじ》をはいて夫について行き、平気で悪事の手伝いをして、いまは根からのあさましい女山賊になりさがり、顔は以前に変らず美しかったが眼にはいやな光りがあり、夫の山刀を井戸端にしゃがんで熱心に研いでいる時の姿などには鬼女のような凄い気配が感ぜられた。やがてこの鬼女も身ごもり、生れたのは女の子で春枝と名づけられ、色白く唇小さく赤い、京風の美人、それから二年経って、またひとり女の子が生れ、お夏と呼ばれて、父に似て色浅黒く眼が吊り上ったきかぬ気の顔立ちの子で、この二人は自分の母が京の公卿の血を受けたひとだという事など知るはずもなく、氏《うじ》より育ちとはまことに人間のたよりなさ、生れ落ちたこの山奥が自分たちの親代々の故郷とのんきに合点して、鬼の子らしく荒々しく山坂を駈け廻って遊び、その遊びもままごとなどではなく、ひとりは旅人、ひとりは山賊、おい待て、命が惜しいか金が惜しいかとひとりが言えば、ひとりは助けて！と叫んでけわしい崖をするする降りて逃げるを、待て待て、と追ってつかまえ大笑いして、母親はこれを見て悲しがるわけでもなく、かえって薙刀《なぎなた》など与えて旅人をあやめる稽古をさせ、天を恐れぬ悪業、その行末もおそろしく、果せる哉《かな》、春枝十八お夏十六の冬に、父の山賊に天罰下り、雪崩《なだれ》の下敷になって五体の骨々微塵《みじん》にくだけ、眼もあてられぬむごたらしい死にざまをして、母子なげく中にも、手下どもは悪人の本性をあらわして親分のしこたまためた金銀財宝諸道具食料ことごとく持ち去り、母子はたちまち雪深い山中で暮しに窮した。

「何でもないさ。」と勝気のお夏は威勢よく言って母と姉をはげまし、「いままで通り、旅人をやっつけようよ。」

「でも、」と妹にくらべて少しおとなしい姉の春枝は分別ありげに、「女ばかりじゃ、駄目よ。かえってあたしたちのほうで着物をはぎとられてしまうわよ。」

「弱虫、弱虫。男の身なりをして刀を持って行けばなんでもない。やいこら、とこんな工合いに男のひとみたいな太い声で呼びとめると、どんな旅人だって震え上るにきまっている。でも、おさむらいはこわいな。じいさんばあさんか、女のひとり旅か、にやけた商人か、そんな人たちを選んでおどかしたら、きっと成功するわよ。面白いじゃないの。あたしは、あの熊の毛皮を頭からかぶって行こう。」無邪気と悪魔とは紙一重である。

「うまくいくといいけど、」と姉は淋しげに微笑んで、「とにかくそれじゃ、やって見ましょう。あたしたちは、どうでもいいけど、お母さんにお怪我があっては大変だから、お母さんはお留守番して、あたしたちの獲物をおとなしく待っているのよ。」と母に言い、山育ちの娘も本能として、少しは親を大事にする気持があるらしく、その日から娘二人は、山男の身なりで、おどけ者の妹は鍋墨《なべずみ》で父にそっくりの口髭など描いて出かけ、町人里人の弱そうな者を捜し出してはおどし、女心はこまかく、懐中の金子《きんす》はもとより、にぎりめし、鼻紙、お守り、火打石、爪楊子《つまようじ》のはてまで一物も余さず奪い、家へ帰って、財布の中の金銀よりは、その財布の縞柄の美しきを喜び、次第にこのいまわしき仕事にはげみが出て来て、もはや心底からのおそろしい山賊になってしまったものの如く、雪の峠をたまに通る旅人を待ち伏せているだけでは獲物が少くてつまらぬなどと、すっかり大胆になって里近くまで押しかけ、里の女のつまらぬ櫛笄《くしこうがい》でも手に入れると有頂天になり、姉の春枝は既に十八、しかも妹のお転婆にくらべて少しやさしく、自身の荒くれた男姿を情なく思う事もあり、熊の毛皮の下に赤い細帯などこっそりしめてみたりして、さすがにわかい娘の心は動いて、或る日、里近くで旅の絹商人をおどして得た白絹二反《たん》、一反ずつわけていそいそ胸に抱いて夕暮の雪道を急ぎ帰る途中において、この姉の考えるには、もうそろそろお正月も近づいたし、あたしは是非とも晴衣《はれぎ》が一枚ほしい、女の子はたまには綺麗に着飾らなければ生きている甲斐がない、この白絹を藤色に染め、初春の着物を仕立てたいのだが裏地がない、妹にわけてやった絹一反あれば見事な袷《あわせ》が出来るのに、と矢もたてもたまらず、さいぜんわけてやった妹の絹が欲しくなり、

「お夏や、お前この白絹をどうする気なの？」と胸をどきどきさせながら、それとなく聞いてみた。

「どうするって、姉さん、あたしはこれで鉢巻をたくさんこしらえるつもりなの。白絹の鉢巻は勇しくって、立派な親分さんみたいに見えるわよ。お父さんも、お仕事の時には絹の白鉢巻をしてお出かけになったわね。」とたわいない事を言っている。

「まあ、そんな、つまらない。ね、いい子だから、姉さんにそれをゆずってくれない？　こんど、何かまたいいものが手にはいった時には姉さんは、みんなお前にあげるから。」

「いやよ。」と妹は強く首を振った。「いや、いや。あたしは前から真白な鉢巻をほしいと思っていたのよ。旅人をおどかすのに、白鉢巻でもしてないと気勢があがらなくて工合いがわるいわ。」

「そんな馬鹿な事を言わないで、ね、後生だから。」

「いや！　姉さん、しつっこいわよ。」

へんに気まずくなってしまった。けれども姉はそんなに手きびしく断られるといよいよ総身が燃え立つように欲しくなり、妹に較べておとなしいとはいうものの、普段おとなしい子こそ思いつめた時にかえって残酷のおそろしい罪を犯す。殊《こと》にも山賊の父から兇悪の血を受け、いまは父の真似して女だてらに旅人をおどしてその日その日を送り迎

えしている娘だ。胸がもやもやとなり、はや、人が変り、うわべはおだやかに笑いながら、

「ごめんね、もう要らないわよ。」と言ってあたりを見廻し、この妹を殺して絹を奪おう、この腰の刀で旅人を傷つけた事は一度ならずある、ついでに妹を斬って捨てても、罪は同じだ、あたしは何としても、晴衣を一枚つくるのだ、こんどに限らず、帯でも櫛でもせっかくの獲物をこんな本当の男みたいな妹と二人でわけるのは馬鹿らしい、むだな事だ、にくい邪魔、突き刺して絹を取り上げ、家へ帰ってお母さんに、きょうは手剛《てごわ》い旅人に逢い、可哀想に妹は殺されましたと申し上げれば、それですむ事、そうだ、少しも早くと妹の油断を見すまし、刀の柄に手を掛けた、途端に、

「姉さん！　こわい！」と妹は姉にしがみつき、

「な、なに？」と姉はうろたえて妹に問えば妹は夕闇の谷底を指差し、見れば谷底は里人の墓地、いましも里の仏を火葬のさいちゅう、人焼く煙は異様に黒く、耳をすませば、ぱちぱちはぜる気味悪い音も聞えて、一陣の風はただならぬ匂いを吹き送り、さすがの女賊たちも全身鳥肌《とりはだ》立って、固く抱き合い、姉は思わずお念仏を称《とな》え、人の末は皆このように焼かれるのだ、着物も何もはかないものだとふっと人の世の無常を観じて、

わが心の恐しさに今更ながら身震いして、とかくこの一反の絹のためさもしい考えを起すのだ、何も要らぬと手に持っている反物を谷底の煙めがけて投げ込めば、妹もすぐに投げ込み、わっと泣き出して、

「姉さん、ごめん、あたしは悪い子よ。あたしは、姉さんをたったいままで殺そうと思っていたの。姉さん！　あたしだって、もう十六よ。綺麗な着物を欲しいのよ。でも、あたしはこんな不器量な子だから、お洒落《しやれ》をすると笑われるかと思って、わざと男の子みたいな事ばかり言っていたのよ。ごめんね。姉さん、あたしはこのお正月に晴衣が一枚ほしくて、あたしの絹を紅梅に染めて、そうして姉さんの絹を裏地にしようと思って、姉さん、あたしはいけない子よ、姉さんを刀で突いてそうしてお母さんには、姉さんが旅人に殺されたと申し上げるつもりでいたの。いまあの火葬の煙を見たら、もう何もかもいやになって、あたしはもう生きて行く気がしなくなった。」と意外の事を口走るので、姉は仰天して、

「何を言うの？　ゆるすもゆるさぬも、それはあたしの事ですよ。あたしこそ、お前を突き殺して絹を奪おうと思って、あの煙を見たら悲しくなって、あたしの反物を谷底へ投げ込んだのじゃないの。」と言って、さらに妹を固く抱きしめてこれも泣き出す。

かつは驚き、かつは恥じ、永からぬ世に生れ殊に女の身としてかかる悪逆の暮し、後世のほども恐ろし、こんにちこれぎり浮世の望みを捨てん、と二人は腰の刀も熊の毛皮も谷底の火焔《かえん》に投じて、泣き泣き山寨に帰り、留守番の母に逐一事情を語り、母にもお覚悟のほどを迫れば、母も二十年の悪夢から醒め、はじめて母のいやしからぬ血筋を二人に打ち明け、わが身の現在のあさましさを歎き、まっさきに黒髪を切り、二人の娘もおくれじと剃髪して三人比丘尼《びくに》、汚濁の古巣を焼き払い、笹谷峠のふもとの寺に行き老僧に向って懺悔《ざんげ》しその衣《ころも》の裾にすがってあけくれ念仏を称え、これまであやめた旅人の菩提を弔ったとは頗《すこぶ》る殊勝に似たれども、父子二代の積悪はたして如来の許し給うや否や。

（新可笑記、巻五の四、腹からの女追剝）

赤い太鼓

むかし都の西陣《にしじん》に、織物職人の家多く、軒をならべておのおの織物の腕を競い家業にはげんでいる中に、徳兵衛とて、名こそ福徳の人に似ているが、どういうものか、お金が残らず胆を冷やしてその日暮し、晩酌も二合を越えず、女房と連添うて十九年、他の女にお酌をさせた経験もなく、道楽といえば、たまに下職《したしょく》を相手に将棋をさすくらいのもので、それもひまを惜しんで目まぐるしい早将棋一番かぎり、約束の仕事の日限を違《たが》えた事はいちどもなく万事に油断せず精出して、女房も丈夫、子供も息災《そくさい》、みずからは二十《はたち》の時に奥歯一本虫に食われて三日病んだ他には病気というものを知らず、さりとてけちで世間の附き合いの義理を欠くというわけではなく職人仲間に律儀者の評判を取り、しかも神仏の信心深く、ひとつとして悪事なく、人生四十年を過して来たものの、どういうわけか、いつも貧乏で、世の中には貧乏性といってこのような不思議はままある事ながら、それにしても、徳兵衛ほどの善人がいつまでも福の神に見舞われぬとは、浮世にはわからぬ事もあるものだと、町内の顔役たちは女房に寝物語してひそかにわが家の内福に安堵するというような有様であった。そのうちに徳兵衛の貧乏いよいよ迫り、ことしの暮は夜逃げの他に才覚つかず、しのびしのび諸道具売払うを、町内の顔役たちが目ざとく見つけ、永年のよしみ、捨て置けず、それとなく徳兵衛に様子を聞けば、わずか七、八十両の借金に首がまわらず夜逃げの覚悟と泣きながら言う。顔役は笑い、

「なんだ、たかが七、八十両の借金で、先代からのこの老舗をつぶすなんて法はない。ことしの暮は万事わしたちが引受けますから、もう一度、まあ、ねばってみなさい。来年こそは、この身代にも一花咲かせて見せて下さい。子供さんにも、お年玉を奮発して、下職への仕着《しきせ》も紋なしの浅黄《あさぎ》にするといまからでも間に合いますから、お金の事など心配せず、まあ、わしたちに委《まか》せて、大船に乗った気で一つ思い切り派手に年越しをするんだね。お内儀も、そんな、めそめそしてないで、せっかくのいい髪をもったいない、ちゃんと綺麗《きれい》に結って、おちめを人に見せないところが女房の働き。正月の塩鮭もわしの家で三本買っておいたから、一本すぐにとどけさせます。笑う門には福が来る。どうも、この家は陰気でいけねえ。さあ、雨戸をみんなあけて、ことしの家中の塵芥《ちりあくた》をさっぱりと掃き出して、のんきに福の神の御入来を待つがよい。万事はわしたちが引受けま

した。」と景気のいい事ばかり言い、それから近所の職人仲間と相談の上、われひと共にいそがしき十二月二十六日の夜、仲間十人おのおの金子《きんす》十両と酒肴《しゅこう》を携え、徳兵衛の家を訪れ、一升桝《ます》を出させて、それに順々に十両ずつばらりばらりと投げ入れて百両、顔役のひとりは福の神の如く陽気に笑い、徳兵衛さん、ここに百両あります、これをもとでに千両かせいでごらんなさい、と差し出せば、またひとりの顔役は、もっともらしい顔をして桝を神棚にあげ、ぱんぱんと拍手を打ち、えびす大黒にお願い申す、この百両を見覚え置き、利に利を生ませて来年の暮には百倍千倍にしてまたこの家に立ち戻らせ給え、さもなくば、えびす大黒もこの金横領のとがにんとして縄を打ち、川へ流してしまいます、と言えば、また大笑いになり、職人仲間の情愛はまた格別、それより持参の酒肴にて年忘れの宴、徳兵衛はうれしく、意味もなく部屋中をうろうろ歩きまわり重箱を蹴飛《けと》ばし、いよいよ恐縮して、あちらこちらにやたらにお辞儀して廻り、生れてはじめて二合以上の酒を飲ませてもらい、とうとう酔い泣きをはじめ、他の職人たちも、人を救ったというしびれるほどの興奮から、ふだん一滴も酒を口にせぬ人まで、ぐいぐいと飲み酒乱の傾向を暴露して、この酒は元来わしが持参したものだ、飲まなければ損だ、などとまことに興覚めないやしい事まで口走り、いきな男は、それを相手にせず、からだを前後左右にゆすぶって小唄をうたい、鬚面《ひげづら》の男は、声をひそめて天下国家の行末を憂い、また隅の小男は、大声でおのれの織物の腕前を誇り、他のやつは皆へたくそ也とののしり、また、頬被《ほおかぶ》りして壁塗り踊りと称するへんてつもない踊りを、誰も見ていないのに、いやに緊張して口をひきしめいつまでも呆れるほど永く踊りつづけている者もあり、また、さいぜんから襖《ふすま》によりかかって、顔面蒼白、眼を血走らせて一座を無言で睨み、近くに坐っている男たちを薄気味悪がらせて、やがて、すっくと立ち上ったので、すわ喧嘩《けんか》と驚き制止しかかれば、男は、ううと呻《うめ》いて廊下に走り出て庭先へ、げえと吐いた。酒の席は、昔も今も同じ事なり、しまいには、何が何やら、ただわあとなって、骨のない動物の如く、互いに脊負われるやら抱かれるやら、羽織を落し、扇子《せんす》を忘れ、草履《ぞうり》をはきちがえて、いや、めでたい、めでたい、とうわごとみたいに言いながらめいめいの家へ帰り、あとには亭主ひとり、大風の跡の荒野に伏せる狼の形で大鼾《いびき》で寝て、女房は呆然と部屋のまんなかに坐り、とにかく後片附けは明日と定め、神棚の桝を見上げては、うれしさ胸にこみ上げ、それにつけても戸じまりは大事と立って、家中の戸をしめて念いりに錠をおろし、召使い達をさきに寝かせて、それから亭主の徳兵衛を静かにゆり起し、そんな大鼾で楽寝をしている場合ではありません、ご近所の有難いお情を無にせぬよう、今夜これから、ことしの諸払いの算用を、ざっとやって見ましょう、と大福帳やら算盤《そろばん》を押しつければ、亭主は眼をしぶくあけて、泥酔の夢にも債鬼に苦しめられ、いまふっと眼がさめると、われは百両の金持なる事に気附いて、勇気百千倍、むっくり起き上り、

「よし来た、算盤よこせ、畜生め、あの米屋の八右衛門は、わしの先代の別家なのに、義理も恩も人情も忘れて、どこよりもせわしく借りを責め立てやがって、おのれ、今に見ろと思っていたが、畜生め、こんど来たら、あの皺面《しわづら》に小判をたたきつけて、もう来年からは、どんなにわしにお世辞を言っても、聞かぬ振りして米は八右衛門の隣りの与七の家から現金で買って、帰りには、あいつの家の前で小便でもして来る事だ。とにかく、あの神棚の桝をおろせ。久しぶりで山吹の色でも拝もう。」と大あぐらで威勢よく言い、女房もいそいそと立って神棚から一升桝をおろして見ると、桝はからっぽ、一枚の小判もない。夫婦は仰天して、桝をさかさにしたり叩いてみたり、そこら中を這い廻ってみたり、神棚を全部引下して、もったいなくも御神体を裏がえしたりひっくりかえしたり、血まなこで捜しても一枚の小判も見当らぬ。

「いよいよないにきまった。」と亭主は思いきって、「もうよい、捜すな。桝一ぱいの

小判をまさか鼠《ねずみ》がそっくりひいて行ったわけでもあるまい。福の神に見はなされたのだ。よくよく福運のない家と見える。」と言ったが口惜しさ、むらむらと胸にこみあげ、「いい笑い草だ。八右衛門の勘定はどうなるのだ。むだな喜びをしただけに、あとのつらさが、こたえるわい。」と腹をおさえて涙を流した。

女房もおろおろ涙声になって、

「まあ、どうしましょう。ひどい、いたずらをなさる人もあるものですねえ。お金を下さってよろこばせて、そうしてすぐにまた取り上げるとは、あんまりですわねえ。」

「何を言う。そなたは、あの、誰か盗んだとでも思っているのか。」

「ええ、疑うのは悪い事だけれども、まさか小判がひとりでふっと溶けて消えるわけはなし、宵からこの座敷には、あの十人のお客様のほかに出入りした人もなし、お帰りになるとすぐにあたしが表の戸に錠をおろして、――」

「いやいや、そのようなおそろしい事を考えてはいけない。小判は神隠しに遭ったのだ。わしたちの信心の薄いせいだ。あのように情深いご近所のお方たちを疑うなどは、とんでもない事だ。百両のお金をちらと拝ませていただいただけでも、有難いと思わなければならぬ。それに、生れてはじめてあれほどの大酒を飲む事も出来たし、もともとお金はないものとあきらめて、」と分別ありげな事を言いながらも、明日からの暮しを思うと、地獄へまっさかさまに落ち込む心地で、「ああ、それにしても、一夜のうちに笑ったり泣いたり、なんてまあ馬鹿らしい身の上になったのだろう。」と鼻をすする。

女房はたまらず泣き崩れて、

「いいなぶりものにされました。百両くださると見せかけて、そっとお持ち帰りになって、いまごろは赤い舌を出して居られるのに違いない。ええ、十人が十人とも腹を合せて、あたしたちに百両を見せびらかし、あたしたちが泣いて拝む姿を楽しみながら酒を飲もうという魂胆《こんたん》だったのですよ。人を馬鹿にするにもほどがある。あなたは、口惜しくないのですか。あたしはもう恥ずかしくて、この世に生きて居られない。」

「恩人の悪口は言うな。この世がいやになったのは、わしも同様。しかし、人を恨んで死ぬのは、地獄の種だ。お情の百両をわが身の油断から紛失した申しわけに死ぬのならば、わしにも覚悟はあるが。」

「理窟はどうだって、いいじゃないの。あたしは地獄へ落ちたっていい。恨み死を致します。こんなひどい仕打ちをされて、世間のもの笑いになってなお生き延びるなんて事はとても出来ません。」

「よし、もう言うな。死にやいいんだ。かりそめにも一夜の恩人たちを訴えるわけにもいかず、いや疑う事さえ不埒《ふらち》な事だ、さりとてこのまま生き延びる工夫もつかず、女房、何も言わずに、わしと一緒に死のうじゃないか。この世ではそなたにも苦労をかけたが、夫婦は二世と言うぞ。」

一寸さきは闇の世の中、よろこびの宴の直後に、徳兵衛夫婦は死ぬる相談、二人の子供も道づれと覚悟を極め、女房は貧のうちにも長持の底に残してあった白小袖に身を飾り、鏡に向い若い時から人にほめられた黒髪を撫でつけながら、まことに十九年のなじみこのあけぼのの夢と歎き、気を取り直して二人の子供をしずかに引起せば、上の女の子は、かかさま、もうお正月か、と寝呆け、下の男の子は、坊の独楽《こま》はきょう買ってくれるかと言う。夫婦は涙に目くらみ、ものも言えず、子供を仏壇の前に坐らせ、わななきわななき御燈明をあげ、親子四人、先祖の霊に手を合せて、いまはこれまでと思うところに、子守女どたばたと走り出て、二人の子供を左右にひしとかかえて頬ずりして、あんまりだ、あんまりだ、旦那さまたちは何をなさるだ、われはさっきからお前様たちの話を残らず聞いていただ、死ぬならお前様たちだけで死ねばいいだ、こんな可愛い坊ちゃま嬢ちゃまに何の罪とががあるだ、むごい親だ、あんまりだ、坊ちゃま嬢ちゃまは、おらがもらって育てるだ、死ぬならお前様たちだけでさっさと死ねばいいだ、とあたりはばからぬ大声で泣きわめいて、隣近所の人もその騒ぎに起き出して、夫婦の自害もうやむやになり、顔役はやがて事情を聞いて驚き、これは大事とひとり思案し、いかにも夫婦の言うとおり、あの夜われら十人のほか部屋に出入りした人はなし、小判が風に吹き飛んだという例も聞かず、まさかわれら腹黒くしめし合せ、あの夫婦をなぶりものにするなんてのは滅想もない事、十人が十人とも義に勇んであのいそがしい年末の一夜、十両の合力《ごうりき》を気前よく引受けたのだ、誰をも疑うわけに行かぬ、下手な事を言い出したら町内の大騒動、わが身の潔白を示そうとして腹を切る男など出て来ないとも限らぬ、さりとて百両といえば少からぬ金額、あの夫婦の行末も気の毒、このまま捨て置くわけにも行くまい、とにかくこの事件はわれらが手に余ると分別を極め、ひそかに役人に訴え申し、金の詮議《せんぎ》を依頼した。

この不思議な事件の吟味を取扱った人は、時の名判官板倉殿、*年内余日もなく皆々渡世のさわりもあるべし、正月二十五日に詮索をはじめる、そのあいだ、かの十人の者ひとりも他国仕《つかまつ》るな、という仰《おお》せがあり、やがて初春の二十五日に、お役所からお達しがあり、かの十人の者ども各々その女房を召連れてまかり出ずべし、もし女房なき者は、その姉妹、あるいは姪伯母、かねて最も近親の女をひとり同道して出頭致すべしとの上意。情をかけてこんな迷惑、親爺《おやじ》の遺言に貧乏人とは附合うなとあったが、なるほどこのところだ、十両の大金を捨て、そのうえお役所へ呼び出されるとはつまらぬ、とかく情は損のもと也、と露骨な卑しい愚痴を言うものもあり、とにかく女房を連れておそるおそるお白洲《しらす》に出ると、板倉殿は笑いながら十人の者に鬮《くじ》引きをさせて、一、二の順番をきめ、その順序のとおりに十組の名を大きな紙に書きしたためて番附を作り、お役所の前に張出させて、さて威儀を正していかめしく申し渡すよう、

「このたび百両の金子紛失の件、とにもかくにも、そちたちの過怠、その場に居合せながら大金の紛失に気附かざりしとは、察するところ、意地汚く酒を過し、大酔に及んだがためと思われる。飲酒の戒もさる事ながら、人の世話をするなら、素知らぬ振りしてあっさりやったらよかろう。救われた人を眼の前に置いてしつっこく、酒など飲んでおのれの慈善をたのしむなどは浅間《あさま》しい。早く夫婦二人きりにさせて諸支払いの算用をさせるようにしむけてやるのが、まことの情だ。なまなかの情は、かえって人を罪におとす。以後は気を附けよ。罰として、きょうからあの表に張り出してある番附の順序に従って一日に一組ずつ、ここにある太鼓に棒をとおして、それぞれ女房と二人でかつぎ、

役所の門を出て西へ二丁歩いて、杉林の中を通り抜け、さらに三丁、畑の間の細道を歩き、さらに一丁、坂をのぼって八幡宮に参り、八幡宮のお札をもらって同じ道をまっすぐに帰って来るよう、固く申しつける。」との事で、一同これは世にためしなき異なお仕置きと首をかしげたが、おかみのお言いつけなれば致し方なく、ばかばかしくもその日から、夫婦で太鼓をかついで八幡様へお参りして来なければならなくなった。耳ざとい都の人にはいち早くこの珍妙の裁判の噂がひろまり、板倉殿も耄碌したか、紛失の金子の行方も調べずに、ただやたらに十人を叱って太鼓をかつがせお宮参りとは、滅茶苦茶だ、おおかた智慧者の板倉殿も、このたびの不思議な盗難には手の下し様がなく、やけっぱちで前代未聞の太鼓のお仕置きなど案出して、いい加減にお茶を濁そうという所存に違いない、と物識り顔で言う男もあれば、いやいやそうではない、何事につけても敬神崇仏、これを忘れるなという深いお心、むかし支那に、夫婦が太鼓をかついでお宮まいりをして親の病気の平癒を祈願したという美談がある、と真面目な顔で嘘を言う古老もあり、それはどんな書物に出ていますと突込まれて、それは忘れたがとにかくある、と平気で嘘の上塗りをして、年寄りの話は黙って聞け、と怒ってぎょろりと睨み、とにかく都の評判になり、それ見に行けとお役所の前に押しかけ、夫婦が太鼓をかついでしずしずと門から出て来ると、わあっと歓声を挙げ、ばんざいと言う者もあり、よう御両人、やけます、と黄色い声で叫ぶ通人もあり、いずれも役人に追い払われ、このたびのお仕置きは、諸見物の立寄る事かたく御法度《ごはっと》、ときびしく申しわたされ、のこり惜しそうに、あとを振り返り振り返り退散して、夫婦はそれどころでなく大不平、なんの因果で、こんな太鼓をかついでのこのこ歩かなければならぬのか、思えば思うほど、いまいましく、ことにも女は、はじめから徳兵衛の事などかくべつ可哀想とも思わず、一銭の金でも惜しい大晦日《おおみそか》に亭主が勝手に十両などという大金を持ち出し、前後不覚に泥酔して帰宅して、何一ついいことがなかった上に亭主と共にお白洲に呼び出され、太鼓なんか担がせられて諸人の恥さらしになるのだから、面白くない事おびただしい。おまけにこの太鼓たるや、気まりの悪いくらい真赤な塗胴で、天女の舞う図の金蒔絵《きんまきえ》がしてあって、陽を受けて燦然と輝き、てれくさくって思わず顔をそむけたいくらい。しかも大きさは四斗樽《とだる》ほどあって、棒を通して二人でかついでも、なかなか重い。女房はじめは我慢して神妙らしく担いでいても、町はずれに出て、杉林にさしかかる頃からは、あたりに人ひとりいないし、そろそろ愚痴が出て来る。

「ああ、重い。あなたは、どうなの？　重くないの？　ばかにうれしそうに歩いているわね。お祭りじゃないんですよ。子供じゃあるまいし、こんな赤い太鼓をかついでお宮まいりだなんて、板倉様も意地が悪い。もうもう、あたしは、人の世話なんてごめんですよ。あなたたちは、人の世話にかこつけて、お酒を飲んで騒ぎたいのでしょう？ばかばかしい。おまけにこんな赤い太鼓をかつがせられて、いい見せ物にされて、――」

「まあ、そう言うな。ものは考え様だ。どうだい、さっきの、お役所の前の人出は。わしは生れてから、あんなに人に囃《はや》された事はない。人気があるぜ、わしたちは。」

「何を言ってるの。道理であなたは、けさからそわそわして、あの着物、この着物、と三度も着かえて、それから、ちょっと薄化粧なさってたわね。そうでしょう？　白状しなさい。」

「馬鹿な事を言うな。馬鹿な。」と亭主は狼狽して、「しかし、いい天気だ。」とよそ話をした。

また翌日の一組は、れいの発起人の顔役とその十八の娘。

「お父さん、」と十八の娘は、いまは亡き母にかわって家事の担当、父の身のまわりの世話を焼いているので、鼻息が荒い。「亡くなったお母さんが、あたしたちのこんないい恰好を見て、草葉の蔭で泣いていらっしゃるでしょうねえ。お父さんは、まあ、自業自得で仕方がないとしても、あたしにまで、こんな赤い太鼓の片棒かつがせて、チンドン屋みたいな事をさせてさ、お母さんはきっと、お父さんをうらんで、化けて出るわよ。」

「おどかしちゃいけねえ。何も、わしだって好きでかついでいるわけじゃないし、また、年頃のお前にこんな判じ物みたいなものを担がせるのも、心苦しいとは思っている。」

「あんな事を言っている。心苦しいだなんて、そんな気のきいた言葉をどこで覚えて来たの？　おかしいわよ。お父さんには、この太鼓がよく似合ってよ。お父さんは派手好きだから、赤いものが、とてもよく似合うわ。こんど、真赤なお羽織を一枚こしらえてあげましょうね。」

「からかっちゃいけねえ。だるまじゃあるまいし、赤い半纏《はんてん》なんてのはお祭りにだって着て出られるわけのものじゃない。」

「でも、お父さんは年中お祭りみたいにそわそわしている、あんなのをお祭り野郎ってんだと陰口たたいていた人があったわよ。」

「誰だ、ひでえ奴だ、誰がそんな事を言ったんだ。そのままにはしておけねえ。」

「あたしよ、あたしが言ったのよ。何のかのと近所に寄合いをこしらえさせてお祭り騒ぎをしようとたくらんでばかりいるんだもの。いい気味だわ。ばちが当ったんだわ。お奉行様は、やっぱりえらいな。お父さんのお祭り野郎を見抜いて、こらしめのため、こんな真赤なお祭りの太鼓をかつがせて、改心させようと思っていらっしゃるのに違いない。」

「こん畜生！　太鼓をかついでいなけれや、ぶん殴ってやるんだが、えい、徳兵衛ふびんさに、持前の親分肌のところを見せてやったばっかりに、つまらねえ事になった。」

「持前だって。親分肌だって。おかしいわよ、お父さん。自分でそんな事を言うのは、耄碌の証拠よ。もっと、しっかりしなさいね。」

「この野郎、黙らんか。」

またその翌日の夫婦は、

「あなたも、しかし、妙な人ですね。ふだんあんなにけちで、お客さんの煙草ばかり吸っているほどの人が、こんどに限って、馬鹿にあっさり十両なんて大金を出したわね。」

「そりゃあね、男の世界はまた違ったものさ。義を見てせざるは勇なき也。常日頃の倹約も、あのような慈善に備えて、――」

「いい加減を言ってるわ。あたしゃ知っていますよ。あなたは前から、あの徳兵衛さんのおかみさんを、へんにほめていらっしゃったわね。思召《おぼしめ》しがあるんじゃない？　いいとしをして、まあ、そんな鬼がくしゃみして自分でおどろいてるみたいな顔をして、思召しも呆れるじゃないの、いいえ、あたしゃ知っていますよ、あなた、としを考えてごらんなさい、孫が三人もあるくせに、お隣りのおかみさんにへんな色目を使ったりなんかして、あなたはそれでも人間ですか、人間の道を知っているのですか、いいえ、あたしには、わかっていますよ、おかげでこんな重い太鼓なんか担がせられて、あいたたた、あたしゃまた神経痛が起って来た。あしたから、あなたが、ごはんをたくのですよ。薪《まき》も割ってもらわなくちゃこまるし、糠味噌《ぬかみそ》もよく搔きまわして、井戸は遠いからいい気味だ、毎朝手桶に五はいくんで来て台所の水甕《みずがめ》に、あいたたた、馬鹿な亭主を持ったばかりに、あたしは十年寿命をちぢめた。」と喚《わめ》き、その翌《あく》る日の組も同じ事、いずれも女は不平たらたら、男はひとしく口汚くののしられて、女子と小人は養い難しと眼をかたくつぶって観念する者もあり、家へ帰ってやにわに女房をぶん殴って大立廻りを演じ離縁騒ぎをはじめた者もあり、運悪く大雪の日の番に当った一組は、ひとしお女房の歎きやら呪いやらが猛烈を極め、共に風邪をひき、家へ帰って床を並べて寝込んでしまって咳にむせかえりながらも烈しく互いに罵倒し合い、太鼓の仕置きも何の事はない、女の口の悪さを暴露したという結果に終っただけのようであった。十組のお仕置きが全部すんでから、また改めて皆にお呼び出しがあり、一同不機嫌のふくれつらでお白洲にまかり出ると、板倉殿はにこにこ笑い、

「いや、このたびは御苦労であった。太鼓の担ぎ賃として、これは些少ながら、それがしからの御礼だ。失礼ではあろうが、笑って受取ってもらいたい。風邪をひいて二、三日寝込んだ夫婦もあったとか、もはや本服したろうが、お見舞いとして別に一封包んでおいた。こだわりなく収めていただきたい。このたび仲間の窮迫を見かねて金十両ずつ出し合って救ったとは近頃めずらしい美挙、いつまでもその心掛けを忘れぬよう。それにもかかわらず、あのような重い太鼓をかつがせ、その上、男どもは、だいぶ女連にやられていたようで、気の毒に思っている。まあ、何事も水に流して、この後は仲良く家業にはげむよう。ところで、この中の一組、太鼓をかついで杉林にさしかかった頃から女房が悪鬼に憑かれたように物狂わしく騒ぎ立て、亭主の過去のふしだらを一つ一つ

挙げてののしり、亭主が如何《いか》になだめても静まらず、いよいよ大声で喚き散らすゆえ、亭主は困却し果て、杉林を抜けて畑にさしかかった頃、あたりをはばかる小さい声で、騒ぐな、うらむな、太鼓の難儀もいましばしの辛抱、百両の金は、わしたちのもの、家へ帰ってから戸棚の引出しをあけて見ろ、と不思議な事を言った。言った者には、覚えのあるはず。いや、それがしは神通力も何も持っていない。あの赤い太鼓は重かったであろう。あの中に小坊主ひとりいれておいた。委細はその小坊主から聞いて知った。言った者を、いまここで名指しをするのは容易だが、この者とて、はじめは真の情愛を以てこのたびの美挙に参加したのに違いなく、酒の酔いに心が乱れ、ふっと手をのばしただけの事と思われる。命はたすける。おかみの慈悲に感じ、今夜、人目を避けて徳兵衛の家の前にかの百両の金子を捨てよ。然る後は、当人の心次第、恥を知る者ならば都から去れ。おかみにおいては、とやかくの指図なし。一同、立て。以上。」

（本朝桜陰比事、巻一の四、太鼓の中は知らぬが因果）

「ものには堪忍《かんにん》という事がある。この心掛けを忘れてはいけない。ちっとは、つらいだろうが我慢をするさ。夜の次には、朝が来るんだ。冬の次には春が来るさ。きまりきっているんだ。世の中は、陰陽、陰陽、陰陽と続いて行くんだ。仕合せと不仕合せとは軒続きさ。ひでえ不仕合せのすぐお隣りは一陽来復の大吉さ。ここの道理を忘れちゃいけない。来年は、これあ何としても大吉にきまった。その時にはお前も、芝居の変り目ごとに駕籠《かご》で出掛けるさ。それくらいの贅沢は、ゆるしてあげます。かまわないから出掛けなさい。」などと、朝飯を軽くすましてすぐ立ち上り、つまらぬ事をもっともらしい顔して言いながら、そそくさと羽織をひっかけ、脇差《わきざし》さし込み、きょうは、いよいよ大晦日《おおみそか》、借金だらけのわが家から一刻も早くのがれ出るふんべつ。家に一銭でも大事の日なのに、手箱の底を掻いて一歩《いちぶ》金《きん》二つ三つ、小粒銀三十ばかり財布に入れて懐中にねじ込み、「お金は少し残しておいた。この中から、お前の正月のお小遣いをのけて、あとは借金取りに少しずつばらまいてやって、なくなったら寝ちまえ。借金取りの顔が見えないように、あちら向きに寝ると少しは気が楽だよ。ものには堪忍という事がある。きょう一日の我慢だ。あちら向きに寝て、死んだ振りでもしているさ。世の中は、陰陽、陰陽。」と言い捨てて、小走りに走って家を出た。

家を出ると、急にむずかしき顔して衣紋《えもん》をつくろい、そり身になってそろりそろりと歩いて、物持の大旦那がしもじもの景気、世のうつりかわりなど見て廻っているみたいな余裕ありげな様子である。けれども内心は、天神様や観音様、南無八幡大菩薩、不動明王摩利支天《まりしてん》、べんてん大黒、仁王まで滅茶苦茶にありとあらゆる神仏のお名を称《とな》えて、あわれきょう一日の大難のがれさせ給え、たすけ給えと念じて眼のさき真暗、全身鳥肌《とりはだ》立って脊筋から油汗がわいて出て、世界に身を置くべき場所もなく、かかる地獄の思いの借財者の行きつくところは一つ。花街である。けれどもこの男、あちこちの茶屋に借りがある。借りのある茶屋の前は、からだをななめにして蟹《かに》のように歩いて通り抜け、まだいちども行った事のない薄汚い茶屋の台所口からぬっとはいり、

「婆はいるか。」と大きく出た。もともとこの男の人品骨柄は、いやしくない。立派な顔をしている男ほど、借金を多くつくっているものである。悠然と台所にあがり込み、

「ほう、ここはまだ、みそかの支払いもすまないと見えて、あるわ、あるわ、書附けが。ここに取りちらかしてある書附け、全部で、三、四十両くらいのものか。世はさまざま、〆《しめ》て三、四十両の支払いをすます事も出来ずに大晦日を迎える家もあり、また、わしの家のように、呉服屋の支払いだけでも百両、お金は惜しいと思わぬが、奥方のあんな衣裳道楽は、大勢の使用人たちの手前、しめしのつかぬ事もあり、こんどは少しひかえてもらわなくては困るです。こらしめのため、里へかえそうかなどと考えているうちに、あいにくと懐妊で、しかも、きょうこの大晦日のいそがしい中に、産気づいて、早朝から家中が上を下への大混雑。生れぬさきから乳母を連れて来るやら、取揚《とりあげ》婆を三人も四人も集めて、ばかばかしい。だいたい、大長者から嫁をもらったのが、わしの不覚。奥方の里から、けさは大勢見舞いに駈けつけ、それ山伏《やまぶし》、それ祈禱《きとう》、取揚婆をこっちで三人も四人も呼んで来てあるのに、それでも足りずに医者を連れて来て次の間に控えさせ、これは何やら早め薬とかいって鍋でぐつぐつ煮てござる。安産のまじないに要るとか言って、＊子安貝《こやすがい》、＊海馬《かいば》、＊松茸《まつたけ》の石づき、何の事やら、わけのわからぬものを四方八方に使いを走らせて取寄せ、つくづく金持の大袈裟な騒ぎ方にあいそがつきました。旦那様は、こんな時には家にいぬものだと言われて、これさいわい、すたこらここへ逃げて来ました。まるでこれでは、借金取りに追われて逃げて来たような形です。きょうは大晦日だから、そんな男もあるでしょうね。気の毒なものだ。いったいどんな気持だろう。酒を飲んでも酔えないでしょうね。いやもう、人さまざま、あははは。」と力のない笑声を発し、「時にどうです。言うも野暮《やぼ》だが、もちろん大晦日の現金払いで、子供の生れるまで、ここで一日あそばせてくれませんか。たまには、こんな小さい家で、こっそり遊ぶのも悪くない。おや、正月の鯛を買いましたね。小さい。家が小さいからって遠慮しなくたっていいでしょう。何も縁起ものだ。もっと大きいのを買ったらどう？」と軽く言って、一歩金一つ、婆の膝の上に投げてやった。

婆は先刻から、にこにこ笑ってこの男の話に相槌を打っていたが、心の中で思うよう、さてさて馬鹿な男だ、よくもまあそんな大嘘がつけたものだ、お客の口先を真に受けて私たちの商売が出来るものか。酔狂《すいきょう》のお旦那がわざと台所口からはいって来て、私たちをまごつかせて喜ぶという事もないわけではないが、眼つきが違いますよ。さっき、台所口から覗いたお前さんの眼つきは、まるで、とがにんの眼つきだった。借金取りに追われて来たのさ。毎年、大晦日になると、こんなお客が二、三人あるんだ。世間には、似たものがたくさんある。玉虫色のお羽織に白柄《しらつか》の脇差、知らぬ人が見たらお歴々と思うかも知れないが、この婆の目から見ると無用の小細工。おおかた十五も年上の老い女房をわずかの持参金を目当てにもらい、その金もすぐ使い果し、ぶよぶよ太って白髪頭《しらがあたま》の女房が横坐りに坐って鼻の頭に汗を掻きながら晩酌の相手もすさまじく、稼ぎに身がはいらず*質八《しちばち》置いて、もったいなくも母親には、*黒米の碓《からうす》をふませて、弟には煮豆売りに歩かせ、売れ残りの酸《す》くなった煮豆は一家のお惣菜《そうざい》、それも母御の婆さまが食べすぎると言って夫婦でじろりと睨むやつさ。それにしても、お産の騒ぎとは考えた。取揚婆が四人もつめかけ、医者は次の間で早め薬とは、よく出来た。お互いに、そんな身分になりたいものさね。大阿呆《おおあほう》め。お金は、それでもいくらか持っているようだし、現金払いなら、こちらは客商売、まあ、ごゆるりと遊んでいらっしゃい。とにかく、この一歩金、いただいておきましょう、贋金でもないようだ。

「やれうれしや、」と婆はこぼれるばかりの愛嬌を示して、一歩金を押しいただき、「鯛など買わずに、この金は亭主に隠しておいて、あたしの帯でも買いましょう。おほほほ。ことしの年の暮は、貧乏神と覚悟していたのに、このような大黒様が舞い込んで、これで来年中の仕合せもきまりました。お礼を申し上げますよ、旦那。さあ、まあ、どうぞ。いやですよ、こんな汚い台所などにお坐りになっていらしては。洒落《しゃれ》すぎますよ。

あんまり恐縮で冷汗が出るじゃありませんか。なんぼ何でも、お人柄にかかわりますよ。どうも、長者のお旦那に限って、台所口がお好きで、困ってしまいます。貧乏所帯の台所が、よっぽどもの珍らしいと見える。さ、粋《すい》にも程度がございます。どうぞ、奥へ。」世におそろしきものは、茶屋の婆のお世辞である。

お旦那は、わざとはにかんで頭を掻き、いやもう婆にはかなわぬ、と言ってなよなよと座敷に上り、

「何しろたべものには、わがままな男ですから、そこは油断なく、たのむ。」と、どうにもきざな事を言った。婆は内心いよいよ呆れて、たべものの味がわかる顔かよ。借金で首がまわらず青息吐息で、火を吹く力もないような情ない顔つきをしている癖に、たべものにわがままは大笑いだ。かゆの半杯も喉には通るまい。料理などは、むだな事だ、と有合せの卵二つを銅壺《どうこ》に投げ入れ、一ばん手数のかからぬ料理、うで卵にして塩を添え、酒と一緒に差出せば、男は、へんな顔をして、

「これは、卵ですか。」

「へえ、お口に合いますか、どうですか。」と婆は平然たるものである。

男はさすがに手をつけかね、腕組みして渋面つくり、

「この辺は卵の産地か。何か由緒があらば、聞きたい。」

婆は噴き出したいのを怺《こら》えて、

「いいえ、卵に由緒も何も。これは、お産に縁があるかと思って、婆の志。それにまた、おいしい料理の食べあきたお旦那は、よく、うで卵など、酔興に召し上りますので、おほほ。」

「それで、わかった。いや、結構。卵の形は、いつ見てもよい。いっその事、これに目鼻をつけてもらいましょうか。」と極めてまずい洒落を言った。婆は察して、売れ残りの芸者ひとりを呼んで、あれは素性の悪い大馬鹿の客だけれども、お金はまだいくらか持っているようだから、大晦日の少しは稼ぎになるだろう、せいぜいおだててやるんだね、と小声で言いふくめて、その不細工の芸者を客の座敷に突き出した。男は、それとも知らず、

「よう、卵に目鼻の御入来。」とはしゃいで、うで卵をむいて、食べて、口の端に卵の黄味をくっつけ、あるいはきょうは惚れられるかも知れぬと、わが家の火の車も一時わすれて、お酒を一本飲み、二本飲みしているうちに、何だかこの芸者、見た事があるような気がして来た。馬鹿ではあるが、女についての記憶は悪強い男であった。女は、大

晦日の諸支払いの胸算用をしながらも、うわべは春の如く、ただやたらに笑って、客に酒をすすめ、

「ああ、いやだ。また一つ、としをとるのよ。ことしのお正月に、十九の春なんて、お客さんにからかわれ、羽根を突いてもたのしく、何かいい事もあるかと思って、うかうか暮しているうちに、あなた、一夜明けると、もう二十《はたち》じゃないの。はたちなんて、いやねえ。たのしいのは、十代かぎり。こんな派手な振袖《ふりそで》も、もう来年からは、おかしいわね。ああ、いやだ。」と帯をたたいて、悶《もだ》えて見せた。

「思い出した。その帯をたたく手つきで思い出した。」男は記憶力の馬鹿強いところを発揮した。「ちょうどいまから二十年前、お前さんは花屋の宴会でわしの前に坐り、いまと同じ事を言い、そんな手つきで帯をたたいたが、あの時にもたしか十九と言った。それから二十年経っているから、お前さんは、ことし三十九だ。十代もくそもない、来年は四十代だ。四十まで振袖を着ていたら、もう振袖に名残《なごり》もなかろう。からだが小さいから若く見えるが、いまだに十九とは、ひどいじゃないか。」と粋人《すいじん》も、思わず野暮の高声になって攻めつけると、女は何も言わずに、伏目になって合掌した。

「わしは仏さんではないよ。縁起でもない。拝むなよ。興覚めるね。酒でも飲もう。」

手をたたいて婆を呼べば、婆はいち早く座敷の不首尾に気附いて、ことさらに陽気に笑いながら座敷に駈けつけ、

「まあ、お旦那。おめでとうございます。どうしても、御男子ときまりました。」

「何が。」と客はけげんな顔。

「のんきでいらっしゃる。お宅のお産をお忘れですか。」

「あ、そうか。生れたか。」何が何やら、わけがわからなくなって来た。

「いいえ、それはわかりませんが、いまね、この婆が畳算《たたみざん》で占ってみたところ、あなた、三度やり直しても同じ事、どうしても御男子。私の占いは当りますよ。旦那、おめでとうございます。」と両手をついてお辞儀をした。

客は、まぶしそうな顔をして、

「いやいや、そう改ってお祝いを言われても痛みいる。それ、これはお祝儀。」と、またもや、財布から、一歩金一つ取り出して、婆の膝元に投げ出した。とても、いまいましい気持である。

婆は一歩金を押しいただき、

「まあ、どうしましょうねえ。暮から、このような、うれしい事ばかり。思えば、き

ょう、あけがたの夢に、千羽の鶴が空に舞い、四海波《しかいなみ》押しわけて万亀が泳ぎ、」と、うっとりと上目使いして物語をはじめながら、お金を帯の間にしまい込んで、「あの、本当でございますよ、旦那。眼がさめてから、やれ不思議な有難い夢よ、とひどく気がかりになっていたところにあなた、いきなお旦那が、お産のすむまで宿を貸せと台所口から御入来ですものねえ、夢は、やっぱり、正夢、これも、日頃のお不動信心のおかげでございましょうか。おほほ。」と、ここを先途《せんど》と必死のお世辞。

あまりと言えば、あまりの歯の浮くような見え透いたお世辞ゆえ、客はたすからぬ気持で、

「わかった、わかった。めでたいよ。ところで何か食うものはないか。」と、にがにがしげに言い放った。

「おや、まあ、」と婆は、大袈裟にのけぞって驚き、「どうかと心配して居りましたのに、卵はお気に召したと見え、残らずおあがりになってしまった。すいなお方は、これだから好きさ。たべものにあきたお旦那には、こんなものが、ずいぶん珍らしいと見える。さ、それでは、こんど何を差し上げましょうか。数の子など、いかが?」これも、手数がかからなくていい。

「数の子か。」客は悲痛な顔をした。

「あら、だって、お産にちなんで数の子ですよ。ねえ、つぼみさん。縁起ものですものねえ。ちょっと洒落た趣向じゃありませんか。お旦那は、そんな酔興なお料理が、いちばん好きだってさ。」と言い捨てて、素早く立ち去る。

旦那は、いよいよ、むずかしい顔をして、

「いまあの婆は、つぼみさん、と言ったが、お前さんの名は、つぼみか。」

「ええ、そうよ。」女は、やぶれかぶれである。つんとして答える。

「あの、花の蕾《つぼみ》の、つぼみか。」

「くどいわねえ。何度言ったって同じじゃないの。あなただって、頭の毛が薄いくせに何を言ってるの。ひどいわ、ひどいわ。」と言って泣き出した。泣きながら、「あなた、お金ある？」と露骨な事を口走った。

客はおどろき、

「すこしは、ある。」

「あたしに下さい。」色気も何もあったものでない。「こまっているのよ。本当に、ことしの暮ほど困った事はない。上の娘をよそにかたづけて、まず一安心と思っていたら、それがあなた、一年経《た》つか経たないうちに、乞食のような身なりで赤子をかかえ、四、五日まえにあたしのところへ帰って来て、亭主が手拭《てぬぐ》いをさげて銭湯へ出かけて、それっきり他の女のところへ行ってしまった、と泣きながら言うけれど、馬鹿らしい話じゃありませんか。娘もぼんやりだけど、その亭主もひどいじゃありませんか。育ちがいいとかいって、のっぺりした顔の、俳諧だか何だかお得意なんだそうで、あたしは、はじめっから気がすすまなかったのに、娘が惚れ込んでしまっているものだから、仕方なく一緒にさせたら、銭湯へ行ってそのまま家へ帰らないとは、あんまり人を踏みつけていますよ。笑い事じゃない。娘はこれから赤子をかかえて、どうなるのです。」

「それでは、お前さんに孫もあるのだね。」

「あります。」とにこりともせず言い切って、ぐいと振り挙げた顔は、凄かった。「馬鹿にしないで下さい。あたしだって、人間のはしくれです。子も出来れば、孫も出来ます。なんの不思議もないじゃないか。お金を下さいよ。あなた、たいへんなお金持だっていうじゃありませんか。」と言って、頬をひきつらせて妙に笑った。

粋人には、その笑いがこたえた。

「いや、そんなでもないが、少しなら、あるよ。」とうろたえ気味で、財布から、最後の一歩金を投げ出し、ああ、いまごろは、わが家の女房、借金取りに脊を向けて寝て、死んだ振りをしているであろう、この一歩金一つでもあれば、せめて三、四人の借金取りの笑顔を見る事は出来るのに、思えば、馬鹿な事をした、と後悔やら恐怖やら焦躁やらで、胸がわくわくして、生きて居られぬ気持になり、

「ああ、めでたい。婆の占いが、男の子とは、うれしいね。なかなか話せる婆ではないか。」とかすれた声で言ってはみたが、蕾は、ふんと笑って、

「お酒でもうんと飲んで騒ぎましょうか。」と万事を察してお銚子を取りに立った。

客はひとり残されて、暗憺、憂愁、やるかたなく、つい、苦しまぎれのおならなど出て、それもつまらない思いで、立ち上って障子をあけて匂いを放散させ、

「あれわいさのさ。」と、つきもない小唄を口ずさんで見たが一向に気持が浮き立たず、やがて、三十九歳の蕾を相手に、がぶがぶ茶碗酒をあおっても、ただ両人まじめになるばかりで、顔を見合せては溜息をつき、

「まだ日が暮れぬか。」

「冗談でしょう。おひるにもなりません。」

「さてさて、日が永い。」

地獄の半日は、竜宮の百年千年。うで卵のげっぷばかり出て悲しさ限りなく、

「お前さんはもう帰れ。わしはこれから一寝入りだ。眼が覚めた頃には、お産もすんでいるだろう。」と、いまは、わが嘘にみずから苦笑し、ごろりと寝ころび、

「本当にもう、帰ってくれ。その顔を二度とふたたび見せてくれるな。」と力ない声で歎願した。

「ええ、帰ります。」と蕾は落ちついて、客のお膳の数の子を二つ三つ口にほうり込み、「ついでに、おひるごはんを、ここでごちそうになりましょう。」と言った。

客は眼をつぶっても眠られず、わが身がぐるぐる大渦巻の底にまき込まれるような気持で、ばたんばたんと寝返りを打ち、南無阿弥陀、と思わずお念仏が出た時、廊下に荒き足音がして、

「やあ、ここにいた。」と、丁稚《でっち》らしき身なりの若い衆二人、部屋に飛び込んで来て、「旦那、ひどいじゃないか。てっきり、この界隈と見込みをつけ、一軒一軒さがして、いやもう大骨折さ。ないものは、いただこうとは申しませんが、こうしてのんきそうに遊ぶくらいのお金があったら、少しはこっちにも廻してくれるものですよ。ええと、ことしの勘定は、」と言って、書附けを差出し、寝ているのを引起して、詰め寄って何や

ら小声で談判ひとしきりの後、財布の小粒銀ありったけ、それに玉虫色のお羽織、白柄の脇差、着物までも脱がせて、若衆二人それぞれ風呂敷に包んで、

「あとのお勘定は正月五日までに。」と言い捨て、いそがしそうに立ち去った。

粋人は、下着一枚の奇妙な恰好で、気味わるくにやりと笑い、

「どうもねえ、友人から泣きつかれて、判を押してやったが、その友人が破産したとやら、こちらまで、とんだ迷惑。金を貸すとも、判は押すな、とはここのところだ。とかく、大晦日には、思わぬ事がしゅったい致す。この姿では、外へも出られぬ。暗くなるまで、ここで一眠りさせていただきましょう。」と、これはまたつらい狸寝入り、陰陽、陰陽と念じて、わが家の女房と全く同様の、死んだ振りの形となった。

台所では、婆と蕾が、「馬鹿というのは、まだ少し脈のある人の事」と話合って大笑いである。とかく昔の浪花《なにわ》あたり、このような粋人とおそろしい茶屋が多かったと、その昔にはやはり浪花の粋人のひとりであった古老の述懐。

（胸算用、巻二の二、訛言《うそ》も只は聞かぬ宿）

遊興戒

むかし上方《かみがた》の三粋人《すいじん》、吉郎兵衛、六右衛門、甚太夫とて、としは若《わか》し、家に金あり、親はあまし、男振りもまんざらでなし、しかも、話にならぬ阿呆というわけでもなし、三人さそい合って遊び歩き、そのうちに、上方の遊びもどうも手ぬるく思われて来て、生き馬の目を抜くとかいう東国の荒っぽい遊びを風聞してあこがれ、或るとし秋風に吹かれて江戸へ旅立ち、途中、大笑いの急がぬ旅をつづけて、それにしても世の中に美人はない、色が白ければ鼻が低く、眉があざやかだと思えば顎が短い、いっそこうなれば女に好かれるよりは、きらわれたい、何とかして思いきりむごく振られてみたいものさ、などと天を恐れぬ雑言《ぞうごん》を吐き散らして江戸へ着き、あちらこちらと遊び廻ってみても、別段、馬の目を抜く殺伐なけしきは見当らず、やはりこの江戸の土地も金次第、どこへ行っても下にも置かずもてなされ、甚だ拍子抜けがして、江戸にもこわいものなし、どこかに凄い魔性のものはいないか、と懐手《ふところで》して三人、つまらなそうな様子で、上野黒門より池の端のほうへぶらりぶらり歩いて、しんちゅう屋の市右衛門とて当時有名な金魚屋の店先にふと足をとどめ、中庭を覗けば綺麗《きれい》な生簀《いけす》が整然と七、八十もならび、一つ一つの生簀には清水が流れて水底には緑の藻《も》がそよぎ、金魚、銀魚、藻をくぐり抜けて鱗《うろこ》を光らせ、中には尾鰭《おひれ》の長さ五寸以上のものもあり、生意気な三枠人も、その見事さには無邪気に眼を丸くして驚き、日本一の美人をここで見つけたと騒ぎ、なおも見ていると、その金魚を五両、十両の馬鹿高い値段で、少しも値切らず平気で買って行く人が次々とあるので、やっぱり江戸は違う、上方にはない事だ、あの十両の金魚は大名の若様のおもちゃであろうか、三日養って猫に食われてそれでも格別くやしそうな顔もせずまたこの店へ来て買うのであろうな、いかさま武蔵野《むさしの》は広い、はじめて江戸を見直したわい、などと口々に勝手な事を言って単純に興奮し、これを見ただけでも江戸へ来たかいがあった、上方へのよい土産話が出来た、と互いによろこび首肯《うなず》き合っているところへ、賤《いや》しい身なりの小男が、小桶に玉網《たも》を持ち添えてちょこちょこと店へやって来て、金魚屋の番頭にやたらにお辞儀をしてお追従笑《ついしょう》いなどしている。小桶を覗いてみると無数のぼうふらがうようよ泳いでいる。

「金魚のえさか。」とひとりが興覚め顔して呟《つぶや》いた。

「えさだ。」もうひとりも、溜息をついて言った。

何だか白けた真面目な気持ちになってしまった。たかが金魚を、一つ十両で平然と買って行く人もあり、また一方では、その餌のぼうふらを売って、ほそぼそと渡世している人もある。江戸は底知れずおそろしいところだ、と苦労知らずの三粋人も、さすがに感無量の態であった。

小桶に一ぱいのぼうふらを、たった二十五文で買ってもらって、それでも嬉しそうに、金魚屋の下男にまで、それではまた、と卑しい愛嬌を振り撒きいそいそと立ち去るその小男のうしろ姿を見送ってひとりが、

「おや、あれは、利左じゃないか。」と言ったので、他の二人は、ぎょっとした。

月夜の利左という浮名を流し、それこそ男振りはよし、金はあり、この三粋人と共に遊んで四天王と呼ばれ、数年前に吉州という評判の名妓《めいぎ》を請出《うけだ》し、ふっと姿をかくした利左衛門、それが、まさか、と思えども見れば見るほど、よく似ている。

「利左だ、間違いない。」とひとりは強く断定を下し、「あの右肩をちょっと上げて歩く癖は、むかしから利左の癖で、あれがまた小粋だと言って、わしにも右肩を上げて歩けとうるさくすすめる女があって閉口した事がある。利左に違いない。それ、呼びとめ

果《はて》。

ろ。」

三人は走って、ぼうふら売りをつかまえてみると、むざんや、まさしく利左がなれの

「利左、お前はひどい。吉州には、わしも少し惚れていたが、何もお前、そんな、わしはお前を恨みに思ったりなんかしてやしないよ。黙って姿を消すなんて、水くさいじゃないか。」と吉郎兵衛が言えば、甚太夫も、

「そうよ、そうよ。どんなつらい事情があったって、一言くらいわしたちに挨拶して行くのが本当だぞ。困った事が起った時には、お互い様さ。茶屋酒のんで騒ぐばかりが友達じゃない。見れば、ひでえ身なりで、まあ、これがあの月夜の利左かい。わしたちにたった一言でも知らせてくれたら、こんな事になりはしなかったのに、ぼうふら売りとは酒落《しゃれ》が過ぎらあ。」と悪口を言いながら涙を流し、六右衛門は分別顔して、利左衛門の痩せた肩を叩き、

「利左、でも、逢えてよかった。どこへ行ったかと心配していたのだ。お前がいなくなったら、淋しくてなあ。上方の遊びもつまらなくなって、こうして江戸へ出て来たが、お前と一緒でないと、どこの遊びも面白くない。ここで逢うたが百年目さ。どうだい、

これから、わしたちと一緒に上方へ帰って、また昔のように四人で派手に遊ぼうじゃないか。お金の事や何かは心配するな。口はばったいが、わしたち三人が附いている。お前の一生は引受けた。」と頼もしげな事を言ったが、利左は、顔を青くしてふんと笑い、そっぽを向きながら、

「何を言っていやがる。人の世話など出来る面《つら》かよ。わざわざこの利左をなぶりに上方からやって来たのか。御苦労な事だ。こっちは、これが好きでやっているのさ。かまわないでくれ。遊びの果は皆こんなものだ。ふん。いまにお前たちだって、どんな事になるかわかったものじゃない。一生引受けたは笑わせやがる。でもまあ昔の馴染《なじみ》甲斐《がい》に江戸の茶碗酒でも一ぱい振舞ってやろうか。利左は落ぶれてもお前たちのごちそうにはならんよ。酒を飲みたかったら附いて来い。あはは。」と空虚な笑い方をして、小桶を手にさげてすたすた歩く。三人は、気まずい思いで顔を見合せ、とにかく利左の後を追って行くと、利左はひどく汚い居酒屋へのこのこはいって行って、財布をさかさに振り、

「おやじ、これだけある。昔の朋輩《ほうばい》におごってやるんだ。茶碗で四はい。」と言って、昔に変らず気前のいいところを見せたつもりで、先刻の二十五文を残らず投げ出せば、入口でうろうろしている三人は、ああ、あの金は利左の妻子が今夜の米代としてあてに

して、いまごろは鍋を洗って待っているだろうに、おちぶれても、つまらぬ意地と見栄から、けちでないところを見せたつもりかも知れないが、あわれなものだ、と暗然とした。

「おい、まごまごしてないで、ここへ腰かけて飲めよ。茶碗酒の味も忘れられぬ。」と口をゆがめて苦笑いしながら、わざと下品にがぶがぶ飲み、手の甲で口のまわりをぐいとぬぐって、「ああ、うめえ。」とまんざら嘘でもないように低く呻《うめ》いた。三人も、おそるおそる店の片隅に腰をおろして、欠けた茶碗を持ち無言で乾盃して、少し酔って来たので口も軽くなり、

「時に利左、いまでも、やはり吉州と?」

「いまでも、とは何だ。」と利左は言葉を荒くして聞きとがめ、「粋人らしくもねえ。口のききかたに気をつけろ。」と言って、すぐまた卑屈ににやりと笑い、「その女ゆえに、御覧のとおりのぼうふら売りさ。悪い事は言わねえ。お前たちもいい加減に茶屋遊びを切り上げたほうがいいぜ。上方一と言われた女も、手活《ていけ》の花として眺めると、三日経《た》てば萎《しお》れる。いまじゃ、長屋の、かかになって、ひとつき風呂へ行かなくても平気でいる。」

「子供もあるのか。」

「あたりめえよ。間の抜けた事を聞くな。親にも似ねえ猿みたいな顔をした四つの男の子が、根っからの貧乏人の子らしく落ちついて長屋で遊んでいやがる。見せてやろうか。少しはお前たちのいましめになるかも知れねえ。」

「連れて行ってくれ。吉州にも逢いたい。」と吉郎兵衛は本音を吐いた。利左は薄気味悪い微笑を頰に浮べて、

「見たら、あいそが尽きるぜ。」と言い、蹌踉《そうろう》と居酒屋を出た。

谷中《やなか》の秋の夕暮は淋しく、江戸とは名ばかり、このあたりは大竹藪《おおたけやぶ》風にざわつき、鶯《うぐいす》ならぬむら雀の初音町のはずれ、薄暗くじめじめした露路を通り抜けて、額におしめの滴《しずく》を受け、かぼちゃの蔓《つる》を跨ぎ越え、すえ葉も枯れて生垣に汚くへばりついている朝顔の実一つ一つ取り集めている婆の、この種を植えてまた来年のたのしみ、と来年どころか明日知れぬ八十あまりらしい見るかげもなき老軀《ろうく》を忘れて呟《つぶや》いている慾の深さに、三人は思わず顔を見合せて呆れ、利左ひとりは、何ともない顔をして小腰をかがめ、婆さま、その朝顔の実を一つ二つわしの家へもわけて下さいまし、何だか曇ってまいりましてていけませせぬ、など近所のよしみ、有合せのつらいお世辞を言い、陰干しの煙草をゆ

わえた細縄の下をくぐって突き当りのあばらやの、窓から四歳の男の子が、やあれ、ととさまが、ぜぜ持ってもどらしゃった、と叫ぶもふびん、三人の足は一様に立ちすくんだ。利左は平気を装い、

「ここだ、この家だ。三人はいったら、坐るところがないぞ。」と笑い、「おい、お客さまだぞ。」と内儀に声を掛ければ、内より細き声して、

「そのお三人のうち、伊豆屋吉郎兵衛さま、お帰り下さいまし。そのお方には昔お情にあずかった事がございます。」という。吉郎兵衛へどもどして、

「いや、それはお固い。昔の事はさらりと水に流して。」と言えば、利左も、くるしそうに笑い、

「そうだ、そうだ。長屋の嬶《かか》にお情もくそもあるものか。自惚《うぬぼれ》ちゃいけねえ。」とすさんだ口調で言い、がたぴし破戸《やれど》をあけて三人を招き入れ、「座蒲団《ざぶとん》なんて洒落たものはねえぞ。お茶くらいは出す。」

女房は色青ざめ、ぼろの着物の裾をそそくさと合せて横坐りに坐って乱れた髪を掻き上げ、仰向いて三人の顔を見て少し笑い、

「まあ。」と小さい声で言ったきり、お辞儀をするのも忘れている。亭主はいそがしそ

うに狭い部屋を歩きまわり、仏壇の戸びらの片方はずれているのを引きむしり、菜切庖《なきり》丁で打ち割って、七輪にくべてお茶をわかし、先刻窓から顔を出していた子供はと見れば、いつの間にか部屋の隅の一枚蒲団にこぶ巻になって寝ている。どうやらまっぱだかの様子で、唇を紫にしてがたがた寒さにふるえている。

「坊やは、寒そうだな。」と客のひとりが、つい口をすべらしたら、内儀は坐ったまま子供のほうを振り返って見て、「着物を着るのがいやなんですって。妙な癖で、着物を着せてもすぐ脱いで、ああしてはだかで寝るんです。疳《かん》の虫のせいでしょうよ。」とさり気なく言ったが、坊やは泣き声を出して、

「うそだ、うそだ。坊は、さっき溝へ落ちて、着るものがなくなったから、こうして寝かされて、着物のかわくのを待っているのだ。」という。内儀も気丈な女ながら、ここに到ってこらえかね、人前もはばからず、泣き伏す。亭主は七輪の煙にむせんだ振りをして眼をこする。三人の客は途方に暮れ、無言で眼まぜして帰り仕度をはじめ、挨拶もそこそこに草履《ぞうり》をつっかけて門口に出て、それから小声で囁き合い、三人の所持の金《きん》子《す》全部、一歩金《いちぶきん》三十八、こまがね七十目ばかり取り集め、門口に捨てられてある小皿の上に積みかさね、足音を忍ばせて立ち去った。狭い露路から出て、三人一緒にほっと大

きい溜息をついた途端に、

「ふざけた真似をするな!」と背後に利左の声、ぎょっとして振りむくと利左衛門は金子を載せた小皿を持ち息せき切って、「人の家へやって来て、お茶も飲まずに帰り、そのうえ、こんな犬の糞みたいなものを門口に捨てやがって、人間の附き合いの法も知らねえ鼻ったれ小僧め。よくもよくも、月夜の利左をなめやがったな。もう二度とふたたびお前たちの鼻の下の長いつらを見たくねえ。これを持ってとっとと帰れ!」と眼の色をかえて喚《わめ》き、「馬鹿にするな!」と件《くだん》の小皿を地べたにたたきつけて、ふっと露路の夕闇に姿を消した。

「いや、ひどいめに遭った。」と吉郎兵衛は冷汗をぬぐい、「それにしても、吉州も、きたない女になりやがった。」

「色即是空《しきそくぜくう》か。」と甚太夫はひやかした。

「ほんとうに、」と吉郎兵衛は、少しも笑わず溜息をつき、「わしはもう、きょうから遊びをやめるよ。*卒堵婆《そとば》小町を眼前にありありと見ました。」

「出家でもしたいところだね。」と六右衛門はひとりごとのように言い、「わしはもう殺されるのではないかと思った。おちぶれた昔の友達ほどおそろしいものはない。路で逢っても、こちらから言葉をかけるのは遠慮すべきものかも知れない。誰だい、一ばん先に言葉をかけたのは。」

「わしではないよ。」と吉郎兵衛は口をとがらせて言い、「わしは、ただ、吉州にひとめ逢いたくて、それで。」と口ごもった。

「お前だよ。」と甚太夫は冷静な口調で、「お前が一ばんさきに走って行って、一ばんさきに声をかけて、おまけに、また、あいつの家へ連れて行ってくれなんて、つまらぬ事を言い出したのも、みんなお前じゃないか。つつしむべきは好色の念だねえ。」

「面目ない。」と吉郎兵衛は、素直にあやまり、「以後はふっつり道楽をやめる。」

「改心のついでに、その足もとに散らばっているお金を拾い集めたらどうだ。」と六右衛門は、八つ当りの不機嫌で、「これだって天下の宝だ。むかし青砥左衛門尉藤綱《あおとさえもんのじょうふじつな》さまが、」

「滑川《なめりがわ》を渡りし時、だろう。わかった、わかった。わしは土方人足《どかたにんそく》というところか。さがしますよ、拾いますよ。」と吉郎兵衛は尻端折《しりばしょ》りして薄暗闇の地べたを這い一歩金やらこまがねやらを拾い集めて、「こうして一つ一つにして拾ってみると、お金のありがたさがわかって来るよ。お前たちも、少し手伝ってごらん。まじめな気持ちになりますよ。」

さすが放埒の三人も、昔の遊び友達の利左の浅間《あさま》しい暮しを見ては、うんざりして遊興も何も味気ないものに思われ、いささか分別ありげな顔になって宿へ帰り、翌《あく》る日から殊勝らしく江戸の神社仏閣をめぐって拝み、いよいよ明日は上方へ帰ろうという前夜、宿の者にたのんで少からぬ金子を谷中の利左の家へ持たせてやり、亭主は受け取るまいから、内儀にこっそり、とくどいくらいに念を押して言い含めてやったのだが、その使いの者は、しばらくして気の毒そうな顔をして帰り、お言いつけの家をたずねましたが、昨日、田舎へ立ちのいたとやら、いろいろ近所の者にたずねて廻っても、どこへ行ったのかついに行先きを突きとめる事が出来ませんでしたという口上で、三人はそれを聞いて利左の行末を思い、いまさらながら、ぞっとして、わが身の上も省られ、ああ、もう遊びはよそう、と何だかわけのわからぬ涙を流して誓約し、いよいよ寒さのつのる木枯しに吹きまくられて、東海道を急ぎに急ぎ、おのおのわが家に帰りついてからは、人が変ったみたいにけち臭くよろずに油断のない男になり、ために色街は一時さびれたという、この章、遊興もほどほどに止むべしとの戒歟《いましめか》。

(置土産、巻二の二、人には棒振虫同前に思はれ)

吉野山

拝啓。その後は、ごぶさたを申して居ります。めでたく御男子御出生の由、大慶に存じます。いよいよ御家運御隆昌の兆《きざし》と、おうらやましく思います。御一家いきいきと御家業にはげみ、御夕食後の御団欒《だんらん》はまた格別の事でありましょう。このお正月は御男子御出生と二つお目出度《めでた》が重《かさな》り、京の初春もわがものと思召《おぼしめ》し、ひとしお御一家の笑声も華やかに、昔の遊び仲間も集り、都の極上の酒を酌交《くみかわ》し、とかく楽しみは京の町人、それにつけても先年おろかな無分別を起して出家し、眼夢とやら名を変えて吉野の奥にわけ入った九平太は、いまどうしているかしらんと、さだめし一座の笑草になさった事でございましょうね。いや味《み》を申し上げているのではありません。眼夢、かくの如く、いまはつくづく無分別の出家遁世を後悔いたし、冬の吉野の庵室《あんしつ》に寒さに震えて坐って居ります。思えば、私の遁世は、何の意味もなく、ただ親兄弟を泣かせ、そなた様をはじめ友人一同にも、無用の発心やめ給え、と繁く忠告致されましたが、とめられると尚更、意地になって是が非でも出家遁世しなければならぬような気持ちになり、とめるな、とめるな、浮世がいやになり申した、＊明日ありと思う心の仇桜、など馬鹿な事を喚《わめ》いて剃《てい》髪《はつ》してしまいまして、それからすぐそっと鏡を覗いてみたら、私には坊主頭が少しも似合わず、かねがね私の最も軽蔑していた横丁の藪《やぶ》医者の珍斎にそっくりで、しかも私の頭のあちこちに小さい禿があるのを、その時はじめて発見仕《つかまつ》り、うんざりして、実は既にその時から少し後悔していたのです。白状のしついでに私の出家遁世の動機をも、いまは包まず申し上げますが、私はあなた様たちのお仲間にいれてもらって一緒にお茶屋などに遊びにまいりましても、ついに一度も、もてた事はなく、そのくせ遊びは好きで、あなた様たちの楽しそうな様子を見るにつけても、よし今夜こそはと店の金をごまかし血の出るような無理算段して、私のほうからあなた様たちをお誘い申し、そうしてやっぱり、私だけもてず、お勘定はいつも私が払い、その面白くない事、或る夜やぶれかぶれになって、女に向い、「男は女にふられるくらいでなくちゃ駄目なものだ」と言ったら、その女は素直に首肯《うなず》き、「本当に、そのお心掛けが大事ですわね」と真面目に感心したような口調で申しますので、立つ瀬がなく、「無礼者！」と大喝《だいかつ》して女を力まかせに殴り、諸行無常を観じ、出家にならねばならぬと覚悟を極めた次第で、今日つらつら考えると私のような野暮《やぼ》で物欲しげで理窟っぽい男は、若い茶屋女に好かれるはずはなく、親爺のすすめる田舎女でも、おとなしくもらっておけばよかったとひとりで苦笑致して居ります。まことに山中のひとり暮しは、不自由とも何とも話にならぬもので、ごはんの煮たきは気持ちもまぎれて、まだ我慢も出来ますが、下着の破れを大あぐら掻いて繕《つくろ》い、また井戸端にしゃがんでふんどしの洗濯などは、御不浄の仕末以上にもの悲しく、殊勝らしくお経をあげてみても、このお経というものも、聞いている人がいないとさっぱり張合いのないもので、すぐ馬鹿らしくなって、ひとりで噴き出したりして、やめてしまいます。立ち上って吉野山の冬景色を見渡しても、都の人たちが、花と見るまで雪ぞ降りけるだの、春に知られぬ花ぞ咲きけるだの、いい気持ちで歌っているのとは事違い、雪はやっぱり雪、ただ寒いばかりで、あの嘘つきの歌人めが、とむらむら腹が立って来ます。このように寒くては、墨染《すみぞめ》の衣一枚ではとてもしのぎ難く、墨染の衣の上にどてらをひっかけ、犬の毛皮を首に巻き、坊主頭もひやひやしますので寝ても起きても頬被《ほおかぶ》りして居ります。この犬の毛皮は、この山の下に住む里人から熊の皮だとだまされて、馬鹿高い値段で買わされたのですが、尻尾《しっぽ》がへんに長くてその辺に白い毛もまじっていますので、これは、白と黒のぶちの犬の皮ではないか、と後で里人に申しますと、その白いところは熊の月の輪という部分で、熊によっては月の輪がお尻のほうについている、との返事で、あまりの事に私も何とも言葉が出ませんでした。本当に、この山の下の里人は、たちが悪くて、何かと私をだましてばかり居ります。諸行無常を観じて世を捨てた人には、金銭など不要のものと思いのほか、里人が持って来る米、味噌の値段の高い事、高いと言えば、むっと怒ったような顔をして、すぐに品物を持帰るような素振りを見せて、お出家様が御不自由していらっしゃるかと思って一日ひまをつぶしてこんな山の中に重いものを持ち運んで来るだ、いやなら仕方がない、とひとりごとのように言い、私も、この品がなければ餓死するより他はないし、山を降りて他の里人にたのんでも同じくらいの値段を言い出すのはわかり切っていますし、泣き泣きその高い米、味噌を引きとらなければならないのです。山には木の実、草の実が一ぱいあって、それを気ままにとって食べてのんきに暮すのが山居の楽しみと心得ていましたが、聞いて極楽、見て地獄とはこの事、この辺の山野にはいずれも歴とした持主がありまして、ことしの秋に私がうっかり松茸《まつたけ》を二、三本取って、山の番人からもう少しで殴り殺されるようなひどい目に遭いました。この方丈の庵も、すぐ近くの栗林の番小屋であったのを、私が少からぬ家賃で借りて、庵の裏の五坪ばかりの畑だけが、まあ、わずかに私の自由になるくらいのもので、野菜も買うとなるとなかなか高いので、大根人蔘《にんじん》の種を安くゆずってもらってこの裏の五坪の畑に播き、まことに興覚めな話で恐縮ですが、出家も尻端折《しりばしょ》りで肥柄杓《こえびしゃく》を振りまわさなければならぬ事もあり、その収穫は冬に備えて、縁の下に大きい穴を掘って埋めておかなければならず、目前に一目千本の樹海を見ながら、薪《まき》はやっぱり里人から買わないと、いやな顔をされるし、ここへ来てにわかに浮世の辛酸を嘗《な》め、何のための遁世やら、さっぱりわけがわからなくなりました。遁世してこのようにお金がかかるものとは思いも寄らず、そんなにお金も持って来ませんでしたので、そろそろ懐中も心細くなり、何度下山を思い立ったかわかりません。けれども、一旦、濁世《じょくせ》を捨てた法師が、またのこのこ濁世の親御の家へ帰って泣いておわびをするなどは古今に例のない事のようにも思われますし、これでも、私にはまだ少し恥を知る気持も意地もあり、また、ここを立ちのくにしても、里人への諸支払いがだいぶたまって居りますし、いま借りて使っている夜具や炊事道具を返すに当ってもまた金銭のややこしい問題が起るのではなかろうかと思えば、下山の決心もにぶります。と言えば、少していさいもいいけれども、実はもう一つ、とても私がいますぐ下山できないつらい理由があるのです。京の私の家のことし八十八歳になるばばさまが、大事のへそくりの百両を、二十年ほど前に小さい茶壺にいれて固く蓋をして、庭の植込みの奥深く、三本ならびの杉の木の下に昔から屋敷に伝っているささやかなお稲荷《いなり》のお堂があって、そのお堂の縁の下にお盆くらいの大きさの平たい石があるのですが、その石の下にです、れいの茶壺を埋めておいて、朝から日の暮れるまでに三度、夜寝る前に一度、日に都合四度ずつ竹の杖をついて庭を見廻るふりをして、人知れず植込みの奥に眼を光らせてはいって行き、その隠し場所の安泰をたしかめ、私がまだ五つ六つの時分は、ばばさまにたいへん可愛がられてもいましたし、また私をほんの子供と思って気をゆるしていたのでございましょう、或る日、私を植込みの奥に連れて行き、その縁の下の石を指差して、あの下に百両あるぞ、ばばを大事にした者に半分、いやいや一割あげるぞ、と嗄《しわが》れた声で言いまして、私はそれ以来どうにもその石の下が気になってたまらず、二十年後あなた様たちに遊びを教えられて、たちまち金に窮して悪心起り、とうとう一夜、月の光をたよりに石の下を掘り起し、首尾よく茶壺を見つけて、その中から三十両ばかり無断で拝借して、またもとのように茶壺を埋め、上に石を載せておき、ばばさまに見つかるかと、ひやひやしてしばらくは御飯ものどにとおらず、天を拝し地に伏してひたすら無事を念じ、ばばさまはやっぱりお年のせいか、あのように眼を光らせても石の下まで見抜く事は出来なかった様子で、毎日四度ずつ調べに行っても平気な顔で帰って来るので、私も次第に大胆になり、その後も十両、二十両と盗み、やがて無常を観じて出家する時には、残っている金をそっくり行きがけの駄賃《だちん》として拝借して旅立ったようなわけで、あのばばさまの生きていらっしゃる限り、私はおそろしくて家へ帰る事が出来ないのです。ばばさまは、まだきっとあの茶壺のからっぽな事にはお気附きなさらず、相変らず日に四度ずつ見廻りに行っている事でありましょうが、お気附きなさらぬままで頓死でもなさったならば、ばばさまも仕合せ、また私の罪も永遠にうやむやになって、大手を振って家へ帰れるというわけになるのです。けれども、ばばさまのあのお元気では、きっと百まで生きるでしょうし、頓死など待っているうちに、孫の私のほうが山中の寒さに凍え死にするような事になるかも知れません。思えば思うほど、心細くなります。昔の遊び友達、あるいは朝湯で知合った人、または質屋の手代、出入りの大工、駕籠かきの九郎助にまで、とにかく名前を思い出し次第、知っている人全部に、吉野山の桜花の見事さを書き送り、＊おしなべて花の盛りになりにけり山の端毎《はごと》にかかる白雲、などと古人の歌を誰の歌とも言わず、ちょっと私の歌みたいに無雑作《むぞうさ》らしく書き流し、遊びに来て下さい、と必ず書き添えて、またも古人の歌＊「吉野山やがて出でじと思ふ身を花散りなばと人や待つらむ」と思わせぶりに書き結び、日に二通も三通も里人に頼んで都に送り、わがまことの心境は「吉野山やがて出でんと思ふ身を花散る頃はお迎へたのむ」というような馬鹿げたものにて、みずから省みて苦笑の他なく、けれども、かかるせつなき真赤な嘘もまた出家の我慢忍辱《にんにく》と心得、吉野山のどかに住み易げに四方八方へ書き送り、さて、待てども待てども人ひとり訪ねて来るどころか、返事さえなく、あの駕籠かきの九郎助など、かねがね私があれほどたくさん酒手をやり、どこへ行くにも私のお供で、若旦那が死ねばおらも死にますなどと言っていたくせに、私があれほどていねいな手紙を書き送ってやったのに一片の返事も寄こさぬとは、ひどいじゃありませんか。九郎助に限らず、以前あんなに私を気前がいいの、正直だの、たのもしいだのと褒めていた遊び仲間たちも、どうした事でしょう、私が出家したら、ぱったり何もお便りを下さらず、もう私が何もあの人たちのお役に立たない身の上になったから、それでくるりと脊を向けたというわけなのでしょうか、それにしても、あまり露骨でむごいじゃありませんか。こんなに皆から爪はじきされるとは心外です。私はいったいどんな悪い事をしたのでしょう。ばばさまのへそくりを拝借したとしても、それは一家の内の事で、また、地中に埋もれた財宝を、掘り出して世に活用せしめたのは考え様によっては立派な行為とも言えると思うのです。しかも、諸行無常を観じ出家遁世するのは、上品な事で、昔の偉い人はたいていこれをやっているのです。それくらいの事は、皆さまにもわかりそうなものです。それなのに、私を軽蔑して仲間はずれにしようとなさる。それは、あんまりですよ。私は決して下品な男ではないんです。これから大いに勉強もしようと思っているのです。出家というものは、高貴なものです。馬鹿になさらず、どうかどうかお見捨てなく、いつまでもお附き合いを願います。たまにはお手紙も下さいよ。あんなに皆に遊びに来いと書き送ってやったのだから、誰かひとり、ひょっとしたらお見えになるかも知れぬ、と毎日毎日むなしく待ちこがれ、落葉が風に吹かれて地を這う音を、都の人の足音かと飛立って外に駈け出し、蕭条《しょうじょう》たる冬木立を眺めて溜息をつき、夜は早く寝て風が雨戸をゆり動かすのを、もしや家から親御さまのお迎えかなど、らちもない空頼《そらだの》みしていそいで雨戸をあけると寒月皎々《こうこう》と中空に懸り、わが身ひとつはもとの身にして、南無阿弥陀と心底からの御念仏を申し、掛蒲団を裏返しにして掛けて寝ると恋しい女の面影を夢に見ると言伝えられているようですから、こんな淋しい夜にこそ、と思うのですが、さて、私にはこれぞと定《きま》った恋人もなく、誰でもいいとはいうものの、さあ、誰の面影が出るか、など考えて、実に馬鹿らしくなり、深夜暗闇の中でひとりくすくす笑ってしまいました。ばばさまの面影などが出ては、たまりません。こんな味気ない夜には、お酒でもあると助かるのですが、この辺の地酒は、へんにすっぱくて胸にもたれ、その上、たいへん高価なので、いまいましく、十日にいちど五合くらい買って我慢しています。この山里の人は、何かと慾が深く、この下の渓流には鮎がうようよいて、私は出家の身ながら、なまぐさを時たま食べないと骨ばなれして五体がだるくてたまらなくなりますので、とって食おうと思い、さまざま工夫してみましたが、鮎もやはり生類《しょうるい》、なかなかすばしこく、不器用な私にはとても捕獲出来ず、そのような私のむだな努力の姿を里人に見つけられ、里人は私のなまぐさ坊主たる事を看破致し、それにつけ込んで、にやにや笑いながら鮎の串焼など持って来て、おどろくほど高いお金を請求いたします。私は、もうここの里人から、すっかり馬鹿にされて、どしどしお金を捲き上げられ、犬の毛皮を熊の毛皮だと言って買わされたり、また先日は、すりばちをさかさにして持って来て、これは富士山の置き物で、御出家の床の間にふさわしい、安くします、と言い、あまりに人をなめた仕打ち故、私はくやし涙にむせかえりました。それにつけても、お金が欲しく、そろそろ富籤《とみくじ》の当り番がわかった頃だと思いますが、私のは、たしか、イの六百八十九番だったはずです。当っているでしょうか。あの富籤を、京の家の私の寝間、床柱の根もとの節穴に隠しておきましたが、お願いですから、親爺に用ありげな顔をして私の家へ行き、寝間に忍び込んで床柱の根もとの節穴に指を突き込み、富籤を捜し出して、当っているかどうか、調べてみて下さい。当っているといいんですけれどもね。たぶん当っていないかと思いますが、でも、とにかく、念のために調べて見て下さいまし。お願いついでに、橋向うの質屋へ行って、私がたしか一両であずけておいた二寸ばかりの小さな観音像を受け出して下さいませんか。他の品は、みな流してもいいのです。あの観音像だけは、是非とも受け出して下さい。あれは、ばばさまからおまもりとして幼少の頃もらったもので、珊瑚《さんご》に彫ったものですから、一両では安すぎるのです。受け出して、道具屋の佐兵衛に二十両で売って下さい。佐兵衛は、あれを二十両でいつでも引取ると言っていたのです。ついでに私の寝間の、西北の隅の畳の下に色紙一枚かくしてありますから、あれも佐兵衛のところへ持って行ってみて下さい。あの色紙は、茶屋の枕《まくら》屏風《びょうぶ》に張ってあったものですが、私はもてない腹いせに、ひっぱがして家へ持って帰ったのです。雪舟《せっしゅう》ではないかと思っているのですが、あるいは贋物かも知れません。とにかく佐兵衛に見せて、そこはあなた様も抜け目なく、相応の値段で売りつけてやって下さい。贋物であっても、出来は悪くない色紙のようですから、五十両と吹かけてみて下さい。売れましたら、観音像の代金と一緒に、お手数でも、こちらへすぐにお送り願います。このたびは、あなた様にもいろいろ御手数をかけるわけですが、御礼として縞の羽織を差上げたいと思います。それはいま九郎助が持っているのです。ちょっと粋《いき》な縞で、裏の絹もずいぶん上等のものです。九郎助は駕籠かきのくせに、おしゃれな男で、あの羽織をむやみに着たがりますので、私は一時借してやってそのままになっているのです。決してくれてやったのではありませんから、どうか九郎助から取り上げてあなた様がお召しになって下さい。あんな恩知らずの九郎助には、もっともっとこらしめを見せてやりたいと思います。かまいませんから、あれを九郎助から取上げてやって下さい。あなた様は色が白いから、きっとあの羽織はお似合いの事と思います。私は色が黒いのであの羽織は少しも似合いませんでした。墨染の衣だけでも似合うかと思いの他、私は肩幅が広いので弁慶のような荒法師の姿で、狼に衣の例に漏れず、何もかも面白くなく、既に出家していながら、更にまた出家遁世したくなって何が何やらわからず、ただもう死ぬるばかり退屈で、

*歎きわび世をそむくべき方知らず、吉野の奥も住み憂しと言へり

という歌の心、お察しねがいたく、実はこれとて私の作った歌ではなく、人の物もわ

が物もこの頃は差別がつかず、出家遁世して以来、ひどく私はすれました。このたびのまことに無分別の遁世、何卒あわれと思召《おぼしめ》し、富籤と観音像と、それから色紙の事お忘れなく、昔の遊び仲間の方々にもよろしくお伝え下され、陽春の頃には、いちど皆様そろって吉野へ御来駕《ごらいが》のほど、ひたすら御待ち申し上げます。頓首。

（万の文反古、巻五の四、桜の吉野山難義の冬）

注

頁 行

九 6 **宇治拾遺物語から発している**　『宇治拾遺物語』は説話集。編者未詳。十三世紀の前半に成立。巻一の三「鬼に瘤とらるる事」をふまえての言。

9 **日本書紀**　わが国初の勅撰の史書。養老四年(七二〇)に完成。舎人親王らが編纂。「雄略紀」二十二年七月の条に浦島子《うらしまのこ》が蓬萊山で仙人に出会う記事がある。

10 **本朝神仙伝《ほんちょうしんせんでん》**　説話集。大江匡房著。承徳二(一〇九八)前後の成立か。神仙と目された者三十七人の伝を収録。目録には「浦島子」の名があるが、現存諸本では散逸している。

11 **鷗外の戯曲**　『玉篋両浦島《たまくしげふたりうらしま》』。『ファウスト』を模して書かれた。明治三十六年、市村座初演。

逍遥　楽劇『新曲 浦島』。三幕十二景。明治三十七年刊。

二六 7 **四海波《しかいなみ》**　謡曲「高砂」の一節。四海静穏で国内のよく治っているさまを祝う。婚姻など祝賀の席で歌われる。

二八 15 **これは阿波の鳴門《なると》に…**　謡曲「通盛《みちもり》」の冒頭。この一節の後、「されども老いに頼まぬは、身の行く末の日数《ひかず》なり…」と続き、この世の無常を説く内容になっている。

三五 2 **苅薦《かりごも》の〜**　『万葉集』巻三、雑歌「飼飯《けい》の海の庭良くあらし刈薦の乱れて出づ見ゆ海人《あま》の釣舟(飼飯の海の漁場がよいらしい。海人の釣舟が乱れて漕いでいくのが見える)」を踏まえる。「苅薦」は「乱る」の枕詞。

三六 4 **島台の、れいの蓬莱山《ほうらいさん》、尉姥《じょううば》の身辺に** 島台は婚礼などに用いる飾り物。州浜《すはま》台(浜辺のなぎさに見立てた台)の上に松竹梅などを飾り、鶴、亀を配し、尉《じょう》(老夫)、姥《うば》(老婆)を立たせる。蓬萊山(神仙思想に説かれる神山)を模したものという。

三九 10 **諷諫、耳に逆《さか》うもその行を利す** 人から諫められる言葉は耳に痛いものだが、実際の行動にあたっては大きな力になるものだ、の意。

四七 14 **水深千尋《ひろ》** 「尋」は両手を伸ばした長さ。計り知れぬほど深いことのたとえ。

六三 7 **階前万里《かいぜんばんり》** 万里を隔てた遠方の地が階前のように身近である、ということ。転じて、遠い地方の行政も、天子の聞き知るところとなるので、これを欺くことはできない、という意味。出典は『唐書』「宣帝紀」。

七三 15 **皮裏《ひり》の陽秋《ようしゅう》** 「皮裏」は、皮膚の内側、つまり心の中。「陽秋」は是非善悪の判断。「春秋」に同じ。『春秋』において、その筆法のうちに孔子の歴史批判が示されている点に由来。言葉に出さずに心の中で厳しく是非善悪の判断をすること。出典は『晋書』「褚裒伝」。

八〇 14 **峻酷《しゅんこく》の陽秋** 厳しい是非善悪の判断。

八八 8 **膺懲《ようちょう》** 征伐して懲らしめること。昭和十年代の中国大陸侵略の文脈においてしばしば用いられた。

12　**臥薪嘗胆《がしんしょうたん》、鞍馬山にでもはいって**　「臥薪嘗胆」の語は日清戦争後の三国干渉以来、国家的な標語にもなり、太平洋戦争の戦局の悪化にともなってしばしば用いられた。鞍馬山は京都の北方にあり、古来から山岳修行者の霊地として知られる。牛若丸(源義経)が修行したという伝説や、謡曲の『鞍馬天狗』、悪を懲らす志士の活躍を描いた大仏《おさらぎ》次郎の『鞍馬天狗』(大十三—昭三十)等の内容を踏まえたものか。

一二三 1　**乙夜《いつや》丑満《うしみつ》**　「乙夜」は現在の午後九時—十一時。「丑満(三つ)」は午前二時—二時半ごろ。

8　**ジイグフリイド**　ドイツ、北欧の伝説上の英雄。中世の叙事詩『ニーベルンゲンの歌』や、ワグナーの楽劇『ニーベルグの指輪』の主人公として知られる。悪竜を殺したときにその血を浴び、背中の一箇所を除いて不死身になったと言われる。

一三五 15　**刻舟《こくしゅう》求剣《きゅうけん》のしたり顔**　舟中から剣を落とした人が、舟が流れることを考えずに、船ばたに印を付けて剣を捜した故事に基づく。転じて、愚人が旧弊を守って時勢の変遷に気づかぬことのたとえ。出典は『呂子春秋』「察今」。

一七〇 4　**徳乗《とくじょう》の小柄《こづか》**　彫金の名門、後藤家の第五代、徳乗の手になる小柄。小柄は小刀の柄《え》(手で握る部分)のこと。

一九〇 11　**夜宮**　宵宮。本祭りの前夜の祭りを言う。

一九六 11　**あずまの佐野の次郎左衛門**　下野《しもつけ》の国の農民。江戸吉原の遊女八橋《やつはし》を恨み、多くの人を殺生した。この事件を脚色した歌舞伎、『籠釣瓶《かごつるべ》花街《さとの》酔醒《えいざめ》』(三世河竹新七、明治二十一年初演)で知られる。

二〇〇1 **枷**《かせ》 紡いだ糸を巻き取る枠のある道具。

二一〇12 **弓矢八幡大菩薩** 大和朝廷が外敵に対する守護神として崇めていた八幡神は、のち、清和源氏の崇敬を受けて武家の守神となった。「弓矢八幡大菩薩」は武士が誓いを立てるときの決まり文句。

12 **頼光**《らいこう》**、綱、八郎、田原藤太**《たわらとうた》 頼光、綱は、源頼光、渡辺綱の主従。武勇に勝れ、丹波の大江山に住む鬼の頭領、酒呑童子《しゅてんどうじ》を退治した伝説で知られる。八郎は源為義の八男、鎮西八郎為朝。日本国第一の弓取りとして知られ、保元の乱で勇名を馳せた。田原(俵)藤太は藤原秀郷《ひでさと》の別称。平将門の乱を鎮定し、鎮守府将軍となった。弓術に勝れ、むかで退治などの伝説がある。

二三〇3 **鬼界ケ島の流人**《るにん》**俊寛** 俊寛は平安末期の僧。藤原成経らと平家打倒の密議をこらすが発覚し(鹿ケ谷事件)、鬼界ケ島に流される。翌年成経らは許されたが俊寛一人が取り残され、流人として没した。

二三八7 **「下戸**《げこ》**ならぬこそ」**…… 吉田兼好の『徒然草』第一段「いたましうするものから、下戸ならぬこそをのこはよけれ(すすめられると困った様子はするものの、全く酒を飲めないわけではない、というのが男の場合は望ましい)」、同第三段「万《よろず》にいみじくとも、色好まざらむ男は、いとさうざうしく…(万事に勝れていても、恋愛の情を察しない男は殺伐とした印象を受けるもので…)」を踏まえる。

二三九 2　**仕末**　倹約。

二三三 14　**徳は孤ならず必ず隣あり**　徳のある人は孤独には為らず、自ずと人々が慕い集まってくる、の意。『論語』「里仁」の一節をふまえる。

二三五 14　**狐拳**《きつねけん》　拳の一種。二人が合い対し、狐、庄屋、鉄砲(狩人)に見立てた姿を示し、狐は庄屋に勝つが鉄砲に負ける。

二四三 1　**北条時頼**　一二二七―六三。鎌倉幕府第五代の執権。仁政の誉れ高く、数多くの逸話が残る。

10　**松下禅尼**《まつしたぜんに》　『徒然草』第百八十四段に、時頼の前で自ら障子の切張りをし、我が子を教戒したという逸話が記載されている。

二五五 3　**荒木村重**《あらきむらしげ》　安土・桃山時代の武将。?―一五八六。織田信長に仕え、摂津を領したが、のち離反して没落した。

二九三 12　**時の名判官板倉殿**　板倉重宗。一五八六―一六五六。江戸時代初期の幕臣。父、勝重の跡を襲い、京都所司代をつとめた。公正な裁判で知られ、「非(火)がない」ことから「板倉殿の冷え炬燵」と称されるなど、多くの逸話を生んだ。

三〇三 5　**一陽来復**　陰がきわまって陽に変わること。転じて、悪いことが続いた後に、幸運に向かうこと。

三〇五 13　**子安貝**《こやすがい》　腹足類宝貝科の貝の俗称。産婦がこの貝を握って出産すると安産になるという信仰があった。

三〇五 13 **海馬《かいば》** 竜の落し子のこと。出産時、安産を願って左手に握った。

13 **松茸《まつたけ》の石づき** みそ汁に入れて飲むと産後の痛みを止めるとされた。

三〇七 4 **質八《しちばち》置いて** 質入れをする、の意。

4 **黒米の碓《からうす》** 黒米《こくまい》は、籾《もみ》を取ったままの玄米。碓は唐臼に同じ。臼を地面に埋め、梃子《てこ》の原理で、杵《きね》の柄《え》を踏みながら穀物をついた。

三一八 13 **卒堵婆《そとば》小町** 七小町（小野小町に関する七つの伝説）の一つ。謡曲「卒塔婆小町」では、かつて艶麗な容姿を誇った小町が、百歳の姥となって老残落魄の身を路頭に曝す。

三二二 2 **明日ありと思う心の仇桜** 「あすありと思ふ心のあだざくら夜はに嵐の吹かぬものかは」（『親鸞上人絵詞伝』）をふまえる。

三二三 8 **花と見るまで雪ぞ降りける** 「冬ごもり思ひかけぬを木《こ》の間より花と見るまで雪ぞ降りける」（紀貫之、『古今和歌集』巻六、冬歌）。

9 **春に知られぬ花ぞ咲きける** 「雪ふれば冬ごもりせる草も木も春にしられぬ花ぞさきける」（左大臣橘諸兄、『古今和歌六帖』第一）。

三二七 13 **おしなべて花の盛りになりにけり山の端毎《はごと》にかかる白雲** 西行『山家集』上、春、「花の歌あまたよみけるに」のうちの一首。

15 **吉野山やがて出でじと思ふ身を花散りなばと人や待つらむ** 西行『山家集』中、雑。（大意）

このまま世をのがれて吉野山からは出まいと思う我が身のことを、人々は花が散ったならば都に帰ってくると思っているのであろうか。

三四三14 **歎きわび世をそむくべき方知らず、吉野の奥も住み憂しと言へり**　実朝『金槐和歌集』下、雑部。（大意）ただ浮き世を嘆きわびるだけで世を捨てて安らかに暮らすべき場所がわからない。世を捨てるにふさわしい吉野の山奥も、やはり住みにくいということだ。

（安藤　宏）

翻案とパロディのあいだ

安藤　宏

太宰治は昭和十八年に『右大臣実朝』を刊行したのを機に次第に日本の古典文学の翻案へと方向を転換し、昭和十九年から二十年にかけ、相次いで『新釈諸国噺』『お伽草紙』を発表した。空襲が激しくなり、物資の欠乏から作品発表の場が制限されていくこの時期、これほど旺盛な創作活動を展開した文学者は文壇にほかに見あたらず、その功績はあらためて特筆されてよいだろう。太宰個人にとっても、これら二作は明るい向日的な作風である中期の、いわば総決算としての意味を持っており、小説家として脂ののった時期のエッセンスが凝縮されている。以下、主にその成立事情や典拠資料との比較を通してその魅力の一端に触れてみることにしよう。

お伽草紙

『お伽草紙』は全編書き下ろしの単行本として、昭和二十年十月に筑摩書房から刊行された。

昭和二十年三月十日の東京大空襲の直後、太宰は家族を妻、美知子の実家のある甲府に転居させ、その後、四月二日の空襲によって三鷹の自宅が半壊したために自身も甲府へと向うことになる。しかしその甲府も空襲に遭い、七月には一家揃ってさらに郷里の津軽に疎開するのである。こうした中にあってまず「瘤取り」が三月の上旬に起筆され、五月上旬に甲府で書き上げられている。この短編のみ、当初は雑誌掲載が意図されていたともいうが、続いて他の三編も六月末までには完成している。甲府の住居は七月七日の空襲によって全焼するのだが、その際、夫人の回想(『太宰治全集』第十一巻「後記」、創芸社刊、一九五三年)によれば、「逃げ出すとき、『お伽草紙』の原稿、預かり原稿、創作手帖、万年筆など机辺のもの一切を、五つになる長女を負うた上に持出したのがのちのちまでも自慢の種」であったという(ちなみに『お伽草紙』の肉筆原稿は前書きと「瘤取り」の部分が青森県近代文学館に収蔵されている)。

なお、筑摩書房の刊本は昭和二十一年二月に再版が出ており(初版七千五百部、再版七千部)、その際に新たに版が組み直され、それまで無題であった「前書き」に独立して題が付されると共に、絵本からの引用本文がゴシック体に改められている。「浦島さん」

の題名は、筑摩書房版では初版、再版とも、目次のみ「浦島太郎」と表記されていたが、再録本である『雌に就いて』(杜陵書院刊、一九四八年)、及び南北書園版『お伽草紙』(一九四八年)以降は「浦島さん」に改められた。ちなみに本文庫は筑摩書房版の再版を底本にした本文に依っている。

『お伽草紙』の題名からまず連想されるのは、中世から近世にかけて成立した「御伽草子」であろう。「御伽草子」は広義には室町時代中期から江戸時代初期にかけて流布した三百編以上の物語の総称であり、狭義には江戸時代初期にこれらの中から二十三編を選んで大坂の版元から刊行された物語の通称である。ただし後者の二十三編のうち、太宰の『お伽草紙』に登場するのは「浦島さん」の一編に過ぎない。彼が実際に参照したのは、本文に自ら引用するように、あくまでも当時の子供向けの童話(絵本)なのであった。

もっともこの事実は、古くから伝わる伝承が、現在の読者に向けてあらためて換骨奪胎されていった事実を否定するものではない。たとえば浦島伝説は、古くは『日本書紀』『丹後風土記』にその記載があり、「瘤取り」も「舌切雀」も『宇治拾遺物語』にまで起源をさかのぼることができる。これらの説話がさまざまな民間伝承を経て、江戸初期には婦女子等を対象にした絵本(赤本、黒本等の草双紙類)に姿を変えていったのである(「兎の手柄」「したきり雀」など)。もともと広義の「御伽草子」に代表される説話や伝承は、南北朝の争乱や戦国期における地方豪族の勃興を背景に、幅広い、新たな物語享受層に支えられて発達した経緯があり、絵巻物や奈良絵本など、ビジュアルな要素を兼ね備えていた。明治に入ってからこうした伝承が「昔話」として、あらためて子供向きの絵本童話に再編され、その中でも特に、「桃太郎」「猿蟹合戦」「花咲爺」「カチカチ山」「舌切雀」の五編が、「五大国民童話」(島津久基『日本国民童話十二講』山一書房刊、一九四四年)として定着していく経緯があったのである。

こうした説話や伝承の童話化の流れに大きな役割を果たしたのが巌谷小波であった。彼は「桃太郎」「花咲爺」などのお伽噺の集大成を企図し、『日本昔噺』全二十四巻を博文館から刊行(一八九四—九六年)している。げんに太宰も当時広く流布した巌谷小波『日本お伽噺集(日本児童文庫10)』(アルス刊、一九二七年)を参照していた可能性が高い。ただしこの書をはじめ、『講談社の絵本』シリーズ(本作に関わる四作品の刊行は一九三七—八年)など、当時多く出ていた絵本類は、何れも太宰の掲出している本文とは違っており、太宰は執筆にあたって複数の資料にあたったものと見るべきだろう。たとえば角田旅人や山内祥史が指摘しているように、浦島が「七百年の齢」になるという江戸期の版本の伝承(巌谷小波もこれを採っている)には従わず、これが繰り返し「三百歳」とされているのは、太宰が『丹後国風土記』系の伝承を参照した事実を物語っている。また、「カチカチ山」は『日本昔話大成』(関敬吾著、角川書店刊、一九七八―八〇年)では五つの話型に分類されているが、「婆汁」の例からも明らかなように、太宰は異なる伝承も適宜紹介しながらこれらをあらたに編集し直しているのである。歴史的に複数の系統を持つおのおのの伝承に対し、どのような取捨選択を行うかに、あらたな近代の語り部としてのオリジナリティがかけられていたと見てよいだろう。

新釈諸国噺

単行本『新釈諸国噺』は、昭和二十年一月に生活社より刊行された。初版は一万部。昭和二十三年八月には第五刷が出ており、「太宰の生前にあっては最も広く読まれた著作の一つ」であったという美知子夫人の指摘(前出)を裏付けている。夫人によれば、執筆は「裸川」から始まり、最後の一編が完成したのは昭和十九年の十月中旬であったという。

単行本所収作のすべてが書き下ろしだったわけではなく、左記の五編は先だって雑誌に発表されている。

裸　川(原題「新釈諸国噺」)　「新潮」昭和十九年一月号
義　理(原題「武家義理物語(新釈諸国噺)」)　「文藝」昭和十九年五月号
貧の意地(原題「貧の意地——新釈諸国噺」)　「文藝世紀」昭和十九年九月号
人魚の海(原題「人魚の海——新釈諸国噺」)　「新潮」昭和十九年十月号
女　賊(原題「仙台伝奇　髭候《ひげそうろう》の大尽《だいじん》」)　「月刊東北」昭和十九年十一月号

なお、単行本の「凡例」のうち、「わたくしのさいかく…着想が陳腐だとさえ思われる」の部分のみが、「裸川」の雑誌掲載の折、本文冒頭に二段下げで付された。初出誌と初版本の本文には改行の有無、語句の細部に関して多少の手入れがあるが、内容の解釈に大きく関わる変更は認められない。

美知子夫人は、『回想の太宰治 増補改訂版』(人文書院刊、一九九八年)において、太宰が翻案にあたって参照したのは『日本古典全集 西鶴全集』全十一巻(日本古典全集刊行会刊、一九二六—二八年)であると証言している(以下、原作の引用はこの本文に従う)。「太宰は必ずしも西鶴の一篇から、新釈の一篇を生み出してはいない。対照すればすぐわかることであるが、題材も西鶴本のあちこちからとり、実朝や西行の歌を入れているかと思えば、でたらめ歌を入れ、『東遊記』からとった題材を入れるなど、自由奔放に太宰流を発揮している」と指摘されているように、太宰は執筆に際して西鶴の他の作品や諸資料をも参照しており、また、作品によっては原典からかなり離れた内容に改変されているものもある。以下、作品毎に、主に参照した原作との主要な相違点をまとめておきたい。

貧の意地

『西鶴諸国咄』(貞享二年刊)は、江戸城大手門外の下馬所に集まる日本中の旅人から、諸国の珍談奇談を集めた、という想定の作品集。「貧の意地」は、巻一の三「大晦日《おおつごもり》は合はぬ算用《さんよう》」の翻案である。ただし原田内助、半井清庵以外の人物名は原話にはなく、また、「人の気持ばかり、おっかなびっくり、いたわっている男」という設定や、「だめな男というものは…」「気の弱い男というものは…」「弱気な男というものは…」のくだり、「自尊心の倒錯」という解釈、結末の、女房の感じたという「理由のわからぬ戦慄」等はすべて太宰の創作である。なお、原田が借金取りを追い返す場面に『世間胸算用』巻二の四「門柱《かどばしら》も皆かりの世」、巻一の二「長刀《なぎなた》は昔の鞘《さや》」が部分的に取り込まれている。

大力

『本朝二十不孝《ほんちょうにじゅうふこう》』(貞享三年刊)は、中国の『二十四孝』のパロディで、さまざまな「親不孝」の逸話を通し、世間の常識から外れた能力のため、破滅していく者たちの姿が描き出されている。この作品は巻五の三「無用の力自慢」の翻案だが、「無用の力自慢」には鰐口は登場せず、師弟の出会い、弟子入り、師の側からの敬遠、夜宮の勝負に関わるくだりもない。原話では才兵衛(荒磯)が力自慢の相撲取りとして名をあげるものの、夜宮相撲の相手(名前は不明)に投げられて半死半生になった、という展開になっている。親が異見する場面は原話にもあるが、「大力」ではこの部分が大幅に補筆され、息子に対して卑屈な父の姿などが演出されている。なお、牛を担ぐなど、幼時からの力自慢の挿話は『西鶴諸国咄』巻四の六「力無しの大仏《おおぼとけ》」、父親が息子に角力以外の趣味をすすめる場面は『西鶴織留』巻三の二「芸者は人をそしりの種」、母親が息子に妾との生活の具体を説くくだりは『万の文反古』巻一の二「栄華の引込所《ひきこみどころ》」の描写の一部が取り込まれている。

猿　塚

『懐　硯《ふところすずり》』(貞享四年刊)は、「諸国噺」の形を借りた奇談怪談集。「猿塚」は、巻四の四「人真似は猿の行水」の翻案。ただし次郎右衛門について、原話には「色好みなる男」とあるだけだが、太宰はさえぬ風貌とその煮え切らぬ性格、駆け落ち前後の動揺などをあらたに付加し、強調してみせている。ちなみに縁談を仲介した者の名やその欲得の心理、吉兵衛という猿の名も、原話には見えない。「人真似は猿の行水」の冒頭は、墓守が猿塚のいわれを説明するくだりから始まり、この世の無常を前面に押し出す展開になっているが、太宰の「猿塚」では無常観は薄められ、「分別浅い愚かな男女」が駆け落ちをした後、「世の中の厳粛な労苦」を味わう、その運命の変転の方に焦点が置かれている。なお、子供が「もう一年さきに古里の桑盛の家で生れたら…」以下のくだりは、『西鶴置土産』巻三の三「算用してみれば一年弐百貫目づかひ」を参照した形跡がある。

人魚の海

『武道伝来記』(貞享四年刊)は、諸国の名高い敵討ちの集成で、「人魚の海」は、巻二の四「命《いのち》取らるる人魚の海」の翻案である。ただし女性の敵討ちを勧善懲悪に添って描く原話に、太宰は「信ずること」の価値、という観点から大幅に手を入れている。「それ心に信なくば、この世に何の実体かあらん」「信は、心の情愛を根源とす」という武蔵の言、「この段、信ずる力の勝利を説く」という末尾の語りは、いずれも原話には見あたらない。「世の中にはあの人たちの思いも及ばぬ不思議な美しいものが、あるのだ」という金内の言も存在せず、太宰独自の芸術観が人魚の存在に託されているとみるべきだろう。このほか原話では、助太刀をするのは武蔵の意を含んだ増田治平《ましたじへい》という浪人であり、武蔵が自決したという事実もない。また、娘の名も不明で、旅に出立するのも父の死を知らされたのちになっている。ほかにも、嵐に襲われたときの船中の人々の様子は『武道伝来記』巻三の三「大蛇も世に在《あ》る人が見た例《ためし》」および『本朝二十不孝』巻二の三「人は知れぬ国の土仏《つちほとけ》」、また、船中の八十歳の隠居の語る、「登竜」の話、年老いた漁師の語る「おきなという大魚」の話は、それぞれ橘南谿『東遊記』三之巻「登竜《とうりゅう》」、四之巻「大魚」の内容を踏まえている。

破産

『日本永代蔵《にっぽんえいたいぐら》』(元禄元年刊)は、富を築こうとする人々への教訓を通し、金銭にまつわる様々な人間模様を描き出した作品集。「破産」は、巻五の五「三匁五分曙《さんもんめごふんあけぼの》の鐘」の翻案である。女房が夫に焼き餅を焼く姿、女房に非難されて夫が「やけくそ」になる経緯、鷹揚になってからの女房の様子、夫が上方で財産を蕩尽するさまなど、二三〇頁五行目から二三八頁二行目にかけての記述はほとんどが太宰の創作だが、個々のエピソードに関しては、『世間胸算用』や『日本永代蔵』から借りていると思われる部分もある。女房が遊びを覚えるのは単に伊勢参宮がきっかけであったはずだが、「破産」では女房の嫉妬に手を焼いた亭主の策略の結果とされており、総じて夫婦の心理戦や遊蕩にかかわる亭主の心情に焦点が当てられている。結末も微妙な差違があり、「三匁五分曙の鐘」は、「それより間もなく、門《かど》を扣《たた》きて、兵庫屋といへる人革袋《かわぶくろ》持たせ来て、小判千五百両あり。来年預けたしと取り出し、先程の利銀の内、三匁五分の豆板悪銀《まめいたあくぎん》と、出しける。この替《かえ》なくて、身代顕《あらわ》れける」と結ばれている。

裸　川

『武家義理物語』(元禄元年刊)は、義理に生きる武士の姿を中心に描かれている。「裸川」は、巻一の一「我物ゆゑに裸川」の翻案。ただし原話は『太平記』巻三十五「北野通夜物語事付青砥左衛門事」の内容を踏まえており、青砥が質素倹約、清廉潔白な官吏であったこと、北条時頼との主従関係に関するエピソードの記述など、太宰もまた『太平記』を直接参照している形跡がある。ストーリーはほぼ原話を踏襲しているが、青砥を騙した人足が「浅田小五郎という三十四、五歳のばくち打《うち》」で「傲岸不遜にして長上をあなどり」というくだり、また、娘のお律が青砥の勘違いを指摘した、というくだりはいずれも太宰の創作。なお、「我物ゆゑに裸川」は、この人足が正道という名の由緒ある武士であったという、次のような一節で結ばれている。

其後《そののち》正道と申せし人足の事を窃《ひそか》に尋ねられしに、千馬之介《ちばのすけ》が筋目、歴々の武士にて、千馬《ちば》孫九郎といへる者なるが、仔細あつて、二代まで身を隠し、民家にまぎれて住みける。流石侍《さむらい》のこころざしを深く感じて、青砥左衛門此事を時頼公に言上申して、首尾よく召し出だされて、二たび武家のほまれ、ちとせを祝ふ鶴が岡に住みぬ。

義理

『武家義理物語』巻一の五「死なば同じ浪枕《なみまくら》とや」の翻案。『新釈諸国噺』の中にあっては太宰の改変部分が多い部類に属している。村丸、勝太郎、丹三郎の三者は原話にも登場するが、彼等の性格や容貌については記述がなく、道中での会話やエピソードもあらたに付け加えられた創作である。運命のもたらす悲劇が義理のかなしさやこの世の無常を際だたせている点に原話の特色があるが、「義理」ではこれが村丸と丹三郎の性格のもたらす悲劇に改変されている。なお、「死なば同じ浪枕とや」では式部が川を渡る時に森岡丹後から彼の息子について「諸事頼む」と言われたことを思い起こす設定になっているが、「義理」ではこれが旅の出立時から読者に明らかにされ、以後の式部親子の行動のくびきとして強調されている。

女　賊

『新可笑記《しんかしょうき》』(元禄元年刊)は、武士や浪人を題材にした教訓もの。「女賊」は、巻五の四「腹からの女追剝《おいはぎ》」の翻案である。後半は原話にほぼ添った内容だが、前半は創作部分が多い。山賊の容貌と性格、都での遊興ぶり、見初められた娘の老父の打算と虚栄心などは、すべて太宰の創作。たとえば上京してから娘を連れ帰るまでの経緯は、原話においては「都を見る始めとて人数多《あまた》にて上りけるが、遊興の余りに美女を見出だし是れ恋ひ侘びける。其人は昔に衰へる人の息女《そくじょ》なるが、邪《よこしま》なる人とも知らず、渡世《とせい》の心安きは都より東《あずま》も住み好かるべし、女に定まる家無しとて其盗賊に賜はれば…」とあるのみである。ほかにも都と東北の対比の意図的な強調、「無邪気と悪魔とは紙一重である」という洞察の挿入、山賊である父の死因が病気から事故に変更されていること、などの相違がある。

赤い太鼓

『本朝桜陰比事《ほんちょうおういんひじ》』(元禄二年刊)は、中国宋代の裁判小説集『棠陰比事《とういんひじ》』を模したもので、名判官の活躍を京の翁が回顧する、という形がとられている。「赤い太鼓」は巻一の四「太鼓の中は知らぬが因果」の翻案で、原話では夫婦のあり方の正と負が、施しを受けた夫婦と金を奪った夫婦の二組の対照のうちに描き出されている。ちなみに援助を申し出た隣人たちの酒宴での会話や風体、「このたび百両の金子紛失の件…」以下の板倉の科白、太鼓を運ぶ夫婦や見物人たちの会話、最後の判決の科白などは、いずれも太宰の創作。事件が解決へと向かう末尾の部分は、原話では次のようになっている。

八日目に荷担《かた》げ廻《まわ》りし女房、勝《すぐ》れて我男を恨み、金子合力《ごうりょく》しながら諸人に面《おもて》を曝《さら》させ、斯かる迷惑是れは何の因果ぞと云ふ時、男小語《ささや》きて是れは少しの内《うち》の難儀、生《いき》金《がね》百両唯だ奪《と》る事がと申せし事申上ぐる。其者召し出だされ、強き御僉議《ごせんぎ》に顕《あらわ》れ、右の小判《こばん》を取り返され、彼の者に下され、有難き仕合《しあわせ》なり。其後《そののち》仰せ出だされしは、盗人《ぬすびと》ながら一旦合力《いったんごうりょく》の衆中《しゅちゅう》なれば、命は助けて都の内を則ち是れより払へとの御意《ぎょい》にて、夫婦《ふうふ》を東西《とうざい》に追ひ失ひけるとなり。

なお、「板倉殿」の名は原話にはないが、登場する「判官」が京都所司代、板倉勝重、重宗父子をモデルにしているというのは当時の一般的な了解であった。

粋人

『世間胸算用《せけんむねさんよう》』(元禄五年刊)は、一年の収支決算日である大晦日を舞台に、その悲喜こもごもの人間模様を描いた作品集。「粋人」は巻二の二「訛言《うそ》も只《ただ》は聞かぬ宿」の翻案である。ただし花街に向かう男の心理、婆の本音、うで卵や数の子をめぐる両者のやりとりなどはすべて太宰の創作。「いまごろは、わが家の女房、借金取りに脊を向けて寝て、死んだ振りをしているであろう、この一歩金一つでもあれば…」と煩悶する場面も原話にはなく、借金を背負いつつ、地獄の思いで遊ぶ男の心理に焦点があてられている。

原話では、母が訪ねてきて娘の女郎に無心し、娘が涙ぐんで小袖を風呂敷に包む場面を見て、男が金を母親に渡して帰らせる、という展開だが、太宰はこれを、女郎が直接男に無心する、という形に変更している。

遊興戒

『西鶴置土産《おきみやげ》』(元禄六年刊)は、西鶴の遺稿を門人の北条団水が編集した書。遊蕩の末路を枯淡とした筆致で綴った作が多い。「遊興戒」は、巻二の二「人には棒振虫同前に思はれ」の翻案。ただし原話では、「三酔人」の実名が出てくるのは吉兵衛のみ。また三者とも江戸の人物という設定で、上方と江戸との対比は太宰の創作である。原話では仏壇の戸を薪にするのは女房だが、太宰はこれを亭主に変えており、また、「遊興戒」の結末、「この章、遊興もほどほどに止むべしとの戒歟《いましめか》」という一節も西鶴の原作にはない。金を突き返されて利左衛門の宅を後にするときの三人の会話も新たな創作で、総じて太宰は遊興の悔いや報いに力点を置き、その結果、蕩児の意地と誇り、陋巷の庶民の生活のつましさなどの要素が薄められている印象がある。

吉野山

『万《よろず》の文反古《ふみほうぐ》』(元禄九年刊)は、西鶴の第四遺稿集で、十七編すべてが書簡体で構成されている。「吉野山」は巻五の四「桜よし野山難儀の冬」の翻案。ただし、参考にしているのは出家して吉野に遁世した眼夢という僧が、世俗的な不満を知人に書簡で打ち明ける、という枠組みだけで、具体的な記述内容はほとんど一致していない。原話には「随分世は捨候へども、はなれがたき物は色欲《しきよく》に極《きわ》まり申し候事、今の身になり、思ひあたり候」という感慨が述べられており、尼僧に手を出す坊主のいること、若い丁稚を雇い入れて欲しいこと、男色を売る男が訪れること、などが書き連ねられているが、太宰はこうした色欲の苦しみに関する記述をほとんどそぎ落とし、食物、金銭など、物質的な問題にこれをすり替えている。なお、茶釜にへそくりを隠す挿話、床柱に富くじを隠す挿話(原話では「売券状(売手形)」)は、『万の文反古』巻四の三「人知らぬ祖母《ばば》の埋《うず》み金《がね》」を踏まえており、ほかに『万の文反古』巻二の三「京にも思ふやうなる事なし」、『日本永代蔵』巻四の二「心を畳み込む古筆屏風」にも重複する内容がある。

＊

以上、個別に原話との比較をしてみたが、最後に太宰が大戦末期に古典の翻案に手を染めたきっかけと、『お伽草紙』と『新釈諸国噺』との性格のちがいについてふれておくことにしよう。

アンドレ・ジイドに代表される「純粋小説」ブームのさ中に文壇にデビューした太宰が、当初、自国の文学伝統は自分たちの世代とは隔絶しており、小説家として学ぶべきものは何もない、と断じていた(『古典龍頭蛇尾』一九三六年)ことを考えると、こうした変化はあたかも別人であるかのようなおもむきがある。その背景にはいうまでもなく、戦時下のナショナリズムと連動した、古典回帰への風潮があった。太宰は雑誌『文藝』の昭和十七年十月号に、現実にあった「子殺し」事件を扱った「花火」を掲載するのだが、これが検閲で風俗削除処分になった(戦後、「日の出前」と改題されて発表)のをきっかけに、次第に小説の素材を現代から古典の世界へとシフトチェンジさせていくのである。これをやむをえざる韜晦と見るか、あるいは時局への積極的な抵抗精神の表れと見るか(たとえば侵略譚である「桃太郎」が『お伽草紙』から意図的にはずされている点を重視する説もある)、従来見解が分かれてきたところでもあるのだが、こうした執筆時のいきさつとは一応別に、読者としては、太宰が闊達な諧謔の精神を古典の世界にどのように羽ばたかせているのかに、あらためて目をこらしたいところである。それはまた、ジイドに代表される二十世紀文学の課題と、日本の伝承の世界との興味深い「結婚」の実例でもあったにちがいない。

『女の決闘』(一九四〇年)や『新ハムレット』(四一年)をはじめ、原作に手を加えていくパロディの手法は、本来太宰が最も得意とするところであった。そもそも太宰の小説には、語り手が自ら「小説家」を名乗り、作中の内容に解説や注釈を加えていくケースがきわめて多い。「実はこの小説を書いた事情は…」という楽屋話的な告白によって、読み手は物語が成立するプロセスを物語の内容と並行して享受することができるのである。たとえば『女の決闘』は森鷗外の翻訳したドイツの小説、『右大臣実朝』(一九四三年)は『吾妻鏡』、というように、典拠とした小説や史料をあえて原文のまま引用し、書き換えそのものを実演して見せていく「パロディ」の手法は、まさに太宰のこうした資質に最も合った表現形式であったともいえよう。『お伽草紙』も例外ではない。絵本の引用や「前書き」の防空壕の挿話、「婆汁」の話や文壇を諷刺した「文学の鬼」への揶揄(瘤取り)、「文学者」と「科学精神」の話(浦島さん)、井の頭公園の動物園の話(カチカチ山)、「桃太郎」をカットした理由(舌切雀)など、作中には「作者」の「打ち明け話」が随所にさりげなく顔を出す。これらは一見本筋から離れた道草のように見えながら、実は傑作意識のもたらす悲劇(瘤取り)、地上世界の「批評」の過剰(浦島さん)、中年男の悲哀(カチカチ山)など、作品のテーマと微妙に響き合い、ユーモアとペイソスを醸し出す源泉になっているのである。

いうまでもなく、パロディは元の作品が著名であり、読者があらかじめその内容をよく知っていることが成立の条件になる。原話とのズレが明らかになることによって初めて諷刺や諧謔が生きてくるからである。人口に膾炙した昔話を扱う『お伽草紙』はまさにその典型といえようが、『新釈諸国噺』の場合は少々事情が異なっているようだ。読者が西鶴の原話に必ずしも親しんでいない以上、「翻案」ではあっても、これを「パロディ」と呼ぶことはできまい。自尊心の倒錯(貧の意地)、信ずることの価値(裸川)、異能のもたらす悲劇(大力)など、そこには太宰固有のテーマが如実に表れてはいるのだが、実は西鶴を翻案する「作者」自身の姿は、「凡例」をのぞき、ほとんど作中には登場していない。原作をどのようにいじるのかを読み手に解説していく太宰的話法の特色は、必ずしも十分に発揮されてはいないのである。西鶴自身もまた説話を改変していく名手であり、なおかつ写実的で簡潔な描写を持ち味とするために、これに真面目に付き合うことによって、本領である注釈の精神が発揮できなくなってしまっている、と見るのはうがちすぎだろうか。おそらくそこには、浮世草子の「気質もの」と、近代のテーマ小説的な発想との間にある、見かけ以上の距離が顔を出しているようにも思われる。

太宰は『お伽草紙』と『新釈諸国噺』以後、終戦をはさんで古典の翻案から撤退し、自己破滅型私小説への道を歩み始めることになるのだが、人生への洞察に満ちた、その闊達な諷刺と諧謔の精神が失われていくのは、近代の文学にとっても大きな損失であったにちがいない。

付　本稿の執筆に際しては山内祥史氏の『太宰治全集』第六巻「解題」(筑摩書房刊、一九九〇年)を参照した。

「母親」の文学

高橋源一郎

ある文庫（岩波文庫ではない）で、創刊以来いちばん売れた小説はなんだったかというと、太宰治の『人間失格』だった、と聞いたことがある。『斜陽』も同じぐらい売れていたようだ。その二作品とトップ争いをした小説は、他に二つ。夏目漱石の『こころ』と『坊っちゃん』だったそうだ。岩波文庫ではどうなんだろう。

太宰治と夏目漱石の激しいトップ争い、というのは納得のいく結果だ。当然のことだが、「好きな作家は？」というアンケートをとると、たいてい、この二人のどちらかがトップの座につく。売り上げでも人気でも、いつもこの二人が争うのである。日本文学は、二人の王様を持っている、というわけだ。

しかし、この二人、同じ王様でも、そうとう意味が違うのではないか、とぼくは思っている。だが、どこが違うのか。

ぼくの考えでは、日本人にとって、夏目漱石は「父親」であり、太宰治は「母親」なのだ。

人々は、漱石を敬愛し、尊重する。なにより、漱石は「公」の作家なのだ。彼の作品は、教科書に掲載され(太宰の作品も掲載はされるけれど)、(半ば強制的に)感想文を書かされる。そのような作家として、彼は受け取られる。「好きな作家は漱石です」と答えて、イヤな顔をされることはない(たぶん)。

教師に対してだろうが、実際の親に対してだろうが、文学好きに対してだろうが、いや、小説とか本などというものに無縁の人間に対してでも、安心してそう答えることができる。なぜなら、漱石とは、そのような作家だからだ。それが、「国民作家」というものなのである。

「国民作家」漱石とは、要するに、「父親」漱石のことだ。そして、「父親」の役割とは、子どもである我々国民に、生き方を提示することだ。

乳母の清に全面的な愛情を捧げる「坊っちゃん」、未来への不安に満ちた希望と恋愛への瑞々しい情熱を隠さない三四郎、友情と愛情の狭間で引き裂かれ、また同時に、時代に翻弄される男の苦悩を語った『こころ』の「先生」、立身出世のために恩義を裏切ろうとする小野くんに向かって「一生に一度は真面目に考えろ」と訴える『虞美人草』

の宗近くん……。そこには、若き近代国家日本で、青年は(あるいは、人間は)どう生きるべきかという深刻な問題への、鮮やかな回答がある。人々は、自らの悩みに明確に答えてくれる、あるいは、直接答えずとも、その生き方によって間接的に答えてくれる漱石の中に、自らの「父親」を見出したのである。そして、そのような作家は、この国では、漱石一人しか存在しない。だが、それは当然のことではないか。父親は、誰にとっても、たった一人しかいないのだから。

さて、太宰治だ。

漱石が「父親」なら、太宰は「母親」である。こちらも、「母親」の代わりをしてくれる作家は他に存在しない。

それから、また、「漱石が好き」と答えても、誰からも文句をいわれることはないのに、「太宰が好き」と答えると、拒否反応が生ずる場合が多い。とりわけ、小説や文学というものが好き、と公言するような人間こそ、却って「えっ？　太宰が好きなの？　ちょっと、甘いと思わない？」などと文句をつけるのである。

「父親」は、子どもに対して、厳しく「生き方」を提示する。言い換えるなら、「公」

の生き方はどうあるべきかを教える。さらに、言い換えるなら、人は「建前」としてどう生きるべきなのかを教える。だとするなら、それに対して、「母親」は子どもに、「本音」を教えるのである。あるいは、黙って、抱きしめるのである。太宰治の作品は、すべてそうだ。「本音」を語り、そして、静かに読者を抱きしめる。まるで「母親」がそうするように。

だから、太宰治への拒否反応は、「母親」へのそれに近い。もういい、ぼくは大人だ、子どもとして見ないで、触らないで、抱きしめようとしないで、ほっといて。そんな風に、彼らは反発するのである。

この文庫に収められた二つの作品、『新釈諸国噺』と『お伽草紙』は、そんな太宰治の特質を、もっとも色濃く表している。

なぜなら、これらの作品で、太宰治は、さまざまに移動してきた自らの創造の場所を、日本の古典に置いたからだ。日本の古典、日本の古い言葉、我々を養ってきた古き善きものたちの言葉。それは要するに、我々日本人にとって、「母親」にあたるものではなかったか。

『新釈諸国噺』で、太宰が下敷きにしたのは、井原西鶴の作品だ。知識人の文学である漢詩・漢文が「男」のものなら、柔らかい西鶴の「ものがたり」は、「女」のものだ。そんな、「女」のものである「ものがたり」を、太宰は、さらに一層、女性化する。

「以前あんなに私を気前がいいの、正直だの、たのもしいだのと褒めていた遊び仲間たちも、どうした事でしょう、私が出家したら、ぱったり何もお便りを下さらず、もう私が何もあの人たちのお役に立たない身の上になったから、それでくるりと脊を向けたというわけなのでしょうか、それにしても、あまり露骨でむごいじゃありませんか。こんなに皆から爪はじきされるとは心外です。私はいったいどんな悪い事をしたのでしょう。ばばさまのへそくりを拝借したとしても、それは一家の内の事で、また、地中に埋もれた財宝を、掘り出して世に活用せしめたのは考え様によっては立派な行為とも言えると思うのです。しかも、諸行無常を観じ出家遁世するのは、上品な事で、昔の偉い人はたいていこれをやっているのです。それくらいの事は、皆さまにもわかりそうなものです。それなのに、私を軽蔑して仲間はずれにしようとなさる。それは、あんまりですよ。私は決して下品な男ではないんです。これから大いに勉強もしようと思っているのです。出家というものは、高貴なものです。馬鹿になさらず、どうかどうかお見捨てなく、いつまでもお附き合いを願います。たまにはお手紙も下さいよ」(「吉野山」)

無分別に出家したものの、あまりの辛さ、哀しさ、馬鹿馬鹿しさに、昔の知人に出した手紙という体裁の短篇がこれ。この主人公は、西鶴が作りだした元の主人公から、ここでは、完全に太宰の創作中の人物になりきっている。太宰が作りだす人物は、皆、このように「女々しく」告白するのである。

ほんとうのところ、「出家遁世」とは、「公」からの撤退を意味したはずだ。欲望が動かす世界に絶望して、すべてを捨てることが、その意味だったはずだ。だが、いつの間にか「出家遁世」も、世俗的な「公」から、脱俗的な「公」への移動を意味するだけになった。「偉い人」が、如何に思いきり世を捨てることができるか、そのことによって益々「偉さ」を際立たせる、そんな八百長みたいなものになった。だが、あまりに弱い太宰の主人公たちは、それに耐えきれず、「本音」を呟く。

「武蔵は怒った。本当に怒った。怒った時の武蔵には理窟も何もないのだ。道理にはずれていようが何であろうが、そんな事はかまわない」（「人魚の海」）

「人魚の海」でも、「貧の意地」でも、「裸川」でも、「義理」でも、そこに登場する人物たちは常軌を逸した行動に出るが、それは、どんなに巨大ななにかに追い詰められても、いや、追い詰められれば追い詰められるほど、彼らは、「本音」の行動に出ようとする倫理の持ち主だからだ。そして「本音」の行動とは、いつも常軌を逸しているのである。

では、「本音」の行動とは、人にとって「本音」とは、いったい何なのか。

そのことを知るには、『お伽草紙』を読めばいい。

ぼくは、この作品を、太宰治の生涯最高の傑作と信ずる。いや、日本近代文学史上最高の傑作と信じて疑わない。太宰治は、この作品において、はじめて、自らの理想とする作品を書いたのである。

この作品の冒頭には、独立した極掌編ともいうべき「前書き」が置かれている。その全文を引用する。

「「あ、鳴った。」

と言って、父はペンを置いて立ち上る。警報くらいでは立ち上らぬのだが、高射砲が鳴り出すと、仕事をやめて、五歳の女の子に防空頭巾《ぼうくうずきん》をかぶせ、これを抱きかかえて防空壕にはいる。既に、母は二歳の男の子を脊負って壕の奥にうずくまっている。

「近いようだね。」

「ええ。どうも、この壕は窮屈で。」

「そうかね。」と父は不満そうに、「しかし、これくらいで、ちょうどいいのだよ。あまり深いと生埋めの危険がある。」

「でも、もすこし広くしてもいいでしょう。」

「うむ、まあ、そうだが、いまは土が凍って固くなっているから掘るのが困難だ。そのうちに、」などあいまいな事を言って、母をだまらせ、ラジオの防空情報に耳を澄ます。

母の苦情が一段落すると、こんどは、五歳の女の子が、もう壕から出ましょう、と主張しはじめる。これをなだめる唯一の手段は絵本だ。桃太郎、カチカチ山、舌切《したきり》雀《すずめ》、瘤取《こぶと》り、浦島さんなど、父は子供に読んで聞かせる。

この父は服装もまずしく、容貌も愚なるに似ているが、しかし、元来ただものでないのである。物語を創作するというまことに奇異なる術を体得している男なのだ。

ムカシ　ムカシノオ話ヨ

などと、間《ま》の抜けたような妙な声で絵本を読んでやりながらも、その胸中には、またおのずから別個の物語が醞醸《うんじょう》せられているのである」

我々もまた耳を澄まして、作者の声に聞き入ろうではないか。そうすれば、ここに、なにが書かれているかがわかるだろう。

一つは、戦争が起こった、ということだ。

戦争とはなにか。「公」の極限のことだ。すべての「私」が「公」に打ち負かされることだ。人間を追い詰めるあらゆるものの中で、最大のもののことだ。「父親」が(いや、「男」が、と言い換えようか)行う、最悪のことだ。

その、極限の、最大の、最悪の出来事の中で、作者太宰治は、彼の登場人物と同じことをしようとする。「常軌を逸した行動」に出ようとする。即ち、「本音」の行動に出ようとする。では、それは、なにか。

子どもに、お伽話を聞かせることだったのである。

子どもにお伽話を読んで聞かせるのは、乳をやるのと同じように、古来、「母親」の大切な仕事と決まっていた。だが、戦争は、「母親」から、その仕事を奪うのである。次から次へと爆撃機が飛来しては、心安らかに、お伽話を聞かせる余裕もない。そこまで、人々が追い詰められた時、自らが書いた作品の登場人物と同じように、作者太宰治も、怒りの行動に打って出る。太宰治の「怒りの行動」とは、自らお伽話を読み聞かせること、即ち、「母親」になることだった。

ぼくは、いったい何度『お伽草紙』を読んだことだろう。五度や十度ではない。大げさでもなんでもなく、何十度となく、ぼくは、この傑作を読み返してきた。しかし、いったい、なぜ、そんなにも絶えず、この作品を読み返したくなるのか。それは、ぼくにとっても、なかなか解けぬ大きな謎だったのだ。

最近、ぼくは、こう思うようになった。

この作品は、「母親」の囁く「ものがたり」なのだ。我々は、「母親」の囁きを耳にして成長する。それは、我々を養い、大きくし、やがて聞こえなくなる。おとなになることは、「母親」を必要としなくなることだからだ。

だが、我々は、疲弊しないだろうか。もう耐えられないと、膝を屈しそうにならないだろうか。ある時、生きることに倦みはじめていることに気づかないだろうか。そんな時、我々に必要なものはなんだろう。時代が、「公」一色に塗りつぶされようとする時、大きな声、乱暴な声ばかりが聞こえるようになった時、どんな声を聞きたいだろう。

もうダメだと絶望しそうになった時、それを支える力が、例えば、文学にあるだろうか、と考える。

すると、ぼくには、太宰治の『お伽草紙』のような作品しか、小説でありながら「母親」の声でもある、この奇蹟のような作品しか思いつかないのである。

〔編集付記〕

一、底本には、『太宰治全集』第七巻・第八巻（一九九八年一〇月・一一月、筑摩書房刊）を用いた。

一、左記の要項に従って表記がえをおこなった。

岩波文庫（緑帯）の表記について

近代日本文学の鑑賞が若い読者にとって少しでも容易となるよう、旧字・旧仮名で書かれた作品の表記の現代化をはかった。そのさい、原文の趣をできるだけ損なうことがないように配慮しながら、次の方針にのっとって表記がえをおこなった。

(一) 旧仮名づかいを現代仮名づかいに改める。ただし、原文が文語文であるときは旧仮名づかいのままとする。

(二) 「常用漢字表」に掲げられている漢字は新字体に改める。

(三) 漢字語のうち代名詞・副詞・接続詞など、使用頻度の高いものを一定の枠内で平仮名に改める。

(四) 平仮名を漢字に、あるいは漢字を別の漢字にかえることは、原則としておこなわない。

(五) 振り仮名を次のように使用する。

(イ) 読みにくい語、読み誤りやすい語には現代仮名づかいで振り仮名を付す。

(ロ) 送り仮名は原文どおりとし、その過不足は振り仮名によって処理する。

例、明に→明《あきらか》に

（岩波文庫編集部）

お伽《とぎ》草《ぞう》紙《し》・新《しん》釈《しやく》諸《しよ》国《こく》噺《ばなし》

2004 年 9 月 16 日　第 1 刷発行
2024 年 1 月 15 日　第 14 刷発行

作　者　太《だ》宰《ざい》 治《おさむ》

発行者　坂本政謙

発行所　株式会社 岩波書店
〒101-8002 東京都千代田区一ツ橋 2-5-5

案内 03-5210-4000　営業部 03-5210-4111
文庫編集部 03-5210-4051
https://www.iwanami.co.jp/

印刷・精興社　製本・中永製本

ISBN 978-4-00-310906-9　Printed in Japan

読書子に寄す

——岩波文庫発刊に際して——

岩波茂雄

真理は万人によって求められることを自ら欲し、芸術は万人によって愛されることを自ら望む。かつては民を愚昧ならしめるために学芸が最も狭き堂宇に閉鎖されたことがあった。今や知識と美とを特権階級の独占より奪い返すことはつねに進取的なる民衆の切実なる要求である。岩波文庫はこの要求に応じそれに励まされて生まれた。それは生命ある不朽の書を少数者の書斎と研究室とより解放して街頭にくまなく立たしめ民衆に伍せしめるであろう。近時大量生産予約出版の流行を見る。その広告宣伝の狂態はしばらくおくも、後代にのこすと誇称する全集がその編集に万全の用意をなしたるか。千古の典籍の翻訳企図に敬虔の態度を欠かざりしか。さらに分売を許さず読者を繋縛して数十冊を強うるがごとき、はたしてその揚言する学芸解放のゆえんなりや。吾人は天下の名士の声に和してこれを推挙するに躊躇するものである。このときにあたって、岩波書店は自己の責務のいよいよ重大なるを思い、従来の方針の徹底を期するため、すでに十数年以前より志して来た計画を慎重審議この際断然実行することにした。吾人は範をかのレクラム文庫にとり、古今東西にわたって文芸・哲学・社会科学・自然科学等種類のいかんを問わず、いやしくも万人の必読すべき真に古典的価値ある書をきわめて簡易なる形式において逐次刊行し、あらゆる人間に須要なる生活向上の資料、生活批判の原理を提供せんと欲する。この文庫は予約出版の方法を排したるがゆえに、読者は自己の欲する時に自己の欲する書物を各個に自由に選択することができる。携帯に便にして価格の低きを最主とするがゆえに、外観を顧みざるも内容に至っては厳選最も力を尽くし、従来の岩波出版物の特色をますます発揮せしめようとする。この計画たるや世間の一時の投機的なるものと異なり、永遠の事業として吾人は微力を傾倒し、あらゆる犠牲を忍んで今後永久に継続発展せしめ、もって文庫の使命を遺憾なく果たさしめることを期する。芸術を愛し知識を求むる士の自ら進んでこの挙に参加し、希望と忠言とを寄せられることは吾人の熱望するところである。その性質上経済的には最も困難多きこの事業にあえて当たらんとする吾人の志を諒として、その達成のため世の読書子とのうるわしき共同を期待する。

昭和二年七月

《日本文学(現代)》〔緑〕

怪談 牡丹燈籠	三遊亭円朝
小説神髄	坪内逍遥
当世書生気質	坪内逍遥
アンデルセン 即興詩人 全二冊	森鷗外訳
ウィタ・セクスアリス	森鷗外
青年	森鷗外
雁	森鷗外
阿部一族 他二篇	森鷗外
山椒大夫・高瀬舟 他四篇	森鷗外
渋江抽斎	森鷗外
舞姫・うたかたの記 他三篇	森鷗外
鷗外随筆集	千葉俊二編
大塩平八郎 他三篇	森鷗外
浮雲	二葉亭四迷 十川信介校注
野菊の墓 他四篇	伊藤左千夫
吾輩は猫である	夏目漱石
坊っちゃん	夏目漱石
草枕	夏目漱石
虞美人草	夏目漱石
三四郎	夏目漱石
それから	夏目漱石
門	夏目漱石
彼岸過迄	夏目漱石
漱石文芸論集	磯田光一編
行人	夏目漱石
こころ	夏目漱石
硝子戸の中	夏目漱石
道草	夏目漱石
明暗	夏目漱石
思い出す事など 他七篇	夏目漱石
文学評論 全二冊	夏目漱石
夢十夜 他二篇	夏目漱石
漱石文明論集	三好行雄編
倫敦塔・幻影の盾 他五篇	夏目漱石
漱石日記	平岡敏夫編
漱石書簡集	三好行雄編
漱石俳句集	坪内稔典編
漱石・子規往復書簡集	和田茂樹編
文学論 全二冊	夏目漱石
坑夫	夏目漱石
二百十日・野分	夏目漱石
五重塔	幸田露伴
努力論	幸田露伴
一国の首都 他一篇	幸田露伴
渋沢栄一伝	幸田露伴
飯待つ間 —正岡子規随筆選—	正岡子規 阿部昭編
子規句集	高浜虚子選
病牀六尺	正岡子規
子規歌集	土屋文明編
墨汁一滴	正岡子規

仰臥漫録　正岡子規
歌よみに与ふる書　正岡子規
獺祭書屋俳話・芭蕉雑談　正岡子規
子規紀行文集　復本一郎編
正岡子規ベースボール文集　復本一郎編
金色夜叉　全二冊　尾崎紅葉
不如帰　徳冨蘆花
武蔵野　国木田独歩
愛弟通信　国木田独歩
蒲団・一兵卒　田山花袋
田舎教師　田山花袋
一兵卒の銃殺　田山花袋
あらくれ・新世帯　徳田秋声
藤村詩抄　島崎藤村自選
破戒　島崎藤村
春　島崎藤村
桜の実の熟する時　島崎藤村

夜明け前　全四冊　島崎藤村
藤村文明論集　十川信介編
生ひ立ちの記　他一篇　島崎藤村
島崎藤村短篇集　大木志門編
にごりえ・たけくらべ　樋口一葉
大つごもり・十三夜　他五篇　樋口一葉
修禅寺物語・正雪の二代目　他四篇　岡本綺堂
高野聖・眉かくしの霊　泉鏡花
歌行燈　泉鏡花
夜叉ケ池・天守物語　泉鏡花
草迷宮　泉鏡花
春昼・春昼後刻　泉鏡花
鏡花短篇集　川村二郎編
外科室・海城発電　他五篇　泉鏡花
鏡花随筆集　吉田昌志編
化鳥・三尺角　他六篇　泉鏡花
鏡花紀行文集　田中励儀編

俳句はかく解しかく味う　高浜虚子
俳句への道　高浜虚子
回想 子規・漱石　高浜虚子
有明詩抄　蒲原有明
上田敏全訳詩集　山内義雄・矢野峰人編
宣言　有島武郎
一房の葡萄　他四篇　有島武郎
寺田寅彦随筆集　全五冊　小宮豊隆編
柿の種　寺田寅彦
与謝野晶子歌集　与謝野晶子自選
与謝野晶子評論集　鹿野政直・香内信子編
私の生い立ち　与謝野晶子
つゆのあとさき　永井荷風
濹東綺譚　永井荷風
荷風随筆集　全二冊　野口冨士男編
摘録 断腸亭日乗　全二冊　永井荷風・磯田光一編
すみだ川・新橋夜話　他一篇　永井荷風

あめりか物語　永井荷風
下谷叢話　永井荷風
ふらんす物語　永井荷風
荷風俳句集　加藤郁乎編
浮沈・踊子 他三篇　永井荷風
花火・来訪者 他十一篇　永井荷風
問はずがたり・吾妻橋 他十六篇　永井荷風
斎藤茂吉歌集　山口茂吉・柴生田稔・佐藤佐太郎編
千鳥 他四篇　鈴木三重吉
鈴木三重吉童話集　勝尾金弥編
小僧の神様 他十篇　志賀直哉
暗夜行路 全二冊　志賀直哉
志賀直哉随筆集　高橋英夫編
高村光太郎詩集　高村光太郎
北原白秋歌集　高野公彦編
北原白秋詩集 全二冊　安藤元雄編
フレップ・トリップ　北原白秋

野上弥生子随筆集　竹西寛子編
野上弥生子短篇集　加賀乙彦編
お目出たき人・世間知らず　武者小路実篤
友情　武者小路実篤
銀の匙　中勘助
若山牧水歌集　伊藤一彦編
新編 みなかみ紀行　若山牧水 池内紀編
新編 啄木歌集　久保田正文編
吉野葛・蘆刈　谷崎潤一郎
卍（まんじ）　谷崎潤一郎
谷崎潤一郎随筆集　篠田一士編
多情仏心 全二冊　里見弴
道元禅師の話　里見弴
今年竹 全二冊　里見弴
萩原朔太郎詩集　三好達治選
郷愁の詩人 与謝蕪村　萩原朔太郎
猫町 他十七篇　萩原朔太郎 清岡卓行編

恋愛名歌集　萩原朔太郎
恩讐の彼方に・忠直卿行状記 他八篇　菊池寛
父帰る・藤十郎の恋 菊池寛戯曲集　石割透編
河明り 老妓抄 他一篇　岡本かの子
春泥・花冷え　久保田万太郎
大寺学校 ゆく年　久保田万太郎
久保田万太郎俳句集　恩田侑布子編
室生犀星詩集　室生犀星自選
犀星王朝小品集　室生犀星
室生犀星俳句集　岸本尚毅編
出家とその弟子　倉田百三
羅生門・鼻・芋粥・偸盗　芥川竜之介
地獄変・邪宗門・好色・藪の中 他七篇　芥川竜之介
河童 他二篇　芥川竜之介
歯車 他二篇　芥川竜之介
蜘蛛の糸・杜子春・トロッコ 他十七篇　芥川竜之介
侏儒の言葉・文芸的な、余りに文芸的な　芥川竜之介

芥川竜之介書簡集	石割透編
芥川竜之介随筆集	石割透編
蜜柑・尾生の信 他十八篇	芥川竜之介
年末の一日・浅草公園 他十七篇	芥川竜之介
芥川竜之介紀行文集	山田俊治編
田園の憂鬱	佐藤春夫
海に生くる人々	葉山嘉樹
葉山嘉樹短篇集	道籏泰三編
日輪・春は馬車に乗って 他八篇	横光利一
宮沢賢治詩集	谷川徹三編
童話集 風の又三郎 他十八篇	宮沢賢治 谷川徹三編
童話集 銀河鉄道の夜 他十四篇	宮沢賢治 谷川徹三編
山椒魚・遙拝隊長 他七篇	井伏鱒二
川釣り	井伏鱒二
井伏鱒二全詩集	井伏鱒二
太陽のない街	徳永直
黒島伝治作品集	紅野謙介編
伊豆の踊子・温泉宿 他四篇	川端康成
雪国	川端康成
山の音	川端康成
川端康成随筆集	川西政明編
三好達治詩集	桑原武夫 大槻鉄男選
詩を読む人のために	三好達治
中野重治詩集	中野重治
夏目漱石 全二冊	小宮豊隆
新編 思い出す人々	内田魯庵 紅野敏郎編
檸檬《レモン》・冬の日 他九篇	梶井基次郎
蟹工船 一九二八・三・一五	小林多喜二
富嶽百景・走れメロス 他八篇	太宰治
斜陽 他一篇	太宰治
人間失格・グッド・バイ 他一篇	太宰治
津軽	太宰治
お伽草紙・新釈諸国噺	太宰治
右大臣実朝 他一篇	太宰治
真空地帯	野間宏
日本唱歌集	堀内敬三 井上武士編
日本童謡集	与田準一編
森鷗外	石川淳
至福千年	石川淳
小林秀雄初期文芸論集	小林秀雄
近代日本人の発想の諸形式 他四篇	伊藤整
小説の認識	伊藤整
中原中也詩集	大岡昇平編
ランボオ詩集	中原中也訳
晩年の父	小堀杏奴
小熊秀雄詩集	岩田宏編
夕鶴・彦市ばなし 他二篇 —木下順二戯曲選II—	木下順二
元禄忠臣蔵 全二冊	真山青果
随筆滝沢馬琴	真山青果
旧聞日本橋	長谷川時雨
みそっかす	幸田文

古句を観る　柴田宵曲
俳諧随筆 蕉門の人々　柴田宵曲
新編 俳諧博物誌　柴田宵曲／小出昌洋編
随筆集 団扇の画　柴田宵曲／小出昌洋編
子規居士の周囲　柴田宵曲
小説集 夏の花　原民喜
原民喜全詩集
いちご姫・蝴蝶 他二篇　山田美妙／十川信介校訂
銀座復興 他三篇　水上滝太郎
魔風恋風 全二冊　小杉天外
柳橋新誌　成島柳北／塩田良平校訂
幕末維新パリ見聞記 成島柳北「航西日乗」・栗本鋤雲「暁窓追録」　井田進也校注
野火／ハムレット日記　大岡昇平
中谷宇吉郎随筆集　樋口敬二編
雪　中谷宇吉郎
冥途・旅順入城式　内田百閒
東京日記 他六篇　内田百閒

西脇順三郎詩集　那珂太郎編
大手拓次詩集　原子朗編
評論集 滅亡について 他三十篇　武田泰淳／川西政明編
山岳紀行文集 日本アルプス　小島烏水／近藤信行編
雪中梅　末広鉄腸／小林智賀平校訂
新編 東京繁昌記　木村荘八／尾崎秀樹編
新編 山と渓谷　田部重治／近藤信行編
日本児童文学名作集 全二冊　桑原三郎／千葉俊二編
山月記・李陵 他九篇　中島敦
眼中の人　小島政二郎
新選 山のパンセ　串田孫一自選
小川未明童話集　桑原三郎編
新美南吉童話集　千葉俊二編
岸田劉生随筆集　酒井忠康編
摘録 劉生日記　岸田劉生／酒井忠康編
量子力学と私　朝永振一郎／江沢洋編
書物　森銑三／柴田宵曲

自註鹿鳴集　会津八一
窪田空穂随筆集　大岡信編
窪田空穂歌集　大岡信編
奴隷 ―小説・女工哀史1　細井和喜蔵
工場 ―小説・女工哀史2　細井和喜蔵
鷗外の思い出　小金井喜美子
森鷗外の系族　小金井喜美子
木下利玄全歌集　五島茂編
新編 学問の曲り角　河野与一／原二郎編
林芙美子紀行集 下駄で歩いた巴里　立松和平編
放浪記　林芙美子
山の旅 全二冊　近藤信行編
酒道楽　村井弦斎
文楽の研究 全二冊　三宅周太郎
五足の靴　五人づれ
尾崎放哉句集　池内紀編
リルケ詩抄　茅野蕭々訳

ぷえるとりこ日記	有吉佐和子
江戸川乱歩短篇集	千葉俊二編
怪人二十面相・青銅の魔人	江戸川乱歩
少年探偵団・超人ニコラ	江戸川乱歩
江戸川乱歩作品集 全三冊	浜田雄介編
堕落論・日本文化私観 他二十二篇	坂口安吾
桜の森の満開の下・白痴 他十二篇	坂口安吾
風と光と二十の私と・いずこへ 他十六篇	坂口安吾
久生十蘭短篇選	川崎賢子編
墓地展望亭・ハムレット 他六篇	久生十蘭
六白金星・可能性の文学 他十一篇	織田作之助
夫婦善哉 正続 他十二篇	織田作之助
わが町・青春の逆説	織田作之助
歌の話・歌の円寂する時 他一篇	折口信夫
死者の書・口ぶえ	折口信夫
汗血千里の駒 坂本龍馬君之伝	坂崎紫瀾 林原純生校注
日本近代短篇小説選 全六冊	紅野敏郎・紅野謙介 千葉俊二・宗像和重 山田俊治編

自選 谷川俊太郎詩集	
訳詩集 白孔雀	西條八十訳
茨木のり子詩集	谷川俊太郎選
大江健三郎自選短篇	
M/Tと森のフシギの物語	大江健三郎
キルプの軍団	大江健三郎
石垣りん詩集	伊藤比呂美編
漱石追想	十川信介編
荷風追想	多田蔵人編
鷗外追想	宗像和重編
自選 大岡信詩集	
うたげと孤心	大岡信
日本の詩歌 その骨組みと素肌	大岡信
詩人・菅原道真 ―うつしの美学	大岡信
日本近代随筆選 全三冊	千葉俊二 長谷川郁夫 宗像和重編
尾崎士郎短篇集	紅野謙介編
山之口貘詩集	高良勉編

原爆詩集	峠三吉
竹久夢二詩画集	石川桂子編
まど・みちお詩集	谷川俊太郎編
山頭火俳句集	夏石番矢編
二十四の瞳	壺井栄
幕末の江戸風俗	塚原渋柿園 菊池眞一編
けものたちは故郷をめざす	安部公房
詩の誕生	大岡信 谷川俊太郎
鹿児島戦争記 ―実録 西南戦争	篠田仙果 松本常彦校注
東京百年物語 一八六八〜一九〇九 全三冊	ロバート キャンベル 十重田裕一 宗像和重編
三島由紀夫紀行文集	佐藤秀明編
若人よ蘇れ・黒蜥蜴 他一篇	三島由紀夫
三島由紀夫スポーツ論集	佐藤秀明編
吉野弘詩集	小池昌代編
開高健短篇選	大岡玲編
破れた繭 耳の物語1	開高健
夜と陽炎 耳の物語2	開高健

色ざんげ　宇野千代
老妓マノン・脂粉の顔 他四篇　宇野千代　尾形明子編
明智光秀　小泉三申
久米正雄作品集　石割透編
次郎物語 全五冊　下村湖人
まっくら 女坑夫からの聞き書き　森崎和江
北條民雄集　田中裕編
安岡章太郎短篇集　持田叙子編

《日本文学（古典）》〔黄〕

古事記　倉野憲司校注
日本書紀　全五冊　坂本太郎・家永三郎・井上光貞・大野晋校注
万葉集　全五冊　佐竹昭広・山田英雄・工藤力男・大谷雅夫・山崎福之校注
原文万葉集　全二冊　佐竹昭広・山田英雄・工藤力男・大谷雅夫・山崎福之校注
竹取物語　阪倉篤義校訂
伊勢物語　大津有一校注
玉造小町子壮衰書　―小野小町物語　杤尾武校注
古今和歌集　佐伯梅友校注
土左日記　紀貫之　鈴木知太郎校注
源氏物語　全九冊　柳井滋・室伏信助・大朝雄二・鈴木日出男・藤井貞和・今西祐一郎校注
源氏物語補作　山路の露・雲隠六帖　他二篇　今西祐一郎編注
枕草子　池田亀鑑校訂
更級日記　西下経一校注
今昔物語集　全四冊　池上洵一編
西行全歌集　久保田淳・吉野朋美校注
建礼門院右京大夫集　付 平家公達草紙　久松潜一・久保田淳校注

後拾遺和歌集　久保田淳・平田喜信校注
詞花和歌集　工藤重矩校注
古語拾遺　斎部広成撰　西宮一民校注
王朝漢詩選　小島憲之編
新訂方丈記　市古貞次校注
新訂新古今和歌集　佐佐木信綱校訂
新訂徒然草　西尾実・安良岡康作校注
平家物語　全四冊　梶原正昭・山下宏明校注
神皇正統記　北畠親房　岩佐正校注
御伽草子　全二冊　市古貞次校注
王朝秀歌選　樋口芳麻呂校注
定家八代抄　―続王朝秀歌選　全二冊　樋口芳麻呂・後藤重郎校注
閑吟集　真鍋昌弘校注
中世なぞなぞ集　鈴木棠三編
謡曲選集　読む能の本　野上豊一郎編
東関紀行・海道記　玉井幸助校訂
おもろさうし　外間守善校注

太平記　全六冊　兵藤裕己校注
好色五人女　井原西鶴　東明雅校註
武道伝来記　井原西鶴　前田金五郎・横山重校注
西鶴文反古　井原西鶴　片岡良一校訂
芭蕉紀行文集　付 嵯峨日記　中村俊定校注
芭蕉おくのほそ道　付 曾良旅日記・奥細道菅菰抄　萩原恭男校注
芭蕉俳句集　中村俊定校注
芭蕉連句集　中村俊定・萩原恭男校注
芭蕉書簡集　萩原恭男校注
芭蕉文集　潁原退蔵編註
芭蕉俳文集　全二冊　堀切実編注
芭蕉自筆奥の細道　上野洋三・櫻井武次郎校注
蕪村俳句集　付 春風馬堤曲 他二篇　尾形仂校注
蕪村七部集　伊藤松宇校訂
蕪村文集　藤田真一編注
折たく柴の記　新井白石　松村明校注
近世畸人伝　伴蒿蹊　森銑三校註

雨月物語　上田秋成／長島弘明校注
宇下人言　修行録　松平定信／松平定光校訂
新訂 一茶俳句集　丸山一彦校注
増補 俳諧歳時記栞草 全二冊　曲亭馬琴編／藍亭青藍補／堀切実校注
北越雪譜　鈴木牧之編撰／京山人百樹刪定／岡田武松校訂
東海道中膝栗毛 全二冊　十返舎一九／麻生磯次校注
浮世床　式亭三馬／和田万吉校訂
梅暦 全二冊　為永春水／古川久校訂
百人一首一夕話 全二冊　尾崎雅嘉／古川久校訂
日本民謡集　町田嘉章／浅野建二編
芭蕉臨終記 花屋日記 付 芭蕉翁終焉記・前後日記・行状記　小宮豊隆校訂
醒睡笑 全二冊　安楽庵策伝／鈴木棠三校注
歌舞伎十八番の内 勧進帳　郡司正勝校注
江戸怪談集 全三冊　高田衛編・校注
柳多留名句選　山澤英雄選／粕谷宏紀校注
松蔭日記　上野洋三校注
鬼貫句選・独ごと　復本一郎校注

井月句集　復本一郎編
花見車・元禄百人一句　雲英末雄／佐藤勝明校注
江戸漢詩選 全二冊　揖斐高編訳

《日本思想》〔青〕

- 風姿花伝（花伝書） 世阿弥／野上豊一郎・西尾実 校訂
- 五輪書 宮本武蔵／渡辺一郎 校注
- 養生訓・和俗童子訓 貝原益軒／石川謙 校訂
- 貝原益軒 大和俗訓 石川謙 校訂
- 蘭学事始 杉田玄白／緒方富雄 校註
- 日本水土考・水土解弁・増補華夷通商考 西川如見／飯島忠夫・西川忠幸 校訂
- 島津斉彬言行録 牧野伸顕 序
- 塵劫記 吉田光由／大矢真一 校注
- 兵法家伝書 付 新陰流兵法目録事 柳生宗矩／渡辺一郎 校注
- 長崎版 どちりな きりしたん 海老沢有道 校註
- 農業全書 宮崎安貞 編録／貝原楽軒 刪補／土屋喬雄 校訂
- 仙境異聞・勝五郎再生記聞 平田篤胤／子安宣邦 校注
- 茶湯一会集・閑夜茶話 井伊直弼／戸田勝久 校注
- 西郷南洲遺訓 附 手抄言志録及遺文 山田済斎 編
- 文明論之概略 福沢諭吉／松沢弘陽 校注
- 新訂 福翁自伝 富田正文 校訂

- 学問のすゝめ 福沢諭吉
- 福沢諭吉教育論集 山住正己 編
- 福沢諭吉家族論集 中村敏子 編
- 福沢諭吉の手紙 慶應義塾 編
- 新島襄の手紙 同志社 編
- 新島襄 教育宗教論集 同志社 編
- 新島襄自伝 —手記・紀行文・日記 同志社 編
- 植木枝盛選集 家永三郎 編
- 日本の下層社会 横山源之助
- 中江兆民 三酔人経綸問答 桑原武夫・島田虔次 訳・校注
- 中江兆民評論集 松永昌三 編
- 憲法義解 伊藤博文／宮沢俊義 校註
- 日本風景論 志賀重昂／近藤信行 校訂
- 日本開化小史 田口卯吉／嘉治隆一 校訂
- 新訂 蹇蹇録 —日清戦争外交秘録 陸奥宗光／中塚明 校注
- 茶の本 岡倉覚三／村岡博 訳
- 武士道 新渡戸稲造／矢内原忠雄 訳

- 新渡戸稲造論集 鈴木範久 編
- キリスト信徒のなぐさめ 内村鑑三
- 余はいかにしてキリスト信徒となりしか 内村鑑三／鈴木範久 訳
- 代表的日本人 内村鑑三／鈴木範久 訳
- 後世への最大遺物・デンマルク国の話 内村鑑三
- ヨブ記講演 内村鑑三
- 足利尊氏 山路愛山
- 徳川家康 全二冊 山路愛山
- 豊臣秀吉 全二冊 山路愛山
- 妾の半生涯 福田英子
- 三十三年の夢 宮崎滔天／島田虔次・近藤秀樹 校注
- 善の研究 西田幾多郎
- 続思索と体験・『続思索と体験』以後 西田幾多郎
- 西田幾多郎哲学論集 II —論理と生命 他四篇 上田閑照 編
- 西田幾多郎哲学論集 III —自覚について 他四篇 上田閑照 編
- 西田幾多郎歌集 上田薫 編
- 西田幾多郎講演集 田中裕 編

岩波文庫の最新刊

精神分析入門講義（下）

フロイト著／高田珠樹・新宮一成・須藤訓任・道籏泰三訳

精神分析の概要を語る代表的著作。下巻には第三部「神経症総論」を収録。分析療法の根底にある実践的思考を通じて、人間精神の新しい姿を伝える。（全二冊）

〔青六四二-三〕　定価一四三〇円

シャドウ・ワーク

イリイチ著／玉野井芳郎・栗原 彬訳

家事などの人間にとって本来的な諸活動を無払いの労働〈シャドウ・ワーク〉へと変質させた、産業社会の矛盾を鋭く分析する。現代文明への挑戦と警告。

〔白二三二-一〕　定価一二一〇円

精選 物理の散歩道

ロゲルギスト著／松浦 壮編

談論風発。議論好きな七人の物理仲間が発表した科学エッセイから名作を精選。旺盛な探究心、面白がりな好奇心あふれる一六篇を収録する。

〔青九五六-一〕　定価一二一〇円

金葉和歌集

川村晃生・柏木由夫・伊倉史人校注

天治元年(一一二四)、白河院の院宣による五番目の勅撰和歌集。撰者は源俊頼。歌集の奏上は再度却下され、三度に及んで嘉納された。平安後期の変革時の歌集。改版。

〔黄三〇-一〕　定価一四三〇円

……今月の重版再開……

紫式部集

―付 大弐三位集・藤原惟規集―

南波 浩校注

定価八五八円　〔黄一五-八〕

ノヴム・オルガヌム（新機関）

ベーコン著／桂 寿一訳

定価一〇七八円　〔青六一七-二〕

定価は消費税 10％ 込です　　2023. 11

岩波文庫の最新刊

マックス・ウェーバー著／野口雅弘訳

支配について

I 官僚制・家産制・封建制

支配の諸構造を経済との関連で論じたテクスト群。『支配の社会学』として知られてきた部分を全集版より訳出。詳細な訳註や用語解説を付す。（全二冊）

〔白二一〇-一〕 定価一五七三円

網野善彦著

中世荘園の様相

動乱の時代、狭い谷あいに数百年続いた小さな荘園、若狭国太良荘。「名もしれぬ人々」が積み重ねた壮大な歴史を克明に描く、著者の研究の原点。（解説＝清水克行）

〔青N四〇二-一〕 定価一三五三円

J・L・ボルヘス作／内田兆史・鼓直訳

シェイクスピアの記憶

分身、夢、不死、記憶、神の遍在といったテーマが作品間で響き合う、巨匠ボルヘス最後の短篇集。精緻で広大、深遠で清澄な、磨きぬかれた四つの珠玉。

〔赤七九二-一〇〕 定価六九三円

ヘルダー著／嶋田洋一郎訳

人類歴史哲学考（二）

第二部の第六～九巻を収録。諸大陸の様々な気候帯と民族文化の関連を俯瞰し、人間に内在する有機的力を軸に、知性や幸福について論じる。（全五冊）

〔青N六〇八-二〕 定価一二七六円

……今月の重版再開……

有島武郎作

カインの末裔 クララの出家

定価五七二円 〔緑三六-四〕

プルタルコス著／柳沼重剛訳

似て非なる友について 他三篇

〔青六六四-四〕 定価一〇七八円

定価は消費税10％込です　　2023.12